KB066300

카구야 프로젝트

PROJECT KAGUYA

輝夜姬計畫 © 2019 by 文善 Peggy Cheung
All rights reserved

First published in Taiwan by Crown Publishing Company, Ltd., a division of
Crown Culture Corporation
This translation arranged with Crown Publishing Company, Ltd., a division of
Crown Culture Corporation
Through Shinwon Agency Co., Seoul
Korean translation rights © 2020 by Arzaklivres

가구야 프로젝트 輝夜姬計畫

원산 지음 정세경 옮김

아작

차례

1 7

2 31

3 52

4 72

5 87

6 102

7 113

8 121

9 129

10 139

11 154

12 160

13 172

14 184

15 200

16 214

17 232

18 249

19 252

20 266

21 283

22 296

23 313

24 319

25 327

1

왜 아무도 레일라의 변화를 눈치채지 못하는 걸까? 최근 들어 매리언은 이것 때문에 가슴이 답답했다. 그녀와 레일라가 함께 설립한 홍보회사에서 누구도 그런 의견을 내지 않는 건 레일라가 경영진이기 때문일까? 그럴 리는 없었다. 그녀들의 회사는 줄곧 친구처럼 일하는 문화를 지향했고, 어떤 일에 대해 잘못한 사람이 있으면 직급에 상관없이 솔직히 이야기했다. 매리언 역시 부하 직원의 지적을 받고 행동을 수정한 적이 있었다.

그렇다면 회사 사람들 모두 레일라의 변화를 알아채지 못했단 말인가?

그게 가능할까? 회사에 직원이 수십 명인데 오직 매리언 자신만 발견했다고?

매리언이 말하는 변화란 지금 레일라의 집무실 책상과 컴퓨터, 휴대전화의 바탕화면을 온통 차지하고 있는 그녀의 한 살짜리 아들 이든의 사진만을 가리키는 것은 아니다. 가끔 어린이집에 가지 않겠다는 이든 때문에 레일라가 어쩔 수 없이 회사에 조금 늦게 나오는 일을 말하는 것도 아니다. 뭐랄까, 레일라가 매리언에게 주는 느낌 자체가 완전히 달라졌다고나 할까.

냉정함, 그랬다. 레일라는 예전에 냉혹함에 가까운 냉정한 두뇌를 가진 사람이었다. 물론 어느 순간 레일라가 갑자기 바보가 된 건 아니었다. 하지만 조금씩, 아주 조금씩 이전과 달라진 반응, 그 미묘한 차이가 매리언으로 하여금 뭔가 잘못되고 있다고 느끼게 했다.

언젠가 회사의 고객인 프랜차이즈 레스토랑에서 한 꼬마가 가게 안을 마음대로 다니다가 바 뒤로 아무도 모르게 뛰어들어 엄청나게 많은 술병을 깬 사건이 있었다. 이 일로 레스토랑은 그 주말에 영업을 할 수 없었으며, 아이는 깨진 유리병에 상처를 입고 말았다. 아이의 부모는 인터넷에 레스토랑을 성토하는 글을 올렸고 나중에는 손해 배상을 해달라며 레스토랑을 고소하기까지 했다. 하지만 레스토랑과 보험회사는 오히려 부모가 아이를 제대로 돌보지 않아 큰 손실을 보았다며 맞고소에 나섰다. 이 사건은 인터넷에서 열띤 토론을 불러일으켰다.

"지금 네티즌들의 반응은 극과 극으로 나뉘어 있어. 한쪽에서는 레스토랑의 잘못이 아니라 부모가 아이를 잘 살피지 못한 책임이 있다고 하고, 다른 한쪽에서는 레스토랑에서 고객의 안전을 살필 책임이 있다고 주장하고 있지." 네티즌의 반응이 어떻게 흘러가는지 추이를 지켜보고 있던 매리언은 고객의 문제를 해결하기 위해 직원회의를 연 참이었다. "지금 우리가 가장 먼저 할 일은 사건이 계속 뺑튀기되는 일을 막는 거야. 민사 사건이긴 하지만 여론의 방향이 판사에게 우리 고객을 부정적으로 보도록 영향을 미칠 수도 있으니까." 매리언이 말하고선 직원들을 둘러보았다.

"저희와 관계가 좋은 포털 사이트들이 있으니까 불리한 글들은 삭제해달라고 요청할 수도 있습니다." 브라이언이 의견을 냈다. 그는 이미 회사의 오랜 공신이라고 할 수 있었다.

"아니." 매리언은 단번에 브라이언의 제안을 거절했다. "글을 삭제하면 더 큰 반감만 일으킬 수 있어."

"레스토랑 측의 변호사는요? 거긴 어떻게 생각하고 있죠?" 애비게일이 물었다. 그녀는 작년에 회사에 들어온 신입으로, 매리언의 눈에 든 젊은 직원이었다. "아이 부모가 천문학적인 금액을 요구하는 것도 아니고, 레스토랑도 사실 주말 장사를 손해 본 정도인데 그 금액이랑 깨진 술값이 아주 크지는 않잖아요. 좋은 게 좋은 거라고 서로 양보하는 게 낫지 않을까요?"

"이건 돈의 문제가 아니라 사례의 문제예요." 레일라가 입을 열었다. "선례가 생기면 고객에 대한 레스토랑의 책임은 무한대로 확장될 수 있거든요."

"레스토랑만의 손실이 아니라 아르바이트생들의 팁도 문제죠. 주말에 받는 팁은 아르바이트생들에게는 한 주의 생활비일 수도 있잖아요." 브라이언은 말하며 매리언의 눈치를 봤다.

"그래! 아르바이트생!" 매리언은 자리에서 펄쩍 뛰듯이 일어났다. "대중의 관심을 아르바이트생에게로 옮겨야겠어. 그러면 레스토랑은 뒤로 물러날 수 있겠지. 흉악한 악마 같은 기업의 이미지가 가려지면 사람과 사람의 대결로 몰고 갈 수 있잖아!"

"레스토랑에 가서 생계에 지장을 받는 아르바이트생이 없는지 명단을 확보할게요. 적당한 사람 몇 명 찾아서 매체에 공개할 수 있게 준비하죠." 브라이언이 바로 화답했다.

"가능하면 싱글 맘이 제일 좋겠군." 매리언이 지시를 내렸다. "불쌍한 싱글 맘과, 아이를 잘못 키운 나쁜 부모의 대결로 꾸며봐. 소피, 아이 엄마 좀 조사해봐. 변호사한테 먼저 물어보고. 어쩌면 변호사들은 이미 자료를 갖고 있을지 모르니까."

"그런데… 개인적으로 매리언 대표님은 이 사건을 어떻게 생각하세요?" 레일라가 긴장한 얼굴로 물었다.

"어…, 사람은 누구나 약점이 있긴 하지. 하지만 이렇게 아이가 제멋대로 굴게 내버려두고, 인터넷에 글까지 올린 건 현명한 행동이었다고 할 순 없지 않나." 갑작스러운 레일라의 물음에 매리언은 순간 뭐라고 답해야 좋을지 몰랐다.

"그래서 그 엄마에게 죄를 뒤집어씌운다고요?" 레일라는 계속 질문을 던졌다. "그럼 아이가 너무 불쌍하잖아요!"

적당한 해결법을 찾았다며 분위기가 달아올랐던 회의실은 레일라의 말 한마디에 찬물을 끼얹은 듯 고요해졌다. 직원들은 일손을 놓고 모두 매리언을 쳐다봤다.

"죄를 뒤집어씌운다는 말은 좀 그렇잖아. 나 매리언 시먼스도 홍보 일을 하면서 나만의 직업윤리가 있다고. 이상한 게 있으면 변호사에게 교섭하라고 하면 되지."

'비방의 한계를 넘지 않도록 조심해야 돼요.' 만약 예전의 레일라였다면 분명 이렇게 말했을 것이다. 그녀는 하나 마나 한 질문을 하는 대신, 매리언의 계획을 이미 구상한 건 물론이고 매리언의 생각에 어떤 허점이 있는지도 바로 지적했으리라.

홍보는 사람의 일을 다루는 것으로, 사람의 마음을 빼앗고 대중의 생각과 행동의 방향을 통제할 수 있어야 한다. 따라서 뛰어난 홍보업 종사자는 대중의 심리를 파악할 줄 안다. 홍보인에게 사람의 감정을 이해하는 것은 필수지만, 감정에 치우쳐 일하는 것은 오히려 엄격한 금기사항이다.

✳

매리언과 레일라는 MBA에서 서로를 알게 됐다. 당시 매리언은 다국적 기업의 인사부를 그만둔 뒤 MBA 과정을 시작했고, 그녀보다 세 살 어린 레일라는 컨설팅 회사에 다니다 공부를 하게 됐는데 반에서 가장 어린 학생이었다.

한번은 수업 중에 팀별로 기업 위기 해결에 관한 토론을 하게 됐다. 시작할 때만 해도 다른 사람들의 이야기를 가만히 듣고만 있던 레일라는 불쑥 모두를 깜짝 놀라게 할 만한 의견을 제시했다.

"그러면 그 사람들을 죄다 해고하면 되잖아요." 의견이 뜻밖이었던 것은 물론이고, 고개를 기울인 채 미소 짓는 얼굴이며 살짝 흔들리는 금발 머리까지 그녀의 당당한 모습은 마치 전문가가 찍은 증명사진 속 인물 같았다. 알 듯 모를 듯한 미소를 지으며 들이미는 냉혹하기 짝이 없는 제안이라니 매리언은 놀라지 않을 수 없었다.

"하, 그걸 어떻게 그렇게 쉽게 말할 수 있어?" 같은 팀의 남학생이 물었다. "백 명이야. 너 지금 백 명의 생계를 빼앗자고 하는 거야?"

"하지만 우리가 할 일은 공장 사장의 문제를 해결해주는 거지 그 백 명의 일자리를 보전해주는 게 아니잖아요." 레일라는 고개를 반대편으로 기울이며 자세를 고쳐 앉았다.

여전히 같은 말투였다. 겉으로는 진지한 것 같지만 속으로는 일말의 감정도 없는 말투란 걸 매리언은 알아챘다.

"네 말이 맞긴 한데 그렇게 백 명을 해고하면 회사 이미지에 좋을 게 없잖아." 다른 남학생이 말했다.

"잠깐!" 매리언이 토론에 끼어들었다. "이미지를 지키는 게 주요 목적은 아니잖아. 만약 그게 가장 좋은 방안을 가로막는 장애라면 우리는 그 장애를 없앨 방법을 생각해야 하는 거 아니야?"

"하지만…." 그 남학생은 여전히 항의하려 했다.

"아니면 더 좋은 방법이라도 있어?" 매리언은 더 강한 어조로 물었다.

다른 사람들 모두 아무 말도 하지 못했다.

매리언은 자신에게 눈짓하는 레일라를 봤고, 그녀 역시 레일라에게 눈을 찡긋거렸다.

잘난 사람들끼리 서로를 알아본 거랄까.

"여자가 이쪽 일을 하려면 정말 남자보다 독해야 하나 봐." 팀원 중 한 남학생이 무심코 말을 뱉었다.

"뭐라고?" 매리언은 그 남학생을 노려봤다.

"아니, 난 그냥 해본 말이야. 여자들에게 무례했다면 내가 사과할게." 남자는 항복이라도 하듯 두 손을 번쩍 들었지만 실은 사과할 뜻이 전혀 없음을 누구라도 알 수 있었다. 겉으로는 남녀평등을 말하면서도 실제로는 여성을 전혀 존중하지 않는 남자들을 매리언과 레일라는 이미 기업에서 이골이 날 만큼 많이 본 터였다.

"그래, 남녀의 문제가 아니라 완전히 능력의 차이겠지." 레일라는 그 남학생에게 눈길조차 주지 않고 말했다.

MBA를 마친 뒤 매리언과 레일라는 각자 서로 다른 기업에서 2년 정도 더 근무했다. 매리언은 독립해 자신의 회사를 세워야겠다고 생각했을 때 가장 먼저 레일라를 떠올렸고, 레일라 역시 흔쾌히 그녀의 제안을 받아들였다.

"저도 이직하려던 참이었어요." 레일라가 말했다.

당시 레일라는 결혼한 지 얼마 안 된 때라 사실 매리언도 레일라가 온전히 회사 업무에 몰두할 수 있을지 걱정이 됐었다. 하지만 매리언은 이런 자신의 고민을 입 밖으로 내지 않았고, 레일라는 그녀의 걱정이 기우에 불과했음을 일로 증명했다.

그런데 1년여 전 레일라가 매리언에게 임신 사실을 알렸다.

"아, 축하해." 매리언은 어찌할 바를 몰랐지만 어색하게 축하의 말을 건넸다. 레일라가 전에 아이를 낳을 생각이 없다고 했던 게 떠올랐기 때문이다.

"하, 저도 알아요. 제가 애 낳을 생각이 없다고 했었죠." 레일라는 아직 부풀어 오르지 않은 배를 가만히 만지며 말했다. "근데 나이를 먹으니까 마음도 달라지는 것 같아요. 사실 이 나이에 임신하기도 쉽지 않고요. 그래서 아무한테도 말하지 않았지만, 우리끼리 노력하고 있었어요."

"나한테 미리 말해주지 그랬어!" 매리언은 씩 웃으며 말했다. "우리 남편이 뭐 하는 사람인지 잊어버린 거야?" 매리언의 남편은 불임 전문 의사였다.

"우리 부부는 자연의 섭리에 따를 생각이었어요. 하늘이 우리에게 아이를 주시지 않는다면 그것도 어쨌든 받아들여야 한다고 생각했거든요."

레일라의 그 한마디에 매리언은 마음을 놓았다. 레일라는 여전히 매리언이 아는 그 이성적인 레일라가 맞았기 때문이다.

하지만 매리언의 생각은 착각이었다.

고령의 임신부인 데다 임신 과정이 순조롭지 않았던 레일라는 조금 일찍 출산 휴가를 쓰기로 했다. 이에 대해 매리언도 매우 지지를 보냈다. 레일라가 회사에 없는 동안 매리언의 업무량은 그만큼 늘어났지만, 레일라의 경력과 능력을 고려했을 때 손쉽게 비정규직 직원을 고용해 그녀의 자리를 대신 채울 수도 없는 노릇이었다.

"6개월만 버티면 되잖아. 금방 지나갈 거야." 매리언은 자신에게 되뇌었다. 그뿐만 아니라 매리언은 자신의 사업 파트너이자 친구인 레일라가 본인의 바람대로 드디어 아이를 낳을 수 있게 됐다는 사실에 마음 깊은 곳에서부터 기쁨을 느꼈다. 국가는임산부에게 3개월의 출산 휴가를 보상하며 그 휴가를 마친 뒤에도 직장에서 해고되는 일이 없도록 법적으로 규정하고 있다. 물론 레일라는 회사의 경영진이라 이런 복지 제도와 큰 상관은 없었지만, 꼭 회사로 돌아오겠다고 약속했다.

레일라가 몇 개월 된 아들 이든을 데리고 회사에 잠시 들렀을때 직원들은 하나같이 기뻐했다. 여자 동료들은 아이가 예뻐 어쩔 줄 몰라 하며 통통한 아이의 뺨을 만져댔다.

"어쩜 이렇게 귀여워!"

"봐봐, 이든이 웃잖아!"

"매리언 대표님, 보세요. 이든이 대표님을 보고 있어요. 한번안아보실래요?"

"아니, 괜찮아. 난 아이가 익숙하지 않아서." 매리언은 이렇게 부드럽고 자그마한 아기를 안다가 행여 목이라도 부러지면어쩌나 싶어 거절했다.

"레일라가 없는 몇 달 동안 회사에서는 큰 회사 몇 군데를 고객으로 잡았어. 내가 보낸 메일 봤지?" 회사 직원들이 모두 이든과 한동안 놀아준 뒤 레일라는 드디어 매리언의 집무실에 마주앉아 이야기를 나누기 시작했다. 매리언은 들뜬 목소리로 사업

파트너인 레일라에게 기쁜 소식을 알렸다. "그중에 하나가 웨스트코스트주에 있는데 우리가 거기에 따로 사무실을 차려야 하지 않을까 싶어."

"맞아요. 저도 그 메일을 보긴 했는데 시간이 없어서 자세히 보지 못해서…." 그때 이든이 칭얼거리는 소리를 냈다. "왜 그래, 아가야? 엄마랑 매리언 아줌마랑 일 이야기를 하고 있는데 너도 끼고 싶어서 그래?"

매리언은 미소를 지으며 몇 분 동안 아이를 어르고 있는 레일라를 지켜볼 수밖에 없었다.

"새로 고객이 된 회사 중에 한 곳이 '스타 매니지먼트'인데, 아이들이 좋아하는 아이돌을 몇 명 관리하는 기획사야. 근데 아직 규모가 그리 크지 않아서 우리 회사에서 홍보 업무를 좀 해주면 좋겠다고…."

"이것 좀 보세요." 레일라는 불쑥 휴대전화를 매리언의 눈앞에 들이밀었다. 화면에서는 기저귀만 찬 이든이 바닥에 누워 춤을 추듯 손발을 휘젓고 있는 영상이 나오고 있었다. "어제 찍은 거예요. 제가 목욕을 시키고 대표님이 보내준 잠옷을 입히려니까 이든이 이렇게 춤을 추더라고요. 선물이 마음에 든 것처럼 말이죠. 옷에 있는 공룡 그림이 진짜 특별해요. '매리언 스타일'이던걸요."

"하하, 이든이 참 귀엽네. 하하."

사실 그 잠옷은 매리언이 점심시간에 가게에 들러 대충 산 거라 거기 뭐가 그려져 있었는지 전혀 기억도 나지 않았다.

*

　레일라가 출산 휴가를 마치고 출근한 첫 달은 매리언에게 재난과도 같았다.

　다른 일하는 부모들처럼 레일라도 아침 일찍 이든을 어린이집에 맡기고 저녁에는 남편이 아이를 데리고 집에 갔다. 홍보회사는 퇴근 시간이 일정하지 않았기 때문이다. 하지만 일터로 돌아온 첫 달인만큼 매리언은 레일라에게 오후 6시면 퇴근할 수 있게 배려해줬다.

　"이든한테 너무 미안한 거 같아요." 두 사람이 점심을 먹는데 레일라가 갑자기 매리언에게 말했다. "아침에 어린이집에 데려갈 때마다 내가 간다고 얼마나 울어대는지 몰라요."

　"다들 그렇지, 뭐. 우리 엄마도 내가 어렸을 때 엄청 울었다고 하셨어. 조금만 지나면 괜찮아질 거야."

　"대표님은 잘 몰라요." 레일라의 눈에는 이미 눈물이 고여 있었다. "난 꼭 이든을 포기한 거 같단 말이에요. 부모로서의 책임을 다하지 못하잖아요."

　"레일라, 무슨 말을 하는 거야?" 매리언은 손에 쥐고 있던 숟가락을 내려놓았다. "레일라는 돈을 벌어 이든을 먹여 살리고 있는 거야. 레일라는 아이에게 사회인으로서의 롤 모델이 되는 거라고. 아이를 어린이집에 두는 건 어려서부터 사람들과 어울리는 걸 배우게 하는 거야. 어린이집에서 병에 걸리기 쉽다지만 그만큼 아이에게 면역력을 길러줄 수 있잖아. 레일라가 부모로서 책임을 다하지 않은 게 뭔데?"

"대표님은 잘 몰라요." 레일라는 같은 말을 반복하며 한숨을 내쉬었다. "이성적으로는 저도 대표님 말에 동의해요. 하지만 이든은 제 눈에 넣어도 아프지 않을 자식이란 말이에요. 그 애의 눈물을 보면 그냥 아무것도 생각이 나지 않아요."

레일라가 돌아왔지만, 매리언은 다른 직원들의 업무 부담이 줄어든 것처럼 느껴지지 않았다. 일이 그만큼 많아졌기 때문이기도 했지만, 레일라가 복귀한 지 한 달이 지났는데도 여전히 오후 6시면 퇴근을 했기 때문이다. 가끔 레일라는 이든이 잠든 뒤에 집에서 일을 하기도 했지만 분초를 다투는 이 업계에서 몇 시간을 날리는 게 결코 작은 일이 아니었다.

"다들 고생이 많네. 레일라가 돌아오면 좀 나아질 줄 알았더니." 매리언은 저녁에 야근하며 반응을 떠보기 위해 직원들에게 슬쩍 말을 던졌다.

"어쩔 수 없죠. 레일라 이사님은 빨리 가서 아이를 돌봐야 하잖아요." 브라이언이 웃으며 대답했지만, 누가 봐도 눈 밑에 다크서클이 선명했다.

"하지만 브라이언 집에도 아이가 셋이지 않나?"

"괜찮아요. 제 아내는 집에 있거든요." 매리언도 브라이언의 아내인 한나를 알고 있었다. 그녀는 의사로 매리언 남편의 의대 후배였다.

"한나가 레지던트 아니었나?"

"아, 작년에 끝났어요."

"그럼 외과 전공의 공부하는 거 아닌가?" 매리언은 한나가 외과 의사가 되고 싶어 한다고 했던 브라이언의 말을 기억하고 있었다.

"아니요, 한나는 가정의가 됐어요. 지금은 미뤄놓고 있는데 자기 병원을 열고 싶어 하죠."

"가정의? 한나는 줄곧 외과 의사가 되고 싶어 했잖아? 듣기론 성적도 굉장히 좋았다던데. 추천인이 필요한 거라면 롬이 기꺼이⋯."

"괜찮아요. 한나의 결정이었어요. 가정의를 하면 업무 시간이 비교적 안정적이거든요. 개인 병원은 기본적으로 아침 9시에 문을 열어서 오후 6시까지 일하면 되고, 주말에는 진료를 보지 않아도 되잖아요. 제가 일하는 시간이 안정적이지 않으니 지금처럼⋯. 아, 제가 불평하는 건 아니고요. 저는 이 홍보 일이 참 좋아요. 다만 집에 애가 있으니까 부모 둘 다 일이 많으면 그렇잖아요. 저희 부모님도 근처에 살지 않아서 아이를 대신 봐주실 수 없거든요. 그렇다고 모르는 사람에게 아이를 맡기고 싶지도 않고요."

그러니까 바로 여자가 희생하는 한쪽이 돼야 하는 거겠지.

만약 브라이언이 일찍 매리언에게 요청했다면, 그녀는 브라이언에게 일반 기업의 홍보부나 상장회사의 투자자 관련부로 이직하는 게 어떠냐고 제의했을 것이다. 그런 곳은 업무량이 홍보를 대행하는 회사보다 적어서 야근하는 일이 거의 없다. 만약 그랬다면 브라이언은 제시간에 아이를 데리러 갔을 테고, 그의 아내도 외과 의사라는 꿈을 계속 좇을 수 있었을 것이다.

"아깝네. 우리가 출중한 외과 의사를 하나 잃은 거잖아." 매리언은 반쯤 농담처럼 말했지만, 속내는 진심이었다. 엄마로서, 여자로서 아이를 위해 희생해야 하는 쪽은 늘 정해져 있는 것 같았다. 한나의 능력을 고려하면 그녀는 분명 더 높은 자리에 올라야 한다. 게다가 그녀는 국민들의 세금으로 운영되는 공립대학 의과대학을 나오지 않았던가.

"대표님께선 잘 모르실 거예요." 눈 밑에 짙은 그늘이 내려왔는데도 브라이언의 두 눈에서 아내에 대한 고마움이 흘러넘쳤다. "어쩌면 여자의 타고난 본능인지도 모르죠."

그게 정말 여자의 타고난 본능일까, 아니면 사회가 억지로 여자에게 그런 역할을 맡긴 걸까? 이든이 생긴 뒤로 레일라는 인터넷 커뮤니티에서 다양한 '육아의 지혜'를 나눴다. 그런 곳에서 말하는 내용은 대개 아이에게 아주 많은 사랑이 필요하다는 것이었다. 이전에 일에 몰두했던 사람들이 바로 그 일 때문에 가족과 함께 시간을 보내지 못한 걸 후회한다는 글도 많았다.

그래, 아무것도 안 하고 온종일 아이나 안고 사랑, 사랑, 사랑, 그놈의 사랑이나 해야 옳은 거지.

하지만 매리언은 그렇게 생각하지 않았다. 그런 말을 나누는 사람들은 하나같이 일로 성공해 아이들을 사립학교에 보내며 먹고살 걱정이 없는 사람들이었다. 오히려 일이 없어 국가 보조금으로 사는 사람들은 아무 일도 하지 않고 가족과 함께 시간을 보낼 수 있어 행복하다고 말하지 않는다. 서른 살에 모든 시간을 일에 쏟느라 가족을 소홀히 했다가 예순 살이 되어 후회하는 사람은 그가 예순 살이라서 후회하는 것일 뿐이다. 만약 시간을 되돌려 서른 살로 돌아간다 해도 젊은 그는 역시나 같은 선택을 할 것이다.

'내가 어디 그런 꼴을 한두 번 봤나?' 매리언은 종종 속으로 투덜거렸다. 그녀는 어려서부터 어른이 될 때까지 남녀는 평등하며 여자도 엔지니어가 될 수 있고 남자도 발레를 할 수 있으며 열심히 꿈을 좇으면 무엇도 그 꿈을 막을 수 없다는 교육을 받아왔다. 하지만 오늘날 사회의 분위기가 바뀌고 가정을 최고로 여기는 환경이 조성되면서 아이를 돌보는 것은 세상에서 가장 신성하고 중요한 일이 되어버렸다. 그래서 다른 모든 일은 가능한 한, 아니 무조건 아이를 돌보는 일을 위해 양보해야 한다. 이런 생각에 반대하는 사람은 사회로부터 냉혹하고 무정한 악마 취급을 받을 수밖에 없다.

인사부에서 일한 적이 있었던 매리언은 물론 자신이 악마가 되지 않게 행동했다. 적어도 남의 눈에는 그렇게 보이지 않게 대처했다.

'대표님은 잘 몰라요.'

'여자의 타고난 본능인지도 모르죠.'

매리언은 이런 말들을 지금껏 적잖이 들어왔다. 그녀에게 이런 말들은 MBA 과정에서 공부할 때 여자라서 들어야 했던 남학생들의 조롱보다도 더 역겹게 들렸다.

　매리언의 마음속 저울이 균형을 잃은 것은 레일라가 돌아오고 반년 뒤의 일 때문이었다.

　회사 회의실에는 금발의 파마머리에 선글라스를 끼고 마스크를 한 젊은 남자가 앉아 있었다. 그의 곁에는 나이트클럽 가드로 있을 법한 덩치의 남자와 평상복을 입은 여자가 함께했다. "이제 내일 있을 일정을 한번 복습해보죠, 제스퍼." 레일라는 젊은 남자에게 말하며 태블릿 PC를 그 앞에 놓았다. 매리언은 회의실 문가에 서 있기만 했다. 스타 매니지먼트는 레일라에게 맡기기로 했었기 때문에 오늘은 고객에게 얼굴을 비추려고 들어온 것뿐이었다. 젊은 남자의 이름은 제스퍼로 요즘 뜨고 있는 아이돌인데 나이가 겨우 열일곱 살에 불과했다. 하지만 바로 그 어린 나이 탓인지 공개된 장소에서 종종 말실수를 해 사람들의 입방아에 올랐다. 2주 전에는 동양인을 차별하는 듯한 말로 여론의 질책을 받았다. 그래서 매니지먼트사는 레일라와 상의한 뒤 언론매체에 사과하기로 했으며 동양인을 차별할 뜻이 전혀 없었음을 다시 한 번 강조하기로 했다. 그런 다음 한동안 입을 다물고 있으면 여론도 잦아들지 않겠는가.

　제스퍼는 내일 자신이 모델로 있는 의류 브랜드의 백화점 홍보 행사에 참여하기로 했다. 하지만 어느 급진적인 인권 단체가 이미 그곳에서 제스퍼의 인종 차별에 항의하겠다는 뜻을 밝혔다. 레일라는 백화점과 소통을 통해 내일 경비를 강화해 그런 사람들이 현장에 나타나지 못하도록 미리 막기로 했다.

"우리는 동양인 소녀가 당신과 함께 홍보 현장에 나서도록 준비해뒀어요." 레일라는 담담한 척 말했지만, 매리언은 레일라가 '소녀'라고 말할 때 목소리가 떨리는 걸 알아챘다.

사실 레일라는 마음이 편치 않았다. 정확히 말하자면 레일라는 동의할 수 없었다. 그것은 매리언이 고집한 아이디어였기 때문이다.

"왜요? 꼭 그렇게까지 해야 돼요?" 제스퍼는 조금 불만 어린 목소리로 말했다.

"인터넷에 떠돌고 있는 당신의 악의적인 사진들 봤어요?" 레일라는 태블릿 PC 속 사진을 보여줬다. "하나같이 당신과 아시아 스타들이 함께 찍은 사진을 악의적으로 합성해놓은 것들뿐이에요. 인터넷에서는 당신이 지금 동양인과는 얼굴도 마주할 수 없을 거라고 떠들고 있죠. 그래서 우리는 당신이 동양인 소녀와 함께 홍보 현장에 나타나게 하기로 계획한 겁니다. 인터넷에서 당신에게 쏟아지는 질문들을 소녀가 대신 당신에게 물어볼 거예요."

"뭐라고요?" 제스퍼는 조금 놀란 눈치였다. "애가 저한테 물어본다고요? 그래도 괜찮아요?"

"아이는 전문적인 연기자예요." 매리언이 대화에 끼어들었다. "아이가 아무것도 모르는 척 해맑게 물어볼 거니까 제스퍼도 연기를 잘해야 해요. 답을 외운 것처럼 대답하면 안 된다고요. 알겠어요?"

제스퍼와 매니저에게 홍보 활동의 과정을 설명한 뒤, 매리언은 이 고객에 대한 자신의 업무를 마무리지었다. 스타 매니지먼트는 레일라의 고객이라 지나치게 끼어들고 싶지 않았다.

하지만 홍보 행사 당일, 매리언은 수묵화 수업을 받던 도중에 몹시 당황한 애비게일의 전화를 받았다. 매리언이 수묵화의 대가에게서 이 수업을 들은 건 벌써 2년이나 됐다. 회사 사람들은 모두 매주 이 수업이 매리언에게 얼마나 신성하고도 침범할 수 없는 사적인 시간인지를 잘 알고 있었다.

"매리언 대표님, 잘됐네요. 대표님께서 전화를 받지 않으시면 어쩌나 걱정했어요. 이렇게 귀찮게 해드리면 안 되는 줄 아는데 정말 죄송합니다." 애비게일은 제발 좀 살려달라는 듯한 목소리로 말했다. "큰일 났어요. 그 인권 단체에서 손님으로 가장해 안으로 들어왔어요. 지금은 홍보 현장 근처에 모여 있고요."

"뭐? 거기 보안 책임자하고 얘기 다 된 거 아니었나?" 매리언은 휴대전화를 들고 화실 구석으로 갔다.

"백화점 사람들 말로는, 그 인권 단체에서 한 명이나 두 명씩 짝을 지어 들어와서 그런 격한 시위자인 줄 알아채지 못했다고 하네요. 인종 차별하는 백화점이라는 오명을 쓸까 봐 적극적으로 막기도 쉽지 않다고 하고요."

"그럼 레일라는? 레일라는 뭐라 그래?"

"그게⋯."

"레일라는 어디 있는데?"

"레⋯ 레일라 이사님은 여기 없어요. 일이 있어서 먼저 가셨어요." 애비게일의 목소리는 점점 기어들어갔다. "좀 전에… 레일라 이사님께서 어린이집에서 전화를 받았는데 이든이 설사가 난다고 해서… 애를 데리러 가셨어요. 여기 일을 제게 맡기고 가셨는데요, 이사님이 떠날 때만 해도 아무 문제가 없었거든요. 근데 이렇게 갑자기 상황이 터질 줄은…."

"지금 홍보 현장에 있는 시위꾼들이 몇 명이나 되는 것 같아?"

"대충… 스무 명 정도…."

"애비게일, 당황하지 말고 잘 들어. 일단 보안 책임자에게 통보해. 홍보 행사가 시작되고 어떤 움직임이 있으면 무조건 그 사람들 잡아가라고, 큰 소란이 일어나도 상관없어."

"예."

"이거 하나만 기억해. 홍보 행사가 시작된 다음이야. 제스퍼가 행사장에 나온 다음 말이야."

애비게일과 전화를 끊은 뒤 매리언은 바로 제스퍼의 매니저에게 전화를 걸었으며 이후에도 몇 통의 전화를 더 걸었다.

다음 날, 제스퍼의 매니저는 크고 아름다운 선물 바구니를 감사의 뜻으로 매리언의 회사에 보내왔다.

소피는 선물 바구니 안의 초콜릿을 먹으며 컴퓨터 화면을 빤히 보고 있었다.

"견과류 든 건 먹지 마. 그건 애비게일한테 남겨줘야 하니까. 알았지?" 매리언은 소피의 자리를 지나며 뒤에서 컴퓨터 화면을 쳐다봤다. "잘 찍었네."

그것은 인터넷에서 급속도로 퍼져나가고 있는 사진으로, 무룰을 꿇은 채 몸을 수그린 제스퍼의 모습이 담겨 있었다. 카메라맨의 각도에서 마침 제스퍼의 품 안에 안긴 소녀의 얼굴이 찍혔는데 크고 둥근 아이의 눈에서 두려움이 고스란히 드러났다.

중요한 점은 당시 제스퍼가 자신이 모델로 있는 브랜드의 외투를 입고 있었다는 사실이었다. 심지어 외투의 등 부분에는 그 브랜드의 로고가 찍혀 있었다. 이 한 장의 사진 덕에 그 의류 브랜드와 제스퍼의 영웅적인 행동은 간접적인 시너지 효과를 얻게 됐다.

홍보 행사가 시작된 지 얼마 지나지 않아 인권 단체 사람들이 구호를 외치기 시작했다. 백화점 보안 요원들은 지시에 따라 그들을 쫓아내려 했고 이런 행동이 더 큰 반발을 불러 현장은 일대 혼란에 빠졌다. 그러자 제스퍼는 바로 자신의 곁에 있던 소녀를 몸으로 보호했고, 사진은 그때 찍힌 것이었다.

이것이 언론매체에 급속도로 퍼진 사건 발생의 전말이었다.

때마침 애비게일이 회사로 돌아왔고 직원들은 그녀의 어깨를 두드려주거나 현장 분위기가 어땠는지 물었다. 그래서 레일라가 씩씩대며 매리언의 집무실로 들어가는 걸 아무도 눈여겨보지 못했다.

"이게 뭐죠?" 레일라는 휴대전화를 치켜들고 흔들어댔다. 거기에는 여자아이를 보호하는 제스퍼의 사진이 있었다.

"아, 이든은 괜찮아? 설사가 났었다며?" 매리언은 코코아 가루 한 봉지를 레일라 앞에 놓았다. "이건 스타 매니지먼트에서 보내준 선물 바구니에 있던 건데 가져가서 이든한테 줘."

"지금 그걸 말하는 게 아니잖아요." 레일라는 가볍게 코코아 가루를 밀쳐냈다. "그리고 제가 떠날 때 제스퍼는 그 외투를 입고 있지 않았어요."

"레일라가 떠난 뒤에 뜻밖의 상황이 벌어졌어. 애비게일이 어쩔 수 없이 내게 전화를 했고. 난 상황에 따라 계획을 바꾼 것뿐이야." 매리언은 슬쩍 미소를 지었다. 그래도 다행히 레일라가 예민한 감각을 아직 완전히 잃지는 않았다고 느꼈기 때문이다.

"그 사진은요? 이런 각도나 그 카메라맨도 대표님께서 일찌감치 준비한 거겠죠. 그리고 제가 애비게일한테 물어보니 어제 상황이 언론에서 묘사한 것처럼 그렇게 혼란스럽지 않았다고 하던데요. 그런데도 애비게일한테 홍보 행사가 시작되면 보안 요원들이 시위자들을 잡아가게 하라고 지시했고요. 그건 일부러 혼란을 만들어낸 거잖아요?"

"레일라? 이번 홍보 행사는 제스퍼에게 인종 차별주의자라는 추문에서 벗어날 기회였어. 자기 몸으로 직접 동양인 소녀를 보호하는 제스퍼의 사진만큼 강력한 효과가 있는 게 어디 있겠어?" 매리언은 레일라의 이런 반응이 이해가 안 된다는 듯 두 팔을 벌려 보였다. "물론 그 의류 브랜드가 손해를 입지 않도록 내가 특별히 제스퍼에게 거기 로고가 박힌 외투를 입으라고 한 거야. 그럼 누이 좋고 매부 좋은 거잖아."

"대표님, 만에 하나 거기 상황이 통제되지 않아서 아이가 다쳤으면 어쩔 뻔했어요? 그건 생각해보셨어요?"

레일라의 성난 목소리에 매리언은 포장지를 뜯어 초콜릿을 입에 넣었다. "안 그래도… 오늘 뉴스의 제목이 바로 '아시아 인권 단체의 과격한 시위로 상해를 입은 백화점의 무고한 사람들'이더라고. 여론의 관심이 제스퍼의 인종 차별 추문에서 과격한 인권 단체에 대한 비난과 소녀에 대한 동정으로 옮겨 갔어. 물론 미리 행사 현장에 있는 사람들에게 안전에 문제가 없어야 한다고 내가 못을 박아뒀어. 우리 카메라맨이 필요한 사진만 찍으면 아이와 제스퍼를 현장에서 철수시켜 심각한 부상을 당하지 않게 하라고 했다고."

그때, 매리언은 레일라의 한쪽 주먹에 힘이 꽉 들어간 걸 봤다.

"어린아이잖아요." 레일라는 낮은 소리로 말했다.

"아이가 그렇게 걱정이 됐다면, 그때 레일라 당신은 어디 있었는데?"

"저도 자리를 뜨고 싶지 않았어요. 하지만 이든이 아프다니까 어쩔 수 없이 어린이집에 데리러 간 거라고요."

'그럼 나는?' 매리언은 생각했다. 이든의 일은 중요하고, 자기 아이의 일이니까 어쩔 수 없다면 다른 사람의 일은 중요하지 않다는 건가? 아이와 관련된 일이 아니면 중요하지 않은 일인가? 아이의 일은 세상의 모든 일보다 우선이 돼야 하는 건가?

물론 회사의 인사부에서 일해본 적이 있는 매리언은 사회생활을 하면서 어떤 말을 할 수 있고 어떤 말은 할 수 없는지 정확히 알고 있었다.

"대표님, 혹시… 처음부터 이렇게 할 작정이었어요? 어린 여자아이를 그냥 제스퍼와 함께 등장시키려 하거나 순진한 얼굴로 제스퍼의 문제를 묻게 하려 한 게 아니죠? 아이를… 그냥… 인간 방패로 쓰려 한 거잖아요."

"레일라, 당신이 현장에 있었다면 내가 뭘 준비했든 써먹을 수 없었을 거야." 매리언은 말하며 자리에서 일어섰다. '말하면 안 돼, 말하면 안 돼, 말하면 안 된다고!' 매리언은 속으로 자신에게 되뇌었다. 하지만 마음속에서는 또 다른 소리가 그녀를 부추겼다. 자신의 진짜 생각을 오랜 세월 함께해온 파트너에게 알려줘야 한다고 말이다. "하지만 당신의 머리는 이미 아이로 가득 차서 다른 걸 집어넣을 수 없어. 그러니까 내가 뭘 준비한 건지, 제스퍼를 위해 어떤 계획을 세운 건지도 알아차리지 못한 거잖아. 레일라… 당신의 감각은 이미 너무 무뎌졌어."

매리언의 잘못을 따지려던 레일라는 뜻밖의 반격에 일순간 얼어붙고 말았다.

"…그러니까 지금 저를 그렇게 보고 있는 거예요?"

매리언은 아무런 표정의 변화도 보이지 않으려고 애썼다. 만약 그녀가 망설이는 것처럼 보인다면 스스로 꿀리는 꼴이 될 게 아닌가. 이 결정적인 순간에 매리언은 결코 그렇게 보이고 싶지 않았다. 자신이 뭘 잘못했다고 느끼지도 않았다.

"어쩌면 대표님 말이 맞을 수도 있죠. 그래요, 정말 호르몬의 변화 때문인지 아이를 낳고 저도… 제 변화를 느끼고 있어요. 정말… 예전에는 눈도 깜짝하지 않을 일이었는데 지금은… 뭐랄까… 둑이 무너지는 것처럼 감정이 밀려와서… 대표님은 이런 기분을 모를 거예요."

'난 정말 모르겠어.' 매리언은 고개를 숙인 채 금방이라도 울음을 터뜨릴 것 같은 레일라를 보며 생각했다. '내가 이해할 수 없는 건, 왜 당신이 자신의 잘못을 생리적인 변화 때문이라고 손쉽게 미뤄버리느냐는 거야.'

'대표님은 잘 몰라요.'

나는 당신의 사업상 파트너다. 내게는 파트너로서의 책임과 회사 동료로서의 책임이 있을 뿐이다. 당신에게 일어난 호르몬의 변화를 이해하는 건 결코 내가 해야 할 일이 아니다.

'대표님은 잘 몰라요.'

나는 물론 당신이 어머니란 것과 어머니가 져야 할 짐이 무엇인지 잘 알고 있다. 하지만 그렇다고 해서 당신이 업무에서 져야 할 책임을 다음으로 미뤄도 된다는 뜻은 아니다. 다른 모든 사람들도 자신에게 중요한 일이 있지만 그걸 업무의 책임보다 위에 둘 수는 없다.

'대표님은 잘 몰라요.'

그저 간단한 말 한마디로 모든 일에 대한 핑계를 대는 것은 매리언이 가장 받아들일 수 없는 일이었다. 왜냐하면 매리언은 결코 모를 수 있는 사람이 아니었기 때문이다.

2

그해 봄방학을 보냈던 니스는 무척이나 더웠다.

매리언은 사립여자고등학교를 다녔는데 학교에서는 매년 봄 방학마다 학생들을 여러 나라에서 단기 연수를 받을 수 있게 했다. 일 때문에 바쁜 부모들이 아이가 빈둥빈둥 집에 있으면 어쩌나 하는 걱정을 덜어주기 위해서였다. 그해 매리언은 프랑스어반의 2주짜리 프랑스 연수반에 참가했다. 첫 번째 주에는 파리 교외에 있는 기숙학교에서 프랑스어 수업을 들었는데, 파리를 관광하는 것도 일정에 포함돼 있었다. 두 번째 주에는 남프랑스의 아름다운 휴양지인 니스에서 수업을 받았고 역시나 관광 일정이 있었다.

니스에서 학생들은 현지 학교의 기숙사에 배정받았다. 학교 밖에 작은 카페가 있었는데 거기에는 루이라는 남자가 아르바이트를 하고 있었다. 니스에서 수업을 마친 첫날, 같은 반 여학생들은 근처를 구경했고 우연히 카페에 들어가게 됐다. 매리언은 카페 안에서 일하던 루이를 보고 첫눈에 반했다.

루이는 프랑스 남자 특유의 마른 체형에 어깨까지 오는 말끔한 금발 머리의 소유자로 남프랑스의 햇빛을 받아 맑고 푸른 눈을 반짝이고 있었다.

그날 해가 질 무렵, 매리언은 친구들에게 핑계를 대고 혼자 카페로 돌아왔다. 그녀는 바깥의 테이블 자리에 앉는 사람들과 달리《어린 왕자》프랑스어판 책을 들고 가게 안 바에 앉았다. 커피를 마시며 소설을 읽는 척했지만, 사실은 루이를 몰래 훔쳐보기 위해 그 자리에 앉은 터였다.

날이 어둑어둑해질 무렵 다른 손님들은 거의 다 카페를 떠났다. 그때 루이가 매리언에게 말을 걸었다. "《어린 왕자》좋아해요?" 루이의 영어는 매리언의 생각보다 훨씬 훌륭했다.

"이 책밖에 없어요." 매리언은 쑥스러워하며 말했다. '내가 유치하고 있어 보이는 척한다고 여기겠지.' 매리언은 생각했다. 하지만 루이는 미소를 지으며 카운터 아래에서 프랑스 소설 몇 권을 꺼내 들었다.

"이 책들도 재밌어요." 그는 대학에서 현대문학을 전공하고 있다고 말하며 그 책들에 대한 자기 생각을 들려줬지만, 매리언은 한마디도 귀담아들을 수 없었다. 그녀의 눈에는 오직 말을 하는 듯한 루이의 푸른 눈만 보였기 때문이다.

"나한테 줘도 돼요? 보고 있는 거잖아요."

"괜찮아요. 난 이미 여러 번 봤는걸." 그러면서 루이는 매리언의 《어린 왕자》 책을 가져갔다. "이건 나한테 줘요. 서로 교환한 거로 하면 되잖아요."

그렇게 두 사람은 카페가 문을 닫을 때까지 이야기를 나눴다. 매리언이 카페를 떠나려 할 때 루이가 내일 데이트하자고 했다. 매리언은 물론 단숨에 고개를 끄덕였다.

다음 날 루이는 매리언을 데리고 니스의 이곳저곳을 구경시켜줬다. 또한 그는 매리언을 작은 골목의 은밀하고 조용한 술집으로 데려갔다. 열여섯 살 난 매리언은 집이 아닌 곳에서 처음으로 술을 마셨다.

니스의 밤이 여전히 무더웠던 탓일까, 아니면 알코올의 기운 때문이었을까? 매리언은 자신의 두 뺨이 뜨겁게 달아오른 걸 느낄 수 있었다. "너무 늦었다. 내가 데려다줄게." 루이가 뭔가 행동에 옮길 줄 알았던 매리언은 그 말에 루이에게 더 호감을 느끼게 됐다.

이미 너무 늦은 시간이라 기숙사의 큰 쇠문은 이미 잠겨 있었다. 그러자 루이는 담을 넘어들어가 매리언에게 문을 열어줬다.

"내일, 또 만날 수 있을까?" 루이의 푸른 눈동자는 달빛 아래서 유난히 맑게 빛났다.

"응." 안으로 들어가기 전, 매리언은 루이의 뺨에 얼른 입을 맞추고 돌아서서 뛰어갔다. 그녀의 가슴은 금방이라도 터질 것 같았다.

다음 날 저녁, 루이는 매리언을 데리고 어느 집에 갔다. 거기에서는 파티가 열리고 있었는데 루이와 비슷한 또래의 대학생들이 많이 있었다. 매리언은 프랑스 여자들이 하나같이 모델처럼 예쁘다고 느꼈다. 맥주 한 병과 이름 모를 과일주들을 마신 뒤 루이는 매리언의 손을 잡고 2층에 있는 방으로 갔다. 두 사람은 방 주인의 책꽂이에 있는 책과 CD, 영화 DVD들을 살펴보며 이야기를 나눴다.

"〈비포 선라이즈〉야!" 매리언은 그중에 DVD 하나를 꺼내 들었다. 영화 속에서 남녀 주인공은 기차에서 만난 뒤 인생의 갈림길을 결정하기에 앞서 함께 하루 동안 빈을 여행한다. 영화의 끝에 남녀 주인공은 6개월 뒤 빈에서 만나기로 약속한다.

"빈… 난 아직 못 가봤는데." 매리언이 중얼거렸다.

"6개월 뒤에 다시 방학이지?" 루이가 물었다. "그럼… 우리 6개월 뒤에 빈에서 다시 만나자."

매리언은 붉게 물든 얼굴로 고개를 끄덕였다. 그녀가 정신을 차렸을 때는 이미 루이의 입술이 그녀의 입술을 덮은 뒤였다.

매리언의 첫 키스였다.

루이는 입을 맞추며 매리언을 침대로 밀었다. 몸의 중심을 잃은 매리언은 금세 침대 위로 쓰러지고 말았다. 그때 루이의 손이 그녀의 목을 쓰다듬었고 천천히 아래로 움직였다.

'이 남자를 밀어내야 할까? 아니, 이 남자를 믿어도 될까?' 매리언은 조금 망설여졌다. 하지만 그때 이미 루이는 그녀의 옷에 있는 단추를 풀기 시작한 뒤였다.

루이는 매리언의 윗옷을 벗겨내고 그녀의 목과 어깨, 쇄골에 입을 맞췄다.

"루이… 나, 좋아해?" 매리언은 슬쩍 루이를 밀어내며 그의 푸른 눈을 빤히 쳐다봤다.

"사랑해." 루이는 매리언의 눈을 보며 프랑스어로 말했다. 매리언은 이렇게 맑은 눈을 가진 사람이 거짓말을 한다는 걸 결코 상상할 수 없었다.

'이 남자는 보통 남자가 아니야. 루이는 진짜 나를 사랑하고 있다고.' 매리언은 자신에게 말했다. 루이를 알게 된 건 하루밖에 안 되지만 〈비포 선라이즈〉의 남녀 주인공처럼 두 사람은 서로에게 운명 같은 사랑이었다. 그때 루이의 얼굴이 이제 막 발육이 끝난 매리언의 가슴 사이를 파고들었다. 매리언은 차마 그것이 그녀의 첫 경험이라고 루이에게 말할 수 없었다. 그녀의 상상 속 프랑스 사람들은 모두 이런 일에 열정적이고 숙련됐기 때문이었다. 그녀는 루이의 곁에 있는 프랑스 여자들에게 지고 싶지 않았다. 결국 그녀는 두 눈을 질끈 감은 채 침대보를 꽉 쥐고 자신의 몸으로 밀려드는 아픔을 필사적으로 참아냈다.

다음 날 매리언은 수업이 끝나고 카페를 찾았다. 하지만 어찌된 일인지 루이의 모습은 찾을 수가 없었다. 그러고 보니 매리언은 루이의 연락처조차 모르고 있었다.

그날 밤, 기숙사 방에서 도무지 잠을 이룰 수 없었던 매리언은 창가에 몸을 기댔다가 뜻밖의 광경을 보게 됐다. 루이가 기숙사 담을 가볍게 넘어오더니 철문을 여는 게 아닌가. 며칠 전 밤 자신에게 문을 열어줬던 것처럼 말이다. 매리언은 문밖의 여학생이 자신보다 한 학년 위의 선배인 재닛이란 걸 한눈에 알아봤다. 문 뒤편에서 뒤엉켜 있는 두 사람을 보니 그들이 어떤 관계일지 충분히 예상됐다.

매리언은 혼자 카페에 루이를 훔쳐보러 갔던 날을 떠올렸다. 그때 재닛은 연수 책임자와 학생들의 관광 일정에 대해 상의하느라 오후와 저녁까지 회의를 했었다. 또한 재닛은 어제 오후 학생들을 데리고 미술관에 가는 일을 책임졌었다. 그때도 매리언은 피곤하다는 핑계로 미술관에 가지 않고 대신 루이와 파티에 갔었다.

그제야 매리언은 그날 밤 루이가 어떻게 잠겨 있던 기숙사 후문을 안에서 열 수 있었는지 알 것 같았다. 그는 이 기숙사에 한두 번 드나들었던 게 아니었던 것이다. 하지만 루이에게 푹 빠져 있었던 매리언은 여러 생각을 할 틈이 없었다.

재닛은 벌써 3년째 이 연수반에 참가하고 있었다. 그렇다면 재닛은 이미 오래전에 루이를 알았으리라. 매리언은 재닛이 없는 동안 자신이 루이의 심심풀이 상대가 됐다는 걸 깨달았다.

'속았어.'

다음 날 여학생들은 평소와 다름없이 수업을 받았다. 재닛은 매리언에게 아무런 말도 하지 않았다. 아마도 루이가 재닛에게 아무 말도 하지 않은 것 같았다. 하지만 매리언은 재닛의 얼굴을 보며 루이와 그녀가 어딜 가서 무슨 짓을 했을지 상상하고 자신도 모르게 질투를 했다. 매리언은 자신에게 그럴 자격조차 없다는 걸 잘 알고 있었다. 물론 매리언은 재닛과 얼굴을 붉히며 싸

우거나 친구들에게 이 사실을 말할 수도 없었다. 자신이 프랑스 남자의 달콤한 말에 넘어가 겨우 하룻밤 노리개가 됐다는 걸 어떻게 알린단 말인가.

점심시간에 매리언은 일부러 재닛의 근처에 앉았다. 그녀가 혹시 루이에 관해 이야기하지 않는지 듣고 싶었다.

"토요일에 파티가 있다고?" 다른 여학생이 재닛에게 물었다.

"응, 내가 여기 있는 대학생 하나를 아는데 종종 파티를 연다더라." 재닛이 웃으며 말했다.

"네 남자 친구야?" 또 다른 여학생이 고까운 표정으로 물었다. 그 말을 듣던 매리언은 저도 모르게 움찔했다.

"치, 남자 친구는 무슨." 재닛은 전혀 신경 쓰지 않는다는 듯한 표정을 지었다. "그냥 노는 거지. 프랑스 남자랑 데이트하면 꽤 재미있거든. 걔들… 하하, 직접 그 재미를 느껴보든지. 맞아, 근데 진짜 프랑스 남자애들이랑 놀려면 콘돔 한두 개쯤은 미리 챙겨야 돼. 어떻게 쓰는지 내가 가르쳐줄 필요는 없겠지?"

그 말에 다른 여학생들은 모두 까르르 웃어댔다.

하지만 매리언은 조금도 웃을 수 없었다.

＊

빈에서 루이와 만나겠다는 약속도 물론 이룰 수 없는 일이었다.

귀국하고 몇 개월 뒤, 매리언은 자신이 임신했다는 걸 알았

다. 어찌해야 좋을지 몰라 고민하는 동안 기말고사 마지막 날이
됐다. 시험을 마치고 매리언이 집에 돌아오니 어머니가 기다리
고 있었다. 어머니는 매리언의 손을 붙들고 그 길로 병원으로 가
검사를 받게 했다. 임신한 걸 엄마가 도대체 어떻게 알게 됐는지
알 수 없었다. 그녀의 쓰레기를 뒤지다 최근 몇 달 동안 생리가
없었던 걸 알아차린 걸까? 아니, 어머니는 그녀의 쓰레기나 뒤
질 만한 한가한 사람이 아니었다. 그렇다면 집에서 일하는 아주
머니가 그녀의 임신을 의심하고 어머니에게 알린 건가? 차마 물
어볼 수는 없었다. 일이 이렇게 된 이상 어머니가 어떻게 알았느
냐는 이미 중요한 문제가 아니었다.

"낙태할 순 없잖아." 그날 아버지는 평소와 달리 집에 돌아와
저녁 식사를 했다. 매리언의 부모님은 독실한 천주교 신자로 낙
태는 그들에게 결코 가능한 선택이 아니었다.

"어디로 보내면 좋을까?" 어머니는 샐러드를 먹으며 말했다.
"웨스트코스트주에 보어 아주머니가 계시지. 좀 먼 데로 보낸다
면 이탈리아 토스카나에 사촌 언니인 이사벨도 있고."

"유럽의 아기를 유럽으로 돌려보낸다고?" 아버지는 이 상황
에서도 농담을 했다.

부모의 대화를 들으며 매리언은 부모님이 자신을 다른 곳에
보내 아기를 낳게 한 뒤 그 아기를 다른 사람에게 입양시킬 거
라는 걸 알아차렸다.

"음, 우리 아이라고 하면 어떨까?" 아버지가 불쑥 말했다. "내
가 아는 친구 중에 아이들끼리 나이 차이가 많이 나는 경우도 좀

있던데. 지금이라도….”

“지금은 좀 늦었지.” 엄마도 정말 아버지처럼 생각을 해봤던 모양이었다. “앞으로 몇 달 동안 할 일이 엄청 많은데 공개된 장소에 모습을 드러내지 않을 수도 없잖아. 계속 배가 부른 척할 수도 없고.”

분명 부모님은 자신의 일을 상의하고 있었지만, 매리언은 끼어들 틈도 없이 남의 일처럼 듣고 있어야만 했다.

“엄마, 화나신 거 아니에요?” 저녁 식사를 마친 뒤 매리언이 엄마에게 물었다.

“화나지. 하지만 그렇다고 일어난 일을 바꿀 수 있니?” 엄마는 한 발 한 발 매리언에게 다가왔다. “만약 바꿀 수 있다면 엄마는 네게 말할 거야. 나랑 네 아빠는 너무너무 화가 났다고 말이야. 하지만 이미 벌어진 일이니 우리가 할 수 있는 일은 모든 사람에게 좋은 해결법을 내놓는 거뿐이야. 알겠니?”

“예… 예.”

“네 방으로 돌아가. 그 안에서 울든 말든 마음대로 해도 돼. 하지만 네가 방 밖으로 나온다면 어떻게 할지 생각을 좀 해봐야겠구나.” 엄마는 손으로 매리언의 턱을 가볍게 쥐며 말했다. “너 스스로 잘못한 게 없다고 생각한다면 계속 고개 똑바로 쳐들고 살면 되는 거야.”

매리언은 책상 앞에 앉았지만, 눈물을 쏟지는 않았다.

만약 부모님이 그녀를 욕하고 때리기라도 했다면 그녀는 펑펑 소리 내어 울 수 있었을 것이다. 하지만 지금 그녀는 울 핑곗

거리조차 없었다. 아니, 사실 울고 싶은 기분도 아니었다.

엄마의 말이 옳았다. 자신이 잘못한 게 없다면 문제를 잘 해결한 뒤 계속 고개를 쳐들고 살면 될 일이었다.

매리언은 결국 웨스트코스트주의 보어 아주머니에게 가기로 결정됐다. 기말고사가 끝난 뒤 부모님은 매리언이 학교를 그만두게 했다. 웨스트코스트주에 사는 나이 많은 친척을 돌봐야 한다는 그럴듯한 핑계를 대서 말이다. 하지만 사실 보어 아주머니는 매리언의 엄마보다 나이가 그렇게 많지도 않았다. 듣기로는 어렸을 때 보어 아주머니가 매리언의 엄마를 매우 예뻐했다고 했다. 그 때문인지 엄마가 매리언의 상황에 관해 이야기했을 때 보어 아주머니는 두말하지 않고 매리언을 돌봐주겠다고 약속했다. 그뿐만 아니라 보어 아주머니는 그쪽에서 필요한 수속을 다 해놓고 아기를 낳으면 바로 적당한 집에 입양될 수 있는 준비를 해줬다.

보어 아주머니는 바다를 볼 수 있는 작은 언덕 위에 살고 있었다. 보어 아주머니는 평생 결혼하지 않은 데다 다른 친척들처럼 번화한 시내에 살고 있지도 않아 평소 다른 사람들과 왕래할 일도 거의 없었다.

'엄마, 아빠가 여기서 애를 낳으라고 한 게 다 이유가 있었구나.' 매리언은 생각했다.

매리언은 임신해서인지 툭하면 심하게 토를 해댔고, 몸무게도 많이 줄었다. 그저 진한 냄새만 맡아도 토하고 싶은 느낌이 들어서 매리언은 차라리 아기도 토해낼 수 있으면 좋겠다고 생각했다.

아기가 태어나기 전에 초음파 검사를 했지만, 검사를 해주는 사람도 매리언의 상황을 다 알고 있는지 냉랭한 얼굴로 검사할 뿐이었다. 심지어 매리언에게는 초음파 영상을 보여주거나 아기의 상태에 대해 말해주지도 않았다.

배가 점점 불러오자 매리언은 사람들의 시선을 피하려고 보어 아주머니가 준비해둔 병원 검사에 가는 것 외에는 멀리 나가지도 않고 집 근처만 걸어 다녔다. 그래도 보어 아주머니의 집에는 책이 많아서 무료한 시간을 보내기에 좋았다. 그중에 한 책꽂이에는 프로그래밍과 관련된 옛날 책들이 많이 꽂혀 있었다. 매리언은 보어 아주머니가 젊은 시절 실리콘밸리 초기에 드물었던 여성 프로그래머로 활동했으며 나중에 몇몇 동료들과 창업투자펀드 회사를 차렸었다는 이야기를 엄마에게서 들은 적이 있었다. 오늘날 꽤 규모가 있는 IT 회사 중에는 초기에 보어 아주머니의 회사로부터 운영 투자금을 받은 회사가 적지 않다고도 들었다.

임신 때문에 몸이 불편한 걸 빼면 매리언은 사실 임신에 대해 특별한 느낌이 없었다. 하지만 배 속의 아기가 발길질하는 걸 처음 느낀 뒤 그녀는 자신의 몸에 정말 다른 생명이 있다는 걸 실감할 수 있었다. 그것은 귀여운 새끼 고양이나 강아지를 보는 것과는 다른 느낌이었다. 조심스레 어린 사촌 동생을 안으며 지켜주고 싶었던 기분과도 달랐다. 배 속에 있는 이 생명에는 자신의 피가 흐르고 있고, 자신의 세포가 이어져 있지 않은가. 아기의 피가 나의 피고, 아기의 심장이 나의 심장이었다.

하지만 매리언은 차마 배 속 아이에게 이름조차 지어줄 수 없었다.

이런 생각이 들면 매리언은 저도 모르게 눈물을 흘리곤 했다.

"매리언, 너 정말 이 아기를 포기할 거니?" 임신한 지 30주가 됐을 때 보어 아주머니가 불쑥 매리언에게 물었다. "만약 네가 생각을 바꿀 거라면 지금도 괜찮아."

"농담하지 마세요." 매리언은 고개를 숙인 채 책에만 눈길을 줬다.

"매리언, 넌 이제 열여섯 살이야. 난 10년 뒤에 네가 지금의 결정 때문에 후회하거나, 오늘의 일이 네 앞으로의 인생에 영향을 끼치지 않으면 좋겠다." 보어 아주머니는 돋보기안경을 벗으며 말했다. "그러니까 넌 열여섯 살의 기분으로 결정을 내려선 안 돼. 스물여섯 아니, 서른여섯의 너 자신을 상상해봐. 그때의 넌 어떻게 생각할까?"

서른여섯 살의 나?

"보어 아주머니?" 매리언은 책을 덮었다. "지금의 아주머니는 젊은 시절에 지금 나이의 생각으로 사셨나요?"

보어 아주머니는 아무 대답도 하지 않고 그저 미소만 지었다.

"그럼…." 매리언은 보어 아주머니의 손을 잡으며 말했다. "저는 오늘 열여섯 살의 생각으로 결정하겠어요. 서른여섯 살, 아니, 예순여섯 살에도 열여섯 살의 제가 내린 결정을 책임질 거고, 후회하지 않을 거예요."

"넌 네 엄마랑 똑같구나." 보어 아주머니는 이 말만을 남긴 채 자신의 방으로 돌아가려 했다. "여자는 너무 똑똑할 필요가 없단다. 그럴수록 자기를 다치게 할 뿐이지."

"아니요, 저는 엄마랑 똑같지 않아요." 매리언은 웃으며 말했다. "어쩌면 저나 엄마는 모두 보어 아주머니와 똑같은지도 모르죠."

"그래서 자기를 다치게 할 뿐이라고 한 거야." 보어 아주머니는 천천히 일어서며 혼잣말처럼 중얼거렸다. "때로는 스스로 느끼는 대로 행동하는 것도 나쁘지 않단다."

하지만 매리언은 마지막까지 생각을 바꾸지 않았다. 출산 예정일에 다다랐을 즈음, 매리언은 미리 병원에 실려 갔기 때문에 양수가 터져 당황하는 일 따위는 없었다. 모든 일은 부모님이 준비해둔 대로 진행됐다. 분만실에 들어갔을 때 진통 주사를 놔주던 마취과 의사나 곁에서 매리언의 손을 잡아주던 간호사까지도 모두 부모님이 준비해둔 것 같았다.

엄마는 보어 아주머니에게 분만실에 매리언과 함께 들어가면 안 된다고 얘기해뒀다.

무통 분만으로 아기를 낳았기 때문에 매리언은 아래에서 어떤 일이 일어나는지 잘 알지 못했다. "힘을 주세요. 힘을 좀 더 주세요!" 의사가 계속 재촉했지만, 매리언은 이미 있는 힘을 다 준 터라 분만은 더 이상 진전이 없었다. 그녀는 등이 흠뻑 젖도록 땀을 흘렸지만, 자신이 힘을 주고 있는 것인지 아닌지도 알 수 없었다.

그렇게 시간이 얼마나 흘렀을까? 매리언은 갑자기 뭔가 쑥 빠져나가는 기분을 느꼈다. 마치 아주 오래된 변비가 밀려 나갔을 때의 시원함이랄까. 곧이어 갓난아기의 울음소리가 들려왔다.

매리언은 처음으로 울음소리가 시끄럽지 않다고 느꼈다. '아니, 천상의 소리란… 바로 이런 소리를 가리키는 걸까?' 그녀는 생각했다.

"아기 좀 보여주세요." 그 순간, 매리언은 문득 아기를 안아보고 싶다는 생각을 했다. 아기가 그 맑고 푸른 눈을 가졌는지 보고 싶었기 때문이다.

하지만 분만실의 간호사는 얼른 아기의 몸을 닦은 뒤 그대로 안고 나가버렸다.

"저 좀 보여주세요!" 매리언은 멀어져가는 간호사의 뒷모습을 그대로 두고 볼 수밖에 없었다.

몸을 추스른 뒤 그해 가을, 매리언은 웨스트코스트주에서 계속 고등학교에 다니게 됐다. 기숙학교로 옮기면서 매리언은 더 이상 보어 아주머니네에서 살 수 없었다. 나중에 매리언이 대학에 가고 얼마 되지 않아 보어 아주머니는 중풍으로 쓰러졌고 끝내 세상을 떠났다. 어머니는 장례식에 참석했지만, 매리언은 어머니의 반대로 보어 아주머니에게 마지막 인사를 하러 갈 수 없었다. 훗날 매리언은 보어 아주머니가 집과 적지 않은 돈을 신탁 기금에 맡겨뒀는데 그 수익자가 자신임을 알게 됐다.

매리언이 임신했던 날들은 보어 아주머니가 세상을 떠나며 마치 처음부터 일어나지 않은 일처럼 아무런 흔적도 남지 않았다.

44

"시먼스 부인?"

'아무런 흔적도 남지 않았더라….'

"시먼스 부인!"

"어?" 자신을 부르는 소리에 매리언은 고개를 들었다. 그때까지만 해도 그녀는 자신이 아직도 분만실에 있다고 착각했다. 하지만 눈앞에 있는 간호사는 다른 유니폼을 입고 있었다.

'맞다, 이 사람은 롬의 병원에 있는 간호사 이브잖아.' 롬은 매리언의 남편으로 불임 전문 병원을 운영했다. 마침 병원은 매리언의 고객 회사 근처에 있었다.

"시먼스 선생님은 아직 환자 두 분을 더 보셔야 하는데, 사모님 배고프시면…."

"오늘 예약도 또 시간이 초과된 건가요?" 매리언은 이브를 보며 씩 웃었다.

"예…." 이브는 민망한 듯 대답했다. "앞에 오신 환자분들이 선생님이랑 이야기가 길어지는 바람에…."

"괜찮아요. 나라도 묻고 싶은 게 많을 거 같은데. 그럼 내가 먹을 걸 사 와서 여기서 같이 먹죠, 뭐. 밥 먹었어요, 이브? 내가 좀 사다줄게요."

"아, 아니에요. 감사합니다. 저는 점심 도시락 가져왔어요."

매리언은 원래 롬과 함께 점심을 먹기로 했었다. 하지만 병원에 와서 기다리는 동안 "대표님은 잘 몰라요."라고 했던 레일라의 말이 생각나, 저도 모르게 아무런 흔적도 남지 않았던 고등학교의 그때를 떠올리고 말았다.

매리언이 어떻게 모를 수 있겠는가. 10개월 동안 아기를 배속에 가진 그 느낌을 말이다. 몸 안의 살 한 덩이가 오랜 진통을 거쳐 갑자기 빠져나가버렸다. 하나로 연결되어 있던 생명을 눈으로 한번 바라보지도, 팔로 안아보지도 못했다.

'그걸 내가 어떻게 모르겠어.'

"어? 휴대전화를 어쨌지?" 병원을 나선 지 얼마 되지 않아 매리언은 휴대전화가 없다는 사실을 알아차렸다. "병원에 두고 왔나보네."

"조금 전 그분이 선생님 사모님이에요?" 점심거리를 사러 가다 말고 서둘러 병원으로 돌아왔을 때, 안에서 어느 환자가 이브에게 묻는 소리가 들렸다.

"되게 능력 있어 보이던데."

"예." 이브는 미소를 지으며 말했다. "사모님은 자기 회사를 운영하고 계세요."

"와, 선생님이랑 정말 잘 어울리는 한 쌍이네요. 그런 사람들 애는 머리도 참 똑똑하겠지."

"어⋯, 두 분은 아이가 없는 것 같던데요."

"아이가 없다고요? 최근에 결혼하셨어요?"

"아니요, 두 분은 결혼한 지⋯ 6년쯤 됐어요. 서로 얼마나 사랑하신다고요. 시먼스 부인은 종종 오셔서 선생님이랑 점심 데이트도 하시는걸요."

"근데 왜 애가 없어요?"

"그건 저도 잘 모르겠어요." 이브는 자신이 지나치게 말을 많이 했다고 느꼈는지 이내 고개를 숙이고 일하는 척을 했다.

"모를 일이지. 혹시… 의사 선생님이 자기는 못 고치는 거 아닌가?"

"너무 바쁜가보죠." 다른 부인이 대화에 끼어들었다. "엄청 커리어우먼 같던데 애를 안 좋아할 수도 있고."

"그렇다면 참 이상하네요. 불임 전문 의사의 부인이 아이를 싫어한단 말이에요?"

짧은 몇 마디 대화를 통해 매리언은 단순히 애가 없는 여자에서 아이를 싫어하는 여자로 진화하게 됐다.

매리언은 주먹을 꽉 쥐고 병원 안으로 들어가 아무 말이나 떠들기 좋아하는 사람들에게 본때를 보여주려 했다.

"저와 아내는 아이를 원하지 않습니다." 불쑥 롬이 모습을 드러냈다. 아마도 뒤쪽에 한동안 서 있었던 모양이다. "그건 저희의 선택입니다. 여러분이 아이를 무척이나 갖고 싶어 하는 것처럼 말이죠. 생선을 파는 사람이 꼭 생선 먹는 걸 좋아하는 건 아니지 않습니까? 그렇다고 생선을 싫어한다고 말할 수도 없지요. 그냥 다른 고기를 먹는 걸 더 좋아하는 것일 수도 있잖아요. 아, 여보."

롬은 밖에 서 있는 매리언을 보고 얼른 다가와 그녀의 손을 잡았다.

"당신 배고프지? 근데 내가 점심 전에 볼 환자가 둘이나 있어서."

"괜찮아. 내가 가서 사 오면 되지. 치킨 샌드위치?"

"내 입맛은 당신이 제일 잘 안다니까." 롬이 매리언의 뺨에 입을 맞췄다.

✳

"당신 좀 전에 그렇게 말해도 괜찮아?" 매리언이 샌드위치를 먹으며 물었다. "그 사람들 당신 고객이잖아."

"괜찮아." 롬은 씩 웃으며 답했다. "우리 환자들은 당신네 고객들 같지 않아서 그렇게 쉽게 뭐라고 하지 않아."

"하긴… 그런데 요즘 갈수록 의대생 중에 전공을 포기하는 사람들이 많아지고 있다며?" 매리언은 브라이언의 아내 이야기를 들려줬다.

"정말? 참 아쉬운 일이네." 롬은 고개를 끄덕였다. "근데 처음 듣는 이야기는 아니야. 실제로 의대생 중에 전공을 계속 공부하려는 애들이 줄고 있다고 하더라고. 심지어…." 롬은 몸을 수그려 낮은 소리로 말했다. "어떤 학생들은 레지던트도 안 하려 한다는 거야. 그냥 대학 공부면 됐다며, 직업 의사가 되고 싶은 생각은 없다나."

"뭐? 얼마나 어렵게 들어간 의대인데. 거기다 들인 돈이 한두 푼이 아닌데 의사를 안 한다고?"

"그 친구들은 의과대학 학위만 바란다더라고. 적당한 결혼 상

48

대자를 찾기 위해서 말이야. 의대생이라는 신분만 있으면 자기들 고향이나 동네에서는 돈 많은 집안이 좋아한다더군.”

“어머, 우리 아기 거기 들어가면 안 돼.” 서너 살 난 남자아이가 병원 휴게실로 뛰어들어오자 뒤이어 아이의 엄마가 얼른 쫓아왔다.

“선생님, 죄송합니다.”

“안녕하세요, 오닐 부인. 괜찮습니다.” 롬은 무릎을 꿇고 남자아이의 머리를 쓰다듬으며 말했다. “네가 케빈이지? 지금 몇 살이니?”

“네 살!” 남자아이는 웃으며 손가락 네 개를 펼쳐 보였다.

“그렇구나. 엄마랑 나가서 텔레비전 보고 있다가 잠시 후에 이 의사 아저씨 방에서 만날까?”

“예!” 남자아이는 힘껏 고개를 끄덕이더니 자기 엄마의 손을 잡고 휴게실을 나갔다.

매리언은 피식 웃으며 말했다. “당신, 누가 보면 소아과 선생님인 줄 알겠네.”

롬은 빤히 매리언을 쳐다봤다.

“괜히 이상한 생각하지 마.” 롬은 가볍게 매리언의 이마를 두드렸다.

“그런 거 없어.” 매리언은 고개를 숙이며 웃었지만 어쩐지 어색한 표정을 감출 수 없었다. 매리언은 남편이 아버지가 될 기회를 놓쳐서 후회하는 건 아닐까 생각했고, 롬은 이런 아내의 생각을 알아차렸다.

"매리언, 사실 정말 찾고 싶다면….."

"됐어! 당신이야말로 이상한 생각하지 마. 내가 전에도 말했지만 내 답은 '아니요'야." 매리언은 두 손을 들었다. 롬이 하려던 말은 만약 매리언이 그때 다른 사람에게 입양 보낸 아이를 찾고 싶다면 자신은 반대하지 않으며 도울 수도 있다는 거였다.

처음 두 사람이 사귀기 시작했을 때 매리언은 자신의 과거에 대해 롬에게 솔직히 고백했다. 나중에라도 상대에게 괜한 약점을 잡히고 싶지 않아서였다. 뜻밖에도 롬은 매리언의 과거를 있는 그대로 받아들여줬을 뿐만 아니라 두 사람이 결혼할 때 혹시 아이를 찾고 싶지 않으냐고 물었다. 당시 매리언은 찾고 싶지 않다고 확실히 말했다.

아이가 잘 지내고 있지 않다면 양심에 가책만 느낄 뿐 하지 말았어야 할 일을 한 꼴이 될 테고, 아이가 잘 지내고 있다면 더더욱 아이의 삶을 방해해서는 안 될 테니 말이다.

"그 애는 아마… 스물 몇 살쯤 됐겠지?" 롬이 말했다.

"응, 스물세 살. 지금쯤이면 대학을 졸업하고 사회에 발을 내디뎠겠지."

"레일라의 아들은 이제 겨우 한 살이 좀 넘었는데." 롬은 씩 웃었다.

레일라 이야기가 나오자 매리언은 한숨이 절로 났다. "레일라는 정말…." 매리언은 요 며칠 있었던 레일라의 일을 이러쿵저러쿵 털어놓으며 자신도 남편 앞에서 남의 흠이나 잡는 못된 아내가 다 됐다는 생각이 들었다.

"당신 생각에는 내가 어떻게 하면 좋겠어?" 매리언이 먼저 묻긴 했지만, 롬이 정말 어떤 의견을 내놓기를 바라는 건 아니었다. 남편이 자신의 이야기를 들어주는 것만으로 충분한 데다 마음속에 이미 나름의 답이 있었다.

"레일라가 옛날에 말한 것처럼 하면 되겠네."

"응?"

"당신이 얘기했었잖아. MBA 과정에서 공부할 때 레일라가 아주 독한 말을 했었다고. 레일라가 말한 대로 당신이 똑같이 해주면 레일라도 뭐라고 하진 못하겠⋯." 롬은 더 이상 말을 이어갈 수 없었다. 매리언이 이미 그에게 입을 맞췄기 때문이다.

"뭐야?" 롬이 웃으며 물었다.

매리언은 아무 말도 하지 않고 그저 가만히 손을 턱을 괸 채 싱긋 미소를 지었다.

그녀도 롬과 똑같이 생각하고 있었던 것이다.

3

작은 비행기 장난감이 커피잔 안에 날아 들어왔을 때, 매리언은 비로소 정신을 차릴 수 있었다. 그제야 매리언은 자신이 손 안의 서류를 얼마나 꽉 쥐었는지 봉투가 이미 구겨졌다는 걸 알아챘다. 맙소사, 처음 창업했을 때만 해도 이렇게 긴장한 적이 없었는데 매리언은 저도 모르게 한숨이 나왔다. 하긴 어찌 보면 긴장하는 것도 당연한 일이었다. 그때는 두 사람이 창업했으니 한 사람이 절반의 리스크만 감당하면 됐지만, 지금은 그녀 혼자 뿐이지 않은가.

매리언은 혼자서 조용히 자신의 계획을 진행하고 있었다.

롬의 생각이 자신과 같다니, MBA 때 레일라가 했던 독한 말을 언젠가 그에게 이야기해준 적이 있었는데 아직도 기억하고 있을 줄이야.

'그러면 그 사람들을 죄다 해고하면 되잖아요.'

그 시절 레일라는 그렇게 독한 캐릭터였다. 그러니 레일라도 매리언이 이렇게까지 하는 것에 대해 그리 놀라지 않을 것이다. 지난날을 돌아보면 두 여자는 바로 그런 독함을 무기로 함께 사업을 점차 확장할 수 있었다.

그때 매리언은 어떤 시선을 느꼈다. 알고 보니 그녀 곁에 작은 그림자가 서 있는 게 아닌가. 테이블 옆에 선 사람은 작은 사내아이였다. 아이는 갈색이 섞인 금발 곱슬머리에 둥글고 파란 눈을 크게 뜨고 매리언이 뭔가 말해주길 기다리고 있는 것 같았다. 아마 보통 사람들의 기준에서 말하자면 이 사내아이는 지금 아주 귀여운 표정을 짓고 있는 것이리라.

매리언은 커피잔 안의 비행기 장난감과 테이블 위로 튄 커피를 보다가 다시 고개를 들어 주위를 둘러봤지만 사내아이의 부모는 찾을 수 없었다. 그녀는 무표정한 얼굴로 다시 아이를 쳐다봤다.

'얼른 사과해.' 매리언은 생각했다. 아이는 예닐곱 살은 되어 보이고 귀티 나는 옷차림에, 매리언이 지금 은행 VIP 고객들만 오는 VIP실에 있는 만큼 교양 있는 집의 아이일 테니 자기가 실수를 저지르면 사과해야 한다는 것쯤은 알고 있을 것이다.

"응?" 매리언은 일부러 고개를 틀어 테이블 위의 커피잔을 바라봤다.

"죄… 죄송합니다. 일부러 그런 건 아니에요." 그제야 사내아이는 고개를 숙인 채 작은 소리로 말했다. 하지만 아이의 눈은 매리언을 빤히 쳐다보고 있었다.

제법이네, 이 꼬마. 지금까지 이 귀여운 얼굴과 말투로 어른들의 환심을 샀겠지. 매리언이 다시 고개를 들었지만, 아이의 부모는 보이지 않았다.

"이 비행기가 네 거니?"

사내아이는 고개를 끄덕였다.

"그럼 이 커피는 누구 건지 아니?"

"누나 거요."

정말 제법이네, 그녀를 '아줌마'가 아닌 '누나'로 부를 줄 안다니. 매리언은 아이의 부모가 평소 다른 사람을 어떻게 대해야 한다고 가르쳤는지 알 것 같았다.

하지만 현실 세계는 냉혹한 법이니 일찌감치 준비하는 것도 나쁘지 않으리라.

"내 커피인 줄 알면서 왜 네 비행기를 떨어뜨렸니?"

"…조심하지 않아서요." 아이는 조금 안달이 난 것 같았다. 매리언이 자기 생각처럼 따뜻한 미소를 지으며 비행기를 돌려주지 않았기 때문이다.

"네가 조심하지 않아서 커피가 다 튄 거 봤니?"

"예."

그때 매리언은 자신의 재무설계사가 고개를 내밀고 나온 걸 봤다. "네가 조심성 없이 놀다가 지금 내 커피잔에 비행기가 들어간 거잖아." 매리언은 커피잔 속 비행기를 집어 들며 말을 보탰다. "그러니까 넌 조심하지 않고 비행기가 남의 물건에 들어

갈 줄 알면서도 계속 이렇게 논 거구나. 그럼 이 비행기는 내 잔 속에 있으니까 내 거라고 해야겠다."

"하지만 제가 이미 죄송하다고 했는데…." 사내아이의 목소리는 점점 더 기어들어갔다. 매리언은 아이가 자신이 꿀린다는 사실을 알고 있음을 눈치챘다. 하지만 그녀는 고개 한번 돌리지 않은 채 그대로 재무설계사의 사무실로 들어갔다.

'다 널 위해 이러는 거야.' 매리언은 생각했다. 현실에는 사과만으로 해결되지 않는 일들이 넘쳐난다. 장난감이 남의 잔에 들어갔을 때 교훈을 얻지 못한다면 어른이 돼서 남의 것을 침범해 놀다 결국 총에 맞아 죽을 수도 있다. 반면 지금 아이는 장난감을 잃어버렸지만, 목숨은 건지지 않았는가.

"저 남자애 부모가 누군지 알아요?" 매리언이 물었다.

"예, 제 동료의 고객인데 무슨 일이신가요?"

"그럼 저 대신 이 비행기 좀 동료에게 전해줘서 아이한테 건네달라고 해줄래요?" 매리언은 티슈로 비행기 장난감을 깨끗이 닦아 재무설계사에게 건넸다.

"예, 그렇게 하죠." 재무설계사는 서랍에서 서류 파일 하나를 꺼냈다. "이건 저희가 시먼스 부인 명의의 부동산 가격을 평가한 거고, 여기 금액이 있습니다. 몇 가지 중에 선택하실 수 있는데 첫 번째는 주택 신용 한도액으로 매달 이자만 물면 된다는 장점이 있어요. 이자 계산이 간편한 데다 비교적 유연성이 있어서 편하실 때 인출한 신용 한도액을 갚으시면 됩니다. 하지만 이걸로 하면 평가 금액의 60퍼센트밖에 빌릴 수 없어요. 두 번째는 대출을 받는 건데 이자를 조금 낮출 수 있다는 장점이 있고 평가 금액의 80퍼센트까지 빌릴 수 있어요. 하지만 복리인 데다 매달 고정적인 금액을 갚아야 합니다. 시기를 당겨서 대출금을 갚으려고 하면 오히려 벌금을 무실 수도⋯."

"지금 대출 이자가 얼마나 되죠?"

"그건 시먼스 부인께서 고정금리로 할지 변동금리로 할지에 따라 다릅니다. 변동금리로 한다면 우대 금리에서 0.5퍼센트 낮아지고요. 그에 비해 부동산 신용 한도액으로 하시면 지금 이자가 우대 금리에서 0.5퍼센트 높아집니다."

"음⋯."

"시먼스 부인, 돌아가셔서 신중히 생각해본 뒤에 다시 결정하셔도 늦지 않습니다. 큰 금액인데 충분히 고려해보셔야죠." 재무설계사는 미소를 지으며 서류 파일을 매리언에게 건넸다.

은행을 나와 회사로 돌아온 뒤 매리언은 회사 메신저로 문자를 보내 브라이언에게 시간 날 때 자기 집무실로 오라고 했다. 돈에 관해서는 사실 큰 문제가 없었다. 매리언은 웨스트코스트주 사무소에 인력을 배치하는 일만 적당히 정리되고 나면 레일라에게 그녀의 회사 주식을 사겠다고 말할 작정이었다. 이미 회계사와 상의했기 때문에 자신이 제시할 가격이 매우 합리적이란 걸 알고 있었다. 레일라가 지금 이 돈으로 잘 투자한다면 온종일 집에서 이든을 돌봐도 아무 문제가 없을 것이다. 게다가 매리언이 이 일을 이야기할 때쯤이면 레일라는 회사에서 이미 실질적인 권한을 모두 잃은 다음일 게 분명했다.

스타 매니지먼트는 제스퍼의 사건 이후 주로 매리언이 뒤에서 애비게일에게 지시를 내리게 됐기 때문에 레일라는 지금 맡은 고객도 없었다. 최근 회사는 웨스트코스트주의 S시와 계약을 맺어 앞으로 있을 올림픽 유치의 선전과 홍보 활동에 참여하기로 하면서 전에 없던 호황을 만났다. 회사에서 누군가 한 사람이 그 일을 맡아 웨스트코스트주의 팀을 이끌어야만 했다. 본래 웨스트코스트주로 사업을 확장하는 것은 회사의 장기적인 계획이었기에 처음에는 웨스트코스트주 사무소가 세워지면 매리언과 레일라 중 하나가 거기로 가고 다른 하나는 이곳 본사를 지키려 했었다. 원래 매리언은 자신이 웨스트코스트주로 가도 상관이 없다고 생각했고, 롬도 좋다고 응원해줬었다. 하지만 지금 레일라의 상황을 보면 과연 여기서 이스트코스트주 팀을 제대로 이끌 수 있을지 심히 의심되지 않을 수 없었다. 엄마가 된 레일라가 업무에 대한 감각을 서서히 되찾을 때까지 마냥 기다려 줄 수 없는 노릇이었다.

매리언은 자신처럼 일에 목숨을 걸지 않는 사람과 이 회사를 함께 나누고 싶지 않았다.

"대표님, 절 찾으셨어요?" 브라이언이 문을 두드리며 매리언의 집무실로 들어왔다.

"응." 매리언은 브라이언에게 뒤쪽의 유리문을 닫으라고 손짓했다. "브라이언, 우리 회사가 S시 올림픽 홍보 업무를 따낸 건 알고 있지?"

브라이언이 고개를 끄덕였다.

"이건 우리가 오랫동안 바라왔던 사업 확장의 기회야. 그래서 웨스트코스트주에 사무소를 내면 능력 있고 경험 있는 사람이 거기 가서 총책임자 역할을 해주면 좋을 거 같아." 매리언은 그렇게 말하며 몸을 살짝 앞으로 숙였다. "어떻게 생각해? 이건 좋은 기회잖아."

브라이언은 매리언이 마음속으로 점찍은 가장 적당한 후보였다. 그는 회사의 오랜 공신인 데다 능력도 확실해 그가 간다고 하면 누구도 다른 의견을 내지 않을 것이다. 게다가 무엇보다 그는 회사에서 오랫동안 일하면서도 큰 야심을 드러내지 않는 사람이었다.

능력은 있되 야심이 없는 인재는 어느 사장에게나 고마운 존재가 아닐 수 없다. 하지만 브라이언은 어쩐 일인지 매리언의 제안에 바로 좋다고 하지 않았다.

매리언도 딱히 뭐라 말을 건네지 못했다. 이럴 때 브라이언이 원하는 걸 들어준다면 효과적으로 설득할 수 있으리라. 브라이언에게 야심이 없는 건 사실이지만 그렇다고 바보는 아니었다. 지금이야말로 그가 원하는 조건을 이야기할 수 있는 최적의 순간이었다.

'말해봐. 나한테 원하는 조건을 말해야 나도 당신 속내를 알 수 있을 테니까 말이야.' 매리언은 생각했다.

"대표님, 제게 이런 기회를 주셔서 정말 감사합니다. 그런데…." 브라이언은 크게 숨을 들이쉬더니 말했다. "저는 먼 곳으로 이사를 하고 싶은 마음이 없어요."

'뭐?' 큰 금액의 숫자를 들을 거라 생각했던 매리언은 순간 어떻게 반응해야 좋을지 알 수 없었다. 그녀는 그저 자신의 놀란 표정을 감추려 애쓸 뿐이었다.

"전에 아내가 북부의 작은 마을에는 가정의가 제법 많이 필요하다면서 거기로 가면 수입이 훨씬 나아질 거라고 한 적이 있어요. 하지만 아이들도 이미 이쪽 학교에 적응했고, 막내가 초등학교를 졸업하기 전까지는 웨스트코스트주로 가지 않을 생각이에요. 저희는 솔직히 말하자면 애들 학교가 있는 동네를 떠날 생각도 없어요."

"온 가족이 옮겨 가는 게 부담이 되는 거라면 당신이 먼저 가서 거기 환경이 괜찮은지 봐도 되잖아. 사무소가 궤도에 오르면 그때 가서 다시 가족들이 옮겨갈지 말지 결정해도 되고. 그 기간에는 한 달에 한 번씩 이쪽에 올 수 있게 회사에서 비행기 티켓을 책임질게."

"대표님, 죄송해요. 저는 겨우 한 달에 한 번 아이를 보면서 살지는 못할 거 같아요. 그럼 제가 일하면서도 마음이 놓이지 않을 거 같거든요."

"요즘 과학기술이 얼마나 좋아? 매일 영상 통화를 할 수도 있잖아. 휴대전화로 애들이랑 연락해도 되고. 어차피 지금도 아침에 애들 학교에 보내주고 나면 저녁에 두어 시간 함께 있는 거뿐이지 않나?"

"그거랑 웨스트코스트주에 가는 건 다른 문제죠. 부모로서 언제든 아이의 곁에 있으면 아이들이 아플 때 침대 옆에 앉아 약을 먹여줄 수도 있고, 아이가 괴롭힘을 당하면 안아주면서 어떻게 해야 할지 가르쳐줄 수도 있잖아요. 또 학교에서 선생님이 칭찬을 해주면 아이들은 제가 집에 들어선 순간 뛰어나와 신나게 이야기할 텐데⋯." 브라이언의 입술은 살짝 떨리고 있었다. "저희 큰아들이 처음 '아빠'라고 했을 때 마침 제가 대표님과 웨스트코스트주로 출장을 갔었어요. 아이의 말을 녹음으로 들었을 때는 이미 늦은 밤이어서 아이는 잠이 든 뒤였고요. 그래서 제 입으로 아이에게 칭찬해줄 수도 없었죠. 그날 이후로 될 수 있는 한 아이들과 함께하는 이 특별한 순간들을 놓치지 않겠다고 마음먹었어요." 브라이언은 부드러운 목소리로 말하고 있었지만, 그 안에서 단호함이 느껴졌다.

매리언은 본래 브라이언에게 제시할 여러 조건을 준비하고 있었지만, 아이에 관해 이야기하는 브라이언의 눈빛을 보니 결코 그를 설득할 수 없으리란 걸 알았다. 매리언은 지금 뭔가 더 이야기했다가 오히려 브라이언이 사표를 내겠다고 할까 봐 겁이 났다.

"대표님, 죄송합니다." 브라이언은 마음이 편치 않은 얼굴이었다.

"아니야." 매리언은 억지로 미소를 지어 보였다. "난 오히려 기쁜데. 브라이언이 솔직하게 자기 생각을 얘기해줘서. 내가 제일 싫은 사람이 다른 속셈을 품은 책임자거든."

매리언의 말에 브라이언은 큰 짐을 던 것 같은 표정을 지었다. "사실 회사에는 저 말고도 능력 있는 사람이 많이 있잖아요.

애비게일도 그렇고요. 제 생각에는 제스퍼 사건 이후에 애비게일이 많이 성숙해진 것 같아요. 게다가 애비게일의 고향도 웨스트코스트주고요."

"어, 나도 알고 있지. 한번 생각해볼게. 아, 내가 누굴 마음에 두고 있는 것 같다고 다른 사람들에게는 말하지 말아줘."

"예, 알겠습니다."

브라이언이 나간 뒤 매리언은 저도 모르게 태블릿 PC의 터치펜을 잡고 계속 화면을 두드렸다. 그녀가 마음이 편치 않을 때면 보이는 습관이었다. 물론 매리언도 브라이언의 성향을 모르는 건 아니었다. 하지만 이 정도일 줄은 상상도 못 했으며 어느정도 상의할 여지가 있다고 생각했었다.

애비게일은 확실히 능력이 있는 직원이었다. 하지만 아직 젊은 탓에 경험이 부족한 게 흠이었다. 평소 일 처리는 빈틈이 없지만, 돌발적인 상황을 만나면 임기응변 능력이 부족하달까. 만약 브라이언이 데리고 웨스트코스트주에 간다면 애비게일도 1, 2년 뒤에는 충분히 책임자 역할을 할 수 있을지 모른다. 그럼 브라이언은 그때 여기로 돌아와도 될 것이다. 단기라도 브라이언이 웨스트코스트주 사무소에서 일하겠다고 한다면 말이다. 하지만 브라이언은 어떤 스타일의 변동도 고려하지 않는 것 같았다.

'아이가 아빠라고 부르는 첫소리를 더 이상 놓칠 수 없다고?'

매리언은 펜을 책상 위에 놓은 뒤 휴대전화로 아버지에게 문자를 보냈다.

'뭐 하세요?'

'찰리 아저씨랑 점심 먹고 있다. 좀 이따 이사회의가 있고.' 매리언의 아버지는 2년 전에 은퇴한 뒤 지금은 한 상장회사의 사외 이사와 스타트업 기업의 자문을 맡고 있었다. 하지만 아버지는 매리언이 창업한 뒤로 단 한 번도 그녀에게 어떤 의견을 이야기한 적이 없었다.

'아버지, 제가 처음 아빠라고 불렀던 때를 기억하세요?'

'아니.' 아주 간단한 대답이었다.

'무슨 일이냐?' 매리언이 더 이상 말이 없자 잠시 후 다시 아버지의 문자가 왔다.

'동료들과 이야기하다 그런 말이 나와서요.' 짧은 답문을 쓴 뒤 매리언은 휴대전화를 내려놓았다. 하지만 얼마 지나지 않아 문자 여러 개가 도착하기 시작했다.

'3년 전 네가 기업가 대상 후보가 됐었지.'

'난 후보의 손님 자격으로 시상식 연회에 참석했었고.'

'내가 바 근처에 있는데 네가 근처에서 아빠라고 부르는 소리가 들리더구나. 그때 네가 나를 다른 후보들에게 소개해줬지.'

'그날 밤, 나는 내 신분이 매리언의 아빠로 바뀌었단 걸 알았단다. 네가 그때 불러준 아빠라는 말은 내게 기념할 만한 이정표가 됐다.'

'매리언, 난 널 자랑스럽게 생각한단다.'

✳

카밀이 유모차를 밀고 나타났을 때 매리언은 속으로 고개를 저으며 쉽지 않겠다고 생각했다. 카밀은 매리언의 예전 부하 직원으로 그녀가 아끼던 인재였다. 하지만 6년 전에 남편이 병에 걸리자 카밀은 남편을 돌보겠다며 사직서를 냈다. 나중에 남편이 건강을 회복한 뒤 카밀은 회사로 돌아오고 싶어 했지만 마침 빈자리가 없었다. 그래서 카밀은 어쩔 수 없이 다른 회사에서 일해야만 했다. 그게 매리언이 카밀에 대해 알고 있는 마지막 정보였다.

"보시면 아시겠지만 제가 아직 출산 휴가 중인 데다 두 달 정도 더 남았고… 사실 임신 전에 인적자원부로 옮기기로 조정을 해뒀어요. 주로 하는 일은 교육이고요." 카밀은 웃으며 카페인이 들어 있지 않은 커피를 홀짝거렸다. 아기는 유모차 안에서 여전히 새근새근 잠을 자고 있었다.

매리언은 빙 둘러 말하지 않고 카밀을 불러낸 이유를 이야기했다. 매리언은 직접 웨스트코스트주에 사무소를 내는 일을 처리하고, 이스트코스트주의 회사는 카밀에게 브라이언과 같은 직급을 줄 테니 돌아와 도와달라고 할 작정이었다. 웨스트코스트주의 사무소는 이제 막 걸음마 단계인 데다 거리가 멀어서 회사나 매리언과 상관이 없는 사람에게 맡기기 어려웠다. 그래서 매리언은 브라이언이 거기에 가주길 그렇게 바랐던 것이다. 하지만 지금은 차선책으로라도 자신이 웨스트코스트주에 가고 브라이언에게 이스트코스트주를 지켜달라고 할 수밖에 없게 됐다. 하지만 그녀는 브라이언이 자신처럼 생각해주리라고 마냥 바랄 수 없었다. 대신 절충안으로 매리언 자신이 신뢰하는 사람에게 브라이언과 함께 이스트코스트주 일을 책임져달라고 하려 한 것이다.

∗

"대표님, 고맙습니다. 정말로 저를 기억해줘서 고마워요. 저를 이런 일을 맡을 수 있는 사람이라고 생각해줘서 기쁘고요."

매리언은 심장 박동이 점점 더 빠르게 느끼는 걸 느낄 수 있었다. 보통 이런 말 뒤에는 "하지만…"이라는 말이 따라붙지 않던가. 사실 '하지만' 앞에 늘어놓는 말들은 모두 허튼소리나 다름없다. 그럼에도 매리언은 카밀이 레일라와 같지 않기를 속으로 기도하고 또 기도했다. 매리언이 아는 카밀은 누구보다 일을 사랑하는 사람이었다. 매리언은 카밀이 회사로 돌아오고 싶다고 했을 때 "저는 이미 준비가 됐어요."라고 말하는 듯한 간절함을 보였던 걸 여전히 기억하고 있었다.

"그런데 우리는 서로 타이밍을 맞추기가 영영 힘든가 봐요." 카밀이 씩 웃으며 말했다. "하하, 이렇게 말하니까 무슨 바람피우는 애인이랑 얘기하는 것 같네요. 하지만 진심이에요. 제가 회사에 돌아오고 싶었을 때는 자리가 없었고, 지금은 제가 그런 리듬이나 시간으로 일할 수 없을 거 같거든요." 카밀은 유모차 안의 아기를 바라보며 희고 보드라운 아기의 얼굴을 살짝 건드렸다.

"난 카밀이 다르단 걸 알고 있어. 당신이 바라는 건 이런 게 아니잖아." 매리언은 카밀을 다시 설득해보려 했지만, 자신에게 승산이 별로 없다는 건 이미 알고 있었다.

"예전에는 확실히 그랬죠. 하지만 저도 엄마가 됐잖아요. 적어도 앞으로 몇 년 동안은 아이가 모든 일보다 우선일 거예요."

"앞으로 몇 년? 그럼 그때 몇 살인지 알아? 전에는 남편이 아파서 사직했으니 어쩔 수 없었다 치더라도 이제 딸아이를 위해 몇 년을 더 늦추겠다니 그럼 다 합쳐서 10년이란 시간을 놓치게 되는 거야. 말이 10년이지 신입이 직장에 들어와서 대선배가 될 정도의 시간이라고. 내 생각에는 딸이 어리고 카밀도 아직 젊을 때 일하는 리듬을 찾아야 하지 않을까 싶은데. 그래야 아이도 어려서부터 엄마가 일하는 환경에 익숙해질 수 있고 말이야."

"그러려면 월급을 아이 돌보는 베이비시터에게 다 써야 하지 않을까요?"

"내가 당신이 손해 보게 하지 않을 거라는 거 알잖아."

"대표님은 잘 몰라요. 애한테 이 몇 년이 얼마나 중요한데 남에게 맡겨놓을 수 있겠어요?"

"카밀, 그건 그냥 핑계야. 아이는 성장 단계마다 계속 다른 게 필요해지게 마련이야. 그럼 당신은 영원히 집을 떠나지 못할 수도 있다고. 난 어려서부터 보모 손에 자랐어. 하지만 지금 내가 잘못된 게 있나?"

"그러니까 대표님께선 어머니와 친밀한 관계를 맺지 못한 거예요."

"내가 아는 건 지금 내가 수십 명의 직원을 이끌며 일하고 있고, 우리 엄마는 지난날 천 명이 넘는 직원을 두고 일하셨다는 것뿐이야."

"그 말이 무슨 뜻인지 저도 알아요. 하지만 제 세계는 이미 예전과 달라졌어요. 예전에 저는 확실히 꿈이 많았죠. 그런 꿈들을 이룰 능력도 있다고 생각했고요. 하지만 지금 제 딸은 제 세계의 전부가 돼버렸는걸요."

매리언은 의자 뒤로 몸을 기댔다. "또 애 타령이네." 그녀는 한숨을 내쉬었다.

"실망시켜드려 죄송해요." 카밀은 미소를 지으며 커피잔을 들었다.

"여자는 아이가 생기면 세계가 변한다고 하지만 사실 세계는 조금도 변하지 않는다고." 매리언은 고개를 숙이고 웃으며 커피잔을 들었다. "만약 똑같은 기회가 있다면 남자들이 아이가 있다고 그 기회를 포기할까?" 매리언이 커피잔을 내려놓는데 큰 신경을 쓰지 않다 보니 잔이 받침과 부딪치며 쨍그랑 소리를 냈다. 그 소리가 시끄러웠는지 근처 테이블에 앉은 사람이 매리언을 슬쩍 쳐다봤다.

하지만 카밀은 여전히 고개를 숙인 채 자기 커피잔만 쳐다봤다.

"제가 딸아이를 임신했을 때, 그리고 일에서 물러나기로 했을

66

때…" 카밀이 드디어 입을 뗐다. "먼저 남편의 상황을 고려해야 한다고 생각했어요. 아내로서 제가 꼭 이런 희생을 해야 한다고 생각했죠. 그 사람을 사랑하니까, 마음속 깊은 곳에서부터 그를 사랑하고 있으니까요. 남편이 지난달에 새로 일을 시작했어요." 카밀은 커피잔을 가볍게 내려놨다. "그 스카우트 제의를 받아들이기로 결정하기 전에 그 사람은 저와 많은 이야기를 나눴어요. 새로운 회사의 문화라든지, 미래의 동료들, 앞으로 업무가 어떻게 발전할지 등등을요. 아, 근데 남편은 우리 딸을 자기가 그 일을 받아들이지 못할 이유로 생각하지는 않더라고요."

✳

매리언은 자신의 차를 운전하고 있었다. 차 안에는 경쾌한 노랫소리가 흘러나오고 있었지만, 그녀는 짜증이 나 죽을 지경이었다. 레일라, 브라이언, 카밀까지 그들의 눈에는 자기 아이밖에 없었다. 도대체 언제부터 이렇게 아이가 세상의 중심이 됐단 말인가? 매리언이 어렸을 때만 해도 부모님은 일 때문에 자주 집을 비웠고, 어른들은 다 그렇게 살았다.

매리언은 브라이언의 아내와 카밀이 자신들의 딸을 위해 지나치게 많이 포기한다는 생각만 들었다. 가장 좋은 것으로만 딸아이를 키우겠다며 제아무리 많은 자원과 훌륭한 교육을 쏟아붓는다고 한들 결국 가장 좋은 교육은 엄마가 몸소 보여주는 가르침이란 걸 그녀들은 정말 모르는 걸까? 브라이언의 아내나 카밀 같은 여자들은 아이를 안 낳는 게 아닌 이상 자기 어머니들의 뒤를 따라 인생의 황금기에 다른 가능성은 모두 포기하고 자기 엄마처럼 '아이에게 가장 많은 사랑을 주는' 엄마나 될 수밖에 없는 걸까? 브라이언과 레일라의 아들도 어른이 되면 여자는 집에서 애나 봐야 한다고 생각하지 않을까? 자기 엄마들도 그렇게 사니까 말이다. 그게 여자의 사랑을 보여주는 표현이니까.

보어 아주머니는 생전에 여자의 능력을 증명하는 데에 대부분의 삶을 바쳤다. 그런데 어찌 된 일인지 요즘 여자들은 다시 옛날로 돌아간 것만 같다.

매리언은 액셀을 얕게 밟으며 앞쪽의 차를 따라가고 있었다. 그 차는 SUV 차량으로 아이가 있는 부부들이 좋아하는 차종이었다. 아이들의 카시트를 설치하기 쉬운 데다 트렁크가 커서 아이들과 외출할 때 쓸 물건들을 넣기 편했다. 식당에서 쓰는 아기용 의자나 유모차는 물론이고 기저귀, 장난감, 물병, 주스, 간식, 소독제, 어린이 식기, 물티슈 등을 넣은 가방도 트렁크에 너끈히 실을 수 있었다. 요즘은 아이와 밖에 나가는 게 무슨 행군이나 다름없었다.

아니나 다를까 앞쪽의 SUV 뒤쪽 창에도 '아기가 타고 있어요'란 글씨가 프린트된 노란 종이가 붙어 있었다. 심지어 글씨 옆에는 젖꼭지를 물고 있는 아기의 커다란 얼굴 그림이 함께 자리 잡고 있었다.

SUV는 왼쪽 차도에서 제한 속도로 천천히 달리고 있었기 때문에 매리언의 차와 뒤따르는 차들은 속도를 늦출 수밖에 없었다. 세상에 어떤 사람이 왼쪽 차도에서 저렇게 거북이처럼 느리게 차를 몬단 말인가? 매리언은 핸들을 잡은 손에 힘을 꽉 줬다. 게다가 SUV는 매리언의 차보다 훨씬 높아 위압감을 줬기 때문에 매리언은 더 답답한 기분이 들었다.

아이가 차에 있다고 해서 형편없는 운전자가 될 필요는 없지 않은가.

"흥, 됐다." 매리언은 욕을 한마디 내뱉으며 차 속도를 늦추다가 옆 차도에 차가 없는 걸 보고 재빨리 핸들을 꺾어 차를 옮겨 갔다. 그런 다음 다시 SUV보다 세게 액셀을 밟아 그 앞으로 나선 뒤 엔진 소리를 요란하게 울리며 쌩하니 달려갔다. 차선을 바꿀 때 매리언은 일부러 자신의 차를 SUV에 가까이 붙여 금방이라도 부딪칠 것처럼 보이게 했다. 그래서 깜짝 놀란 SUV는 바로 브레이크를 밟았다.

SUV를 앞지르는 순간 매리언이 운전자를 흘긋 쳐다보니 역시나 놀라 어쩔 줄 모르는 여자였고 뒷자리에는 당연히 카시트가 있었다. '누가 형편없는 운전자 아니랄까 봐.' 좀 전에 그렇게 어설프게 브레이크를 밟는 모습을 보며 매리언은 자기 생각이 옳다고 다시 한 번 생각했다. 아마 지금쯤 아이는 대성통곡을 하며 차 안에서 울고 있고, 불쌍한 엄마는 뒤에 앉은 아이를 달래지도 못하고 있을지 모른다.

"엿이나 먹어라." 매리언은 차가운 미소를 지었다. 백미러로 봤을 때 SUV는 이미 시야에서 사라진 뒤였다.

하지만 매리언은 여전히 속이 후련하지 않았다.

충분한 자본이 있는데도 대체할 사람이 없어 레일라를 쫓아내지 못하고 있지 않은가.

애, 애, 애, 그놈의 애, 애, 애, 애, 애, 애, 애….

이 세상 사람들이 직접 아이를 키워도 되지 않으면 얼마나 좋을까.

애, 애, 애, 그놈의 애, 애, 애, 빌어먹을 애, 애, 애, 애….

어른들의 삶이 아이 위주로 돌아가지 않는다면 얼마나 좋겠는가.

"저게 뭐지?" 저 멀리 뭔가가 매리언의 시선을 붙잡았다.

조금씩 움직이고 있는 초록색인데… 좀 더 자세히 보니 유모차였다! 길가에 어떤 여자가 서 있는데 고개를 숙인 채 휴대전화를 만지느라 유모차가 차도로 밀려들어 가고 있는 걸 전혀 모르는 것 같았다. 매리언이 가볍게 액셀을 밟으니 차의 엔진 소리가 낮게 들려왔다. 조금 전 SUV를 추월할 때와 달리 차는 천천히 속도를 높이고 있었다.

차의 속도가 점점 빨라지고 유모차도 차도의 가운데까지 굴러왔지만, 여자는 조금도 눈치채지 못하고 있었다. '아이는 저여자의 책임이고, 내가 아이를 저 여자한테 데려다줄 수 있는 것도 아니잖아.' 어차피 차도는 차들이 다니는 곳이 아닌가. 매리언은 숨을 죽이며 액셀을 좀 더 깊게 밟았다.

이미 매리언의 눈에는 유모차의 윤곽이 또렷이 보일 뿐만 아니라 유모차의 브랜드까지 정확히 보였다.

'보어 아주머니!'

"맙소사! 내가 지금 무슨 생각을 하는 거지?" 머릿속에 갑자기 보어 아주머니의 모습이 떠오른 순간, 매리언은 숨을 못 쉬고 질식 상태에 있다 살아난 것처럼 깊은숨을 훅 내쉬었다. 그와 동시에 그녀는 브레이크를 있는 힘껏 밟으며 핸들을 틀었다.

너무 갑작스럽게 빠른 속도로 브레이크를 밟으며 방향을 튼 탓에, 차는 균형을 잃은 채 미끄러졌고 차체가 옆쪽 인도와 마찰을 일으키며 그대로 길가의 가게를 들이박았다. 매리언은 의식을 잃기 전 안전벨트를 한 채 몸이 앞으로 쏠렸고, 에어백이 튀어나와 압박감이 느껴지면서 살짝 탄 냄새를 맡았다는 것만 기억했다.

4

매리언은 눈을 떴을 때 자신이 병원에 있다는 걸 금세 알아 챘다.

'아우, 머리야… 맞아… 내가 교통사고가 나서 가게를 들이박 았었는데… 안전벨트를 했던 기억은 나는데 머리가 왜 이렇게 아프지? 머리를 어디에 박았나?' 매리언은 머리를 더듬다 머리 위에 붕대가 감겨 있다는 걸 알았다.

"깼어?" 롬이 손에 들고 있던 태블릿 PC를 내려놓으며 말했 다. "당신 꼬박 하루 동안 정신을 잃었어. 어떤 거 같아? 내가 가 서 선생님 좀 불러올게." 그러면서 롬이 병실을 떠났다.

롬이 좀 전에 앉았던 소파 한구석에 베개와 잘 개어진 이불이 놓여 있고, 곁에 있는 작은 테이블에 간단한 일상용품이 놓여 있 는 걸 보니 여기서 밤을 새운 모양이었다.

롬이 의사를 데리고 돌아왔을 때 뒤에는 다른 남자 둘이 더 있었다. 매리언은 양복을 입은 두 남자가 경찰일 거라 생각했다. 하긴 그렇게 큰 교통사고가 났으니 당연히 경찰도 와서 조서를 써야 하겠지.

"안녕하십니까, 매리언 씨. 저희는 형사계에서 왔습니다." 그 중의 한 남자가 매리언에게 명함을 건넸다.

"형사…계요?" 매리언이 받아든 명함에는 데이비드라는 이름이 프린트되어 있었지만, 성이 적혀 있지 않았다. 명함 아래쪽에는 영어 알파벳이 여러 개가 쓰여 있고, QR코드도 있었다. '요즘 경찰 명함은 참 희한하게 생겼네. 근데 왜 교통계에서 오지 않고 형사계에서 왔지? 아, 내 차가 가게를 박아 피해를 줬으니까 위험하게 운전한 건 아닌지 조사를 해야겠네. 난폭 운전은 형사죄니까.'

"매리언 씨, 당시 어떤 일이 있었는지 기억나십니까?"

"제가… 그때 운전을 하는데… 유모차가 갑자기 나타나서 그걸 피하려다 차가 균형을 잃었고…." 물론 매리언은 이미 멀리서 그 유모차를 봤으며 브레이크를 밟기 전에 일부러 차의 속도를 높였다는 사실을 이야기하지 않았다.

"무슨 문제가… 있나요?" 매리언이 물었다. 그녀가 가만히 쳐다보니 두 형사는 서로 얼굴을 마주 보며 이상한 표정을 지었다. 롬도 의심스러운 얼굴로 의사를 바라봤다.

"혹시… 그 아기가….' 매리언은 깜짝 놀란 척하며 손으로 입을 틀어막았다.

"아기라고요?" 형사는 고개를 갸웃거렸다.

의사는 매리언 곁으로 다가와 플래시로 그녀의 동공을 비춰 보더니 병상 앞에 놓인 진료 기록을 확인했다.

"병원에 왔을 때 가벼운 뇌진탕이 있긴 했는데 뇌 쪽 CT 촬영을 했을 때 아무것도 안 보였습니다. 안심이 안 되시면 다시 한 번 찍어보죠. 뇌진탕인 데다 방금 깨어서 기억에 혼돈이 온 걸 수도 있습니다."

"그래, 여보. 당신 최근에 업무 스트레스가 너무 커서 기억에 혼란이 생겼나 봐."

"만약 그렇다면…." 데이비드 형사가 입을 열었다. "매리언 씨 상태가 나아지고 당시 상황이 기억날 때 꼭 저희에게 연락을 주십시오." 그는 손가락으로 명함을 가리켰다.

형사들이 병실을 떠난 뒤 매리언은 롬을 붙잡았다. "말 좀 해 봐. 그 아기가 혹시 이미…."

"무슨 아기 말인데?"

"내가… 교통사고가 날까 봐 피하려고 한 유모차에 아기가 있었잖아."

"교통사고? 당신은 교통사고가 난 적이 없어."

매리언은 롬의 말에 정신이 멍해지며 머리가 또다시 아파왔다. "내가 교통사고가 난 게 아니면 왜 병원에 있는 건데?"

"당신 정말 하나도 기억이 안 나? 공원에서 습격을 당해 기절했잖아. 쓰러지면서 딱딱한 것에 머리를 부딪친 거 같고. 다행히 거길 지나던 사람이 있어서 병원에 온 거야. 그때 당신 몸에 아무 신분증도 없었는데 마침 응급실에서 한나가 당신을 보고…."

"난… 그때 차를 운전하고 있었는데…."

"당신은 차를 길가에 세워두고 공원에 들어간 뒤 습격을 당한 거야. 차도 도둑맞았고. 그러고 보니 당신 그 공원에는 왜 간 거야?"

"난… 정말 그런 기억이 없는데…." 롬을 빤히 쳐다보던 매리언은 갑자기 뭔가 생각난 듯했다. "아, 난 괜찮으니까 당신 너무 신경 쓰지 마. 그리고 얼른 병원에 가야지. 당신이 여기 있으면 환자들 예약도 엉망이 될 거 아니야." 그녀는 소파를 흘깃 쳐다봤다.

"병원? 시설 말하는 거야, 당신? 괜찮아. 요 며칠 내가 당직을 서지 않아도 되거든."

시설? 당직? 롬이 무슨 말을 하는 거지?

"어, 내 휴대전화는?" 매리언은 병상 옆에 있는 낮은 서랍을 더듬으며 말했다.

"없어. 당신 여기 실려 왔을 때 몸에 아무것도 지니고 있지 않았어."

"아, 도둑을 맞았나 보네."

매리언이 몇 번이나 등을 떠밀자 롬은 결국 병원을 나섰다.

매리언은 혼자 조용히 뭐가 어떻게 된 일인지 생각해보고 싶었다. 분명 교통사고였는데 왜 강도에 의한 습격으로 바뀐 거지? 아기 이야기를 하니까 왜 사람들 반응이 하나같이 이상한 걸까?

그날 밤, 매리언은 롬에게 노트북과 휴대전화를 가져다달라고 부탁하고 싶었다. 휴대전화가 없었던 그녀는 병실 밖의 공중전화를 써야만 했고, 롬의 휴대전화로 건다는 것이 실수로 롬의 병원 번호를 누르고 말했다. "아, 전화를 잘못 걸었네." 이 시간이면 이미 병원이 문을 닫은 뒤였다. 그런데 매리언이 전화를 끊으려 할 때 누군가가 전화를 받았다.

"롬 선생님 사무실입니다." 전화를 받은 상대는 매리언도 익숙한 여자 목소리였다.

"아, 이브예요?" 이브는 롬의 병원에서 근무하는 젊은 간호사인데, 이 시간에 이브가 병원에서 뭘 한단 말인가?

"매리언? 안녕하세요! 롬 선생님께 다치셨다는 말씀 들었는데 괜찮으세요?" 명랑한 이브의 목소리는 친구의 전화를 받는 것처럼 밝아 결코 뭔가 켕기는 일을 한 사람처럼 느껴지지 않았다. "안부 물어줘서 고마워요. 벌써 많이 좋아졌어요. 어… 롬 거기 있나요?"

"아, 선생님은 잠깐 나가셨어요. 돌아오시면 전화 드리라고 할게요." 이브의 말투는 지극히 자연스러워서 무슨 문제가 있는 것처럼 느껴지지 않았다. 하지만 왜 이렇게 늦은 시간에 이브가 롬과 함께 있는 걸까? 게다가 이브는 그 이유에 대해 해명할 생각도 없는 것 같았다.

"아, 괜찮아요. 별일 아니에요." 롬과 이브라고? 매리언은 한 번도 두 사람의 사이를 의심해본 적이 없었다. 하지만 일단 의심이 들자 봇물이 터진 것처럼 자꾸 그런 생각이 들었다.

다음 날, 데이비드 형사가 다시 찾아왔다. 이번에는 매리언에게 보여줄 조사 자료도 함께 가지고 왔다. "매리언 씨의 차를 찾았습니다. 말하자면 좀 이상한데, 이 병원에서 멀지 않은 주차장에 매리언 씨의 차가 세워져 있더군요. 아주 너저분한 곳인데 비번인 경찰관이 우연히 거기 들렀다가 근사한 차가 세워져 있는 걸 보고 이상해서 조사해보니까 잃어버린 차지 뭡니까."

매리언은 데이비드 형사를 처음 만났을 때처럼 여전히 멍한 얼굴로 그를 쳐다봤다. "그럼… 무슨 단서가 나왔나요?"

형사는 고개를 저었다. "안타깝지만 발견하지 못했습니다. 계속 조사하고 있습니다만, 이런 사건은 매리언 씨의 증언이 결정적인 역할을 할 수 있습니다. 그러니까 뭔가 기억이 나면 바로 연락을 주십시오."

'그러니까 아무것도 기억하지 못하는 게 내 책임이란 건가?' 매리언은 생각했지만 웃으며 대답했다. "형사님, 고생이 많으시네요. 뭔가 기억이 나면 바로 연락을 드릴게요." 하지만 지금 그녀는 범인보다 롬과 이브의 일에 더 신경이 쓰였다.

매리언이 기억상실증의 증세를 보였기 때문에 의사는 그녀에게 병원에 며칠 더 머물며 몇 가지 검사를 해보자고 했다. 그날 브라이언은 회사 동료들을 대표해 매리언을 병문안하러 왔다. "대표님, 제가 보기에는 별일 있었던 사람 같지 않은데 언제쯤 돌아오실 건가요? 회사에 대표님이 안 계시니까 일이 하나도 안 돌아가요." 브라이언은 거의 애원이라도 하는 듯한 목소리였다.

"내가 없으면… 아, 됐어." 매리언은 본래 레일라 이야기를 하고 싶었지만 어쩐지 입에 올리지 말아야 할 것 같았다. 따지고 보면 레일라는 그녀가 이렇게 병원에 드러누워 있게 만든 원흉이 아닌가. 게다가 레일라가 정말 도움이 된다면 브라이언이 이렇게 말할 리도 없었을 것이다.

"지금 다들 대표님께서 돌아와 카구야 프로젝트를 진두지휘하길 기다리고 있어요. 의사 선생님이 언제 퇴원해도 된다고 하던가요?"

"카구야 프로젝트?"

매리언의 반문에 브라이언은 빤히 그녀를 쳐다보다가 가만히 그녀의 머리에 손을 짚었다. "맙소사! 대표님, 진짜 문제가 있는 거군요? 지금 카구야 프로젝트를 기억하지 못하는 거예요?"

'카구야 프로젝트가 뭐야? 난 왜 하나도 기억이 나지 않지?' 매리언은 브라이언을 쳐다봤지만, 그가 농담을 하는 것 같지는 않았다.

"롬 선생님 소개로 따낸 프로젝트잖아요…."

"롬이라고?"

브라이언의 말에 매리언은 저도 모르게 또 롬과 이브를 떠올렸다.

"브라이언." 매리언은 목소리를 낮추고 그에게 다가갔다. "당신이 나를 좀 도와주면 좋겠어. 오늘 밤에 내가 잠깐 나갔다 와야 할 거 같은데 브라이언이 차로 데려다줄 수 있을까?" 그 말의 속뜻은 매리언이 병원을 몰래 빠져나가겠다는 것이었다. 하지만 매리언이 아는 브라이언은 그리 쉽게 지저분한 일에 끼어들 사람이 아니었다.

"그래요, 몇 시에 올까요?"

"브라이언, 내가 이렇게 말하는 게 당신을 난처하게… 어? 방금 뭐라고 했어?"

"제가 몇 시에 데리러 오면 되냐고요."

"브라이언, 내 말은 병원에서 몰래 나갔다 오겠다는 거야."

"그래요."

"아, 그럼 내가 전화할 테니까 기다려." 브라이언이 그렇게 시원시원하게 승낙을 하다니 매리언은 조금 뜻밖이었다. 평소의 브라이언이었다면 잔뜩 긴장한 얼굴로 뭘 할 건지 꼬치꼬치 캐물었어야 하기 때문이다.

그날 오후 매리언은 일부러 롬에게 전화를 걸었다. 롬은 밤에도 일해야 한다며 덧붙였다. "이번 주는 내가 내내 숙직이네."

대체 무슨 소리지? 불임 전문 개인 병원에서 무슨 숙직을 한단 말인가?

밤 10시가 지나자 많은 환자가 잠이 들었다. 환자 면회 시간이 지난 병원 안에는 오가는 사람이 많지 않았다. 매리언은 옷을 갈아입고 몰래 밖으로 나가 브라이언을 만났다.

"어디로 갈까요?"

"롬의 병원."

"병원요?"

"아, 기억이 안 나? 내가 알려줄 테니까 일단 우회전해." 브라이언의 차를 타고 롬의 병원에 간 게 몇 번인데 길도 기억하지 못한단 말인가. 매리언은 속으로 투덜거렸다.

병원으로 가는 길에 브라이언은 아무 말도 하지 않았다. 하지만 보조석에 앉은 매리언은 그가 불안해하는 걸 느낄 수 있었다. 왜일까? 매리언이 병원에서 몰래 빠져나가겠다고 했을 때만 해도 그는 별다른 반응을 보이지 않았다. 그런데 왜 지금에서야 이렇게 어딘가 불편해 보이는 걸까?

"여기가 어디죠?" 병원이 있는 빌딩에 이르렀을 때 브라이언은 차 창문을 통해 밖을 보며 물었다.

"어?" 매리언은 한가롭게 브라이언의 허튼소리를 들어줄 마음의 여유가 없었다. 그녀 역시 곤혹스럽긴 마찬가지였기 때문이다.

빌딩 전체에는 실낱같은 불빛 하나 보이지 않았다. 사실 평소라면 이게 정상이었다. 일반 개인 병원은 직장인들의 근무 시간에 진료를 보니까 말이다. 하지만 롬은 분명 자기 입으로 일해야 한다고 하지 않았던가. 그런데 지금 그의 병원은 시커먼 어둠에 잠겨 있었다.

설마… 롬과 이브가 병원에서 바람을 피우는 거로 모자라 호텔에 갔단 말인가? 매리언은 브라이언에게서 빌린 휴대전화로 병원에 전화를 걸었다.

"롬 선생님 사무실입니다." 또다시 이브의 목소리가 들려왔다.

"아, 이브. 나예요. 혹시 롬 거기 있나요?" 매리언은 말을 하며 빌딩 안으로 걸어 들어갔다. 그녀는 뒤에 있는 브라이언을 전혀 돌아보지 않았다. 무너지는 자신의 모습을 브라이언에게 보여줄 수는 없었다.

빌딩이 시커먼 어둠에 빠져 있는 걸 보면 롬과 이브는 여기 없다는 뜻이고 병원의 전화를 휴대전화로 연결해 놓은 것이리라. 게다가 이브가 사무적인 말투로 전화를 받는 거로 봐서 이건 병원으로 걸려온 전화만 전용으로 받는 휴대전화일 테지.

"잠시만 기다리세요. 제가 전화 돌려드릴게요."

바람을 피우겠다고 롬과 이브는 이렇게까지 철저히 준비해둔 것일까? 이건 잠깐 피우는 바람이 아닌 게 분명했다.

"여보, 어쩐 일이야? 어디 안 좋은 거야?" 롬의 목소리는 부드럽기 그지없었다.

"아니, 별일은 아니고. 내일 검사가 몇 개 있는데 말해주는 걸 잊어버려서. 내일 안 와도 돼. 괜히 왔다가 내 얼굴 못 볼 수도 있으니까."

"검사가 몇 시인데? 내가 같이 가야지."

"괜찮아, 애도 아니고. 롬…."

"응?"

"지금 뭐 하고 있어?"

"당연히 일하고 있지."

'거짓말!' 매리언은 저도 모르게 눈물을 주르륵 흘렸다. "나 지금 빌딩 아래 있어." 이 말 한마디면 충분히 롬의 거짓말을 까발릴 수 있으리라. 하지만 매리언이 이 말을 한다는 건 그들의 결혼생활을 되돌릴 수 없는 지경으로 몰고 갈 수도 있다는 뜻이었다.

매리언은 이 말을 할까 말까 망설이다가 문득 엘리베이터 옆에 있는 안내판을 보게 됐다. 거기에는 이 빌딩에 있는 각 병원의 이름이 적혀 있었다. 롬의 병원은 501호인데 지금 안내판에 적혀 있는 건 롬의 이름이 아니라… '닥터 케니 이비인후과'였다!

"대표님, 여기 와서 뭐하는 거예요?" 차로 돌아오니 브라이언이 결국 입을 열었다.

"롬… 병원이…." 이럴 수가, 그곳은 분명 롬의 병원인데 안내판에는 다른 의사의 이름이 적혀 있지 않은가. 롬과 전화를 끊은 뒤 매리언은 찬찬히 안내판을 살펴봤지만, 롬의 이름은 전혀 찾아볼 수 없었다. 직접 5층까지 올라가 보기도 했다. 어쩌면 관리실 직원이 잠깐 실수를 한 것일 수도 있지 않겠는가. 엘리베이터를 타고 올라가면서 그녀는 빌딩 관리회사의 서비스가 엉망이라고 욕을 퍼부었다. 하지만 관리실의 잘못이 아니었다. 본래 롬의 병원이어야 할 곳의 유리문에는 누군지 모를 이비인후과 의사의 이름이 적혀 있었다.

"병원요? 롬의 병원? 롬 선생님이 언제 자기 병원을 냈어요?" 브라이언은 미간을 찌푸리며 말했다.

매리언은 다른 가능성을 생각해봤다. 혹시 롬의 병원이 운영이 어려워서 문을 닫은 걸까? 그럴 리 없다. 그녀가 며칠 전에도 병원에 다녀간 데다 자신이 직접 병원의 장부 보는 일을 돕지 않았던가. 그렇다면 병원 운영이 어려워 문을 닫는다는 건 아예 말이 되지 않는다.

"그건 불가능한 일 같은데요. 롬 선생님 전공으로 병원을 차린다는 건…." 브라이언은 여전히 중얼거리고 있었지만, 매리언의 귀에는 그의 말이 전혀 들어오지 않았다.

"제가 의사는 아니지만, 대표님께 문제가 있다는 건 알겠네요." 병원으로 돌아온 뒤 브라이언은 떠날 생각이 없는지 소파에 앉았다. "아무래도 대표님께선 최근 일을 전혀 기억하지 못하고 있는 것 같아요."

"그건 당신이 할 말이 아니야." 매리언은 언짢은 말투로 말했다. 롬의 병원이 그렇게 변했는데 그녀는 왜 조금도 기억이 나지 않는 걸까?

"하지만…." 브라이언은 가방에서 태블릿 PC를 꺼냈다. "대표님이 종종 그러셨잖아요. '쇼는 그래도 계속돼야 한다.' 그래서 말인데 회사 일은 무작정 사람을 기다려주지 않아요. 특히 카구야 프로젝트는 더 이상 미룰 수가 없고요. 어차피 대표님 기억이 빨리 회복되지 않는 거라면 제가 배경 자료를 복습할 수 있게 일단 도와드릴게요. 자, 이 폴더 안에 프로젝트의 배경 자료가 들어 있어요."

"이건 우리 집 태블릿 PC인데."

"맞아요. 어제 대표님께 문제가 생겼다는 소리를 듣고 저녁에 퇴근하면서 롬 선생님과 약속해서 받은 거예요. 그런 다음 자료를 다 정리해서 여기 폴더에 넣었고요."

"그럼 밤새 잠도 안 자고 집에서 야근했다는 거야? 집안일 안 해도 괜찮아?" 매리언이 말한 건 아이를 돌보는 일이었다.

"상관없어요. 한나도 어젯밤에 숙직이었는걸요."

매리언은 저도 모르게 브라이언의 이마에 손을 가져다 댔다. "브라이언도 어디가 아픈가 보네. 그러지 말고 검사를 한번 받아봐. 한나가 어떻게 숙직을 해?" 브라이언의 아내는 가정의로 진료를 보고 있다고 하지 않았던가. "맞아, 롬 말이 내가 병원에 이송되어 왔을 때 다행히 한나가 나를 알아봤다고 하던데. 내가 몸에 지니고 있던 걸 모두 도둑맞아서 말이야. 근데 한나가 왜 병원에 있었던 거지?"

"그것도 기억이 안 나세요?" 브라이언은 금방이라도 울음을 터뜨릴 것 같은 얼굴로 매리언을 쳐다봤다. "제 아내가 응급실에 있잖아요. 아, 일단 그건 됐고요. 제가 간단하게 자료 설명해드리고 갈게요. 이건 국가양육부의 프로젝트인데 롬 선생님께서 시설에서 일하는 덕에 온전히 인맥으로 따낸 일감이에요. 그래서 대표님께서 저희한테 귀에 딱지가 앉도록 최선을 다하되 실수가 있으면 안 된다고 말했고요. 아, 이건 맥킨지에서 만든 연구 보고서예요. 국가양육부는 바로 이 보고서의 결론 때문에 카구야 프로젝트를 진행하기로 결정했죠. 그러니까 대표님도 맥킨지 보고서를 읽으면 분명 기억이 나실 거예요."

'국가양육부? 들어본 적이 없는 부처인데….' 하지만 지금 상황에서 정부가 새로운 부처를 만들었다고 한들 그리 이상한 일도 아니었다. 매리언은 이런 생각을 하며 맥킨지 보고서를 읽기 시작했다.

보고서를 몇 페이지 살펴보던 매리언은 태블릿 PC를 내려놓았다. "침착해, 매리언. 침착해야 해…." 브라이언이 쳐다보니 매리언은 혼자 계속 중얼거리고 있었다.

"브라이언, 이 병원이 종합병원 아닌가?"

"종합병원이죠."

브라이언의 세 아이는 모두 이 병원에서 태어났고 매리언도 분명 그 아이들을 보러 왔었다. 매리언은 침대에서 내려와 슬리퍼조차 신지 않은 채 병실 밖으로 뛰어나갔다. 깊은 밤, 병원에는 중환자의 가족들 몇 명과 숙직을 서고 있는 의료진들만 눈에 띌 뿐이라 매리언의 다급한 발소리는 매우 부자연스럽게 들렸다.

'왜 어제는 눈치채지 못했을까? 병원에서 왔다 갔다 할 때 분명히 알아차렸어야 했는데.'

매리언은 엘리베이터 쪽에 와서 그 옆에 있는 표지판을 확인했다.

어쩐지 임산부와 아기들이 보이지 않더라니, 이 종합병원에는 산부인과가 없었다!

"아동병원!" 매리언은 서둘러 밖으로 뛰어나갔다. 아동병원은 여기서 두 개의 거리를 사이에 두고 있다. 분명 자신이 회사 일로 바쁜 탓에 최근 의료 개혁이 있었고 그래서 남편이 병원을 운영할 수 없게 된 것도, 한나가 응급실 의사가 된 것도, 병원의 산부인과가 아동병원으로 옮겨간 것도 몰랐던 것이리라. 분명 그럴 것이다.

매리언은 뛰면서 이런 이유를 생각했지만, 머릿속에서는 여전히 한기가 느껴졌다.

'보인다, 보여!' 베이지색 건물이 눈 안에 들어오자 매리언은 가만히 숨을 내쉬었다. 하지만 그녀의 안심도 그리 오래가지 않았다.

병원의 입구 앞, 새까만 어둠 속에서 조명을 받아 밝게 빛나야 할 '시립아동병원'이라는 이름과 어린이 만화 캐릭터는 지금 '시립 제2종합병원'으로 바뀌어 있었다.

5

국가양육법은 연방법에 속해 있으며, 법률상 아동은 국가의 재산이
자 책임으로 정의된다. 18세 이하의 아동은 반드시 국가가 양육해야
하며, 전국의 남녀는 16세 생일을 맞기 전 6개월 안에 신체검사를 받아
야 한다. 이 신체검사를 통해 남녀는 신체상태가 출산에 적합할 경우
출산 허가증을 받아야 하며, 매년 갱신해야 한다. 혼인으로 인한 임신
이든 혼외의 임신이든 부모의 출산 허가증이 유효하면 의사는 적합한
시간을 결정해 국가양육부가 설립한 시설로 옮기게 해야 하며 전문 간
호사가 출산할 때까지 임산부를 돌보게 해야 한다. 또한 출산한 뒤 아
기는 즉시 시설의 육아처로 옮겨야 한다. 육아처에서는 아동의 양육을
책임지며 사회의 다음 세대를 양육하겠다는 포부를 가진 전업 인력과
풍부한 인생 경험을 가진 퇴직 인사들이 육아를 맡는다. 그들은 엄격하
고 전문적인 훈련을 통과했기에 육아처에서 사는 아동들은 가장 적합

한 보살핌과 교육을 받게 된다.

…국가양육법은 첫 번째로 부모의 노동력을 해방시킴으로써 부모들이 다음 세대의 양육이라는 부담에서 완전히 벗어나 일에 전력하게 해 사회의 발전과 세수의 증가를 촉진코자 한다. 또한 아동은 가정환경의 차이로 사회에서의 발전에 영향을 받지 않게 한다.

…국가양육법은 젊은이들이 육아의 압력을 받지 않도록 하고 있지만, 지난 5년 동안 출생률은 지속적으로 하락하고 있다. 지난해의 데이터에 따르면 출산에 적합한 연령의 남녀 비율은 1대 0.96이지만 적령기의 여성 1명당 출산하는 아기는 1.03명이다. 특히 국가가 부모로 목표를 잡고 있는 20에서 30세까지, 대학 학력의 남녀 가운데 여성 1명당 출산하는 아기는 0.95명에 불과하다. 이는 신생아들이 세대교체가 이뤄지는 시기에 그들의 부모 세대를 완벽히 대체할 수 없게 된다는 뜻이다. 이로 인해 인구의 감소와 각종 사회문제가 초래될 수 있다.

…맥킨지의 연구에 따르면 국가양육법은 본질적으로 일종의 세금에 해당한다. 적령기 여성에게 시설에서 출산을 기다리는 과정은 원래의 생활과 일에 최대한 영향을 주지 않으려 하지만, 여성의 입장에서는 여전히 생활과 일에 대한 간섭을 고려하지 않을 수 없다. 또한 임신과 출산이 몸에 미칠 영향에 대한 염려도 있을 수 있다. 부부에게 임신과 출산은 국가에 지급하는 비용이자 세금이나 마찬가지다. 수입이 높을수록 임신과 출산의 기회비용(세율)은 높게 마련이다. 즉, 다른 모든 세금처럼 수입이 높을수록 납세를 회피할 동기와 능력도 있을 수밖에 없다.

…출생률을 자극하려면 우선 임신과 출산에 비용이 많이 든다는 고

정된 관념을 겨냥해야 한다. 금적적인 인센티브 외에도 홍보를 통해 부부들에게 임신과 출산에 대한 감정적 동기를 갖도록 한다면….

– 맥킨지 〈국가양육법과 출생률에 관한 연구보고〉 중 내용 발췌

✳

MBA 과정에서 공부를 하기 전까지 매리언은 이런 이브닝 파티 같은 곳에 오리라고는 생각지도 못했다. 하지만 그녀는 일에서 한 단계 올라서려면 종종 능력보다 인맥이 중요하다는 사실을 깨달았다. 물론 부모님에게 적지 않은 인맥이 있었지만, 그녀는 자신만의 인맥을 만들고 싶었다.

하지만 아이러니하게도 매리언은 병원에서 이사로 있는 고모부 덕에 이 병원 자선 파티의 초대장을 얻을 수 있었다. 매리언은 짙은 파란색의 깔끔한 이브닝드레스에 심플한 디자인의 다이아몬드 액세서리를 착용해 유난스럽지 않으면서도 파티에서의 격식을 잃지 않았다. 만찬에 앞서 칵테일 타임을 가질 때 그녀는 정재계 인사들 사이를 오가며 인사를 나눴다. 사람들은 이 허턴 가문의 딸에게 매우 관심을 보였다. 만찬을 마친 뒤 매리언은 평소보다 훨씬 더 피곤함을 느꼈다.

'오늘 밤은 이쯤 하자. MBA 들어오기 전에 한 일에 대해 열아홉 번이나 말하고, MBA 출신 선배들의 캠퍼스와 관련된 숨겨진 일화에 대해 무려 열두 번이나 들었잖아. 아버지랑 잘 아는 친구

분들에게 인사나 드리고 가야겠다.' 매리언은 생각했지만, 아버지 친구들에게 인사를 다 하고 나니 벌써 40분이나 지나 있었다.

"배리 아저씨, 전 이제 가봐야 할 것 같아요. 오늘 여기서 뵈어서 정말 반가웠어요." 마지막 선배에게 인사를 마친 뒤 옆을 보니 한 남자가 외투를 들고 나갈 준비를 하고 있었다.

"오, 매리언. 이렇게 일찍 가려고?"

"일찍요? 배리 아저씨, 너무 즐겁게 노셨나 봐요. 지금도 이미 늦었는걸요. 내일 일찍 일어나야 하기도 하고요."

"그래, 그래. 아 참, 이 친구는 롬이란다." 배리는 매리언에게 옆에 있던 남자를 소개해줬다.

"안녕하세요, 저는 롬 시먼스라고 합니다. 만나게 돼 반갑습니다." 롬은 미소를 지으며 매리언에게 악수를 청했다.

"매리언 허턴이에요. 저도 만나 뵈어서 반갑네요."

"아, 허턴 양. 혹시 어디로 가세요? 직접 운전하실 건가요, 아니면 차를 부르실 건가요?"

"매리언이라고 불러주세요. 저는 택시를 탈 생각이에요."

"아, 그럼 잘됐네요. 저도 택시 정류장으로 가려고 했거든요. 같이 가시죠. 그럼 배리 씨, 먼저 가겠습니다." 롬은 말하며 매리언에게 앞서 걷게 했다. "배리 씨는 늘 그렇다니까요. 한번 입을 열었다 하면 얼마나 말씀이 많으신지. 당신이 오기 전까지 제가 거기서 5분 동안이나 붙잡혀 있었다니까요. 원래는 그냥 인사나 하고 가려던 참이었는데 말이에요." 롬은 걸으면서 매리언의 귓가에 조용히 말했다.

매리언은 저도 모르게 입을 가리고 웃었다. "롬 선생님은 일이 참 바쁘신가 봐요?"

"어? 그걸 어떻게 아셨죠?"

"구두요." 매리언은 걸음을 멈추고 롬의 검은색 고급 구두를 가리켰다. "롬 선생님 벨트와 색깔이 안 맞잖아요."

롬의 벨트는 갈색이었다.

"게다가 지금 입고 있는 이 양복에 비해 구두가 너무 고급이네요. 아, 그렇다고 선생님 양복이 싸구려라고 말씀드리는 건 아니에요. 사실 재단이나 옷감만 봐도 얼마나 좋은 양복인지 알 수 있죠. 제 말은 이 구두가 좀 더 격식 있는 턱시도에 어울린다는 거예요. 이런 옷과 구두를 고르신 안목을 보면 이렇게 실수하실 분은 아닌 것 같은데요. 그래서 저는 선생님이 낮에 사람들에게 벨트를 보여줄 일이 없는 일을 할 것 같다고 생각했어요. 그러니까 색깔이 어울릴지 신경 쓰지 않은 거고요. 이를테면 하얀 가운을 입는 의사라면 그럴 수 있겠죠. 거기다 오늘 만찬의 주최 측을 보니 당신이 의사 선생님이란 걸 알 수 있겠더라고요."

"집에 돌아가서 옷을 갈아입기가 귀찮아서 턱시도를 병원에 가져다뒀었어요. 구두도 출근할 때 아예 한 켤레 더 가져갔었고요. 그런데 진료가 늦어져서 옷 갈아입는 걸 까먹었지 뭐예요. 성이 허턴이라고 했나요? 저는 당신 성이 홈즈인 줄 알았어요. 아니면 결혼 전의 성이 홈즈였나요?"

"제가 결혼했는지 떠보는 건가요?"

"아, 죄송합니다. 저, 저는…."

"웃자고 한 이야기예요, 하하!"

"허턴 양…."

"매리언요."

"매리언, 어… 어쩌면 제가 정말 알고 싶었던 거 같기도 해요." 롬은 갑자기 그 자리에 멈춰 섰다.

"어, 롬 선생님은 어떤 전공의 의사예요?" 매리언이 화제를 돌리며 물었다.

"불임증요."

"아, 인공수정 같은 그런 거 말인가요?"

"그것도 치료법 중의 하나죠." 롬은 표정이 한결 편안해졌다. "제가 보는 환자들 대부분은 임신하기 위해 인공수정까지 할 필요가 없어요. 그냥 원인을 찾으면 거기에 맞게 처방해주면 되거든요. 예를 들어 우리는 우선 불임이 남자의 문제인지 여자의 문제인지 확인해요. 물론 남녀 양쪽의 문제일 수도 있죠. 일반적으로 우리는 남녀 양쪽의 건강에 문제가 없는지 먼저 확인하는데요, 어떤 사람은 겉으로는 건강해 보여도 내분비 쪽에 문제가 있어서 불임이 되기도 하거든요. 그리고 압박감이 임신을 어렵게 하는 원인일 때도 많아요."

"그러니까 당신은 불임증의 증상을 치료하는 게 아니라 불임이 된 원인을 먼저 찾아내 거기에 맞게 대응한다는 거군요. 그럼 당신은 의사가 아니라 사실 탐정이겠네요, 셜록 홈즈 씨."

롬은 고개를 저었다. "아니요, 전 의사니까 왓슨이라고 해야겠죠, 홈즈 양."

✳

매리언은 서서히 눈을 떴다.

퇴원하고 첫날밤, 매리언은 꿈에서 롬과 처음 만났던 날의 모습을 봤다. 그로부터 2년 뒤 그녀는 매리언 허턴에서 매리언 시먼스가 됐다.

"여보, 괜찮아?" 옆에 누운 롬이 매리언의 움직임을 느꼈는지 일어나 앉더니 침대 옆 스탠드를 켰다.

"미안, 내가 깨웠어?" 매리언도 일어나 앉으며 롬의 어깨에 기댔다. "말해봐, 우린 처음에 어떻게 알게 됐어?"

"대학교 자선 파티에 당신은 명예 졸업생 신분으로 참석했었고, 우리 둘이 동시에 외투를 들고 파티장을 떠나려 했잖아. 함께 택시 정류장까지 걸어가면서 많은 이야기를 나눴고. 당신이 내가 의사인 걸 알아맞혀서 내가 당신은 홈즈고, 나는 왓슨이라고 했었지."

"하, 당신은 의사니까."

"그래, 기억이 좀 나?"

"내가 그때… 당신한테 어떤 전공의 의사냐고 묻지 않았어?"

"그랬지. 내가 소아과라고 했었잖아. 그리고 애들은 말을 잘하지 못하니까 애들의 상태를 보고 어디가 아픈지 판단하거나 정말 병인지 아닌지 구분한다고도 했고."

그렇다, 이 세계에서 롬은 불임과 의사가 아니라 소아과 의사로 도시에서 운영하는 육아 시설에서 일하고 있다. 또한 이 세계에서 아이들은 모두 국가가 양육을 책임지며, 불임 부부도 치료를 받을 필요가 없다. 국가가 건강한 남녀만 자연 임신을 하게 허락하기 때문이다.

교통사고를 당하고 깨어난 뒤 매리언은 자신이 이 평행세계에 오게 됐다는 걸 깨달았다. 이 세계에서는 국가양육법을 실시하기 때문에 부모는 자신의 자녀를 직접 키울 필요가 없으며, 누구나 나라의 양육 시설에서 자라야 한다.

처음에 매리언은 자신이 꿈을 꾸고 있는 거라 생각했다. 그래서 영화에서 본 것처럼 팽이를 찾아 계속 돌려봤다. 하지만 몇 번을 돌려도 팽이는 금세 자빠져 이 상황이 꿈이 아님을 증명했다.

침대에서 날이 밝을 때까지 뒤척이던 매리언은 회사까지 조깅을 해서 가기로 마음먹었다. 5킬로미터쯤 달린 그녀는 평소 자주 가던 커피숍에 들렀다. 그녀는 입구 근처의 자리가 비어 있는 걸 보고 잠시 망설이다가 조심스레 그 자리에 앉았다. 잠시 후, 젊은 여성이 혼자 커피숍 안으로 들어섰다. 그 여자는 매리언을 슬쩍 보더니 미소를 짓고 고개를 끄덕이며 매리언의 옆자리에 앉았다.

원래 세계에서 이 여자는 매일 유모차를 밀고 커피숍에 왔었다. 아마도 아이와 함께 와서 아침 식사를 하는 것 같았다. 자동차처럼 요즘의 유모차도 몸집이 갈수록 커져 언젠가 여자는 안쪽 자리에 앉으려고 해본 적이 있지만 커다란 유모차가 다른 손님들의 의자를 치기 일쑤였다. 그럴 때면 여자는 미간을 찌푸리며 억울한 표정을 지었다. 그렇게 여자는 한동안 모든 역경을 이겨내고 커피숍을 비집고 다녔지만, 점차 입구 근처의 자리에만 앉게 됐다. 거대한 유모차를 세워둘 자리는 거기뿐이었다. 물론 그 유모차 때문에 다른 손님들은 가게 안에서 오가기가 매우 불편했지만, 이 커피숍의 단골들은 습관처럼 그 자리에 앉지 않았다.

이 세계에서 그 여자는 더 이상 유모차를 밀고 다니지 않았다. 직접 아이를 키우지 않아도 되었기 때문이다. 매리언은 속으로 헛웃음이 났다. 이 이상한 세계에 와서 기껏 하고 싶었던 일이 그 자리에 앉는 거라니 말이다.

"요 며칠… 안 보이시는 것 같던데요." 여자가 불쑥 매리언에게 말을 걸었다. 원래의 세계에서라면 불가능한 일이었다. 여자의 눈은 온통 유모차 안의 자기 아이에게 쏠려 있었기 때문에 다른 사람에게 관심을 보인 적이 없었다.

"아, 예. 다쳐서 병원에 며칠 입원해 있었거든요."

"많이 다치신 건 아니죠?" 여자는 친절한 얼굴로 물었다.

"고마워요, 많이 좋아졌어요."

두 사람은 그렇게 한동안 이야기를 나눴다. 매리언이 병원에 입원해 있을 때의 이야기를 꺼내자 여자가 요즘의 의료 추세에 관해 이야기했다. 알고 보니 여자는 의료기기를 연구 개발하는 일을 하고 있었다. 매리언은 대화하며 여자가 매우 명랑한 데다 말솜씨가 뛰어나다는 걸 알아챘다. '이 여자가 원래 이런 성격이었나? 게다가 연구원이라고?' 매리언의 기억 속에 여자는 매일 커피숍에 앉아 고군분투를 하는 사람처럼 보였다. 아이에게 먹을 걸 주면 분명 어제 잘 먹는다고 칭찬했는데 오늘은 빵을 바닥에 내던지고, 어제 안 마시겠다고 버티던 주스를 오늘은 울면서 달라고 난리였기 때문이다. 그뿐만 아니라 아이는 뭘 봤는지 유모차에서 내려오겠다며 떼를 쓰기 일쑤였고 그럴 때마다 여자는 아이를 달래다 머리채를 잡히곤 했다. 물론 아이가 가끔 얌전해질 때도 있었는데 누군가가 아이를 어르며 몇 마디 물어보면 여자는 아이에 관한 이야기만 할 뿐이었다.

아이가 없으니 부모는 서둘러 아이를 학교에 보내거나 방과 후에 수영이나 무용, 스케이트, 그림 그리기 등을 배우게 할 필요가 없어졌다. 또한 식당에서 애들 먹이느라 씨름하지 않게 됐으며, SNS에 아이가 공부하고, 잠자고, 밥 먹고, 그림 그리고, 노래하는 영상들도 올릴 필요가 없게 됐다.

일상생활에서 아이가 없어졌다고 여기 모든 사람의 인간관계에 변화가 생긴 건 아니었다. 다만 사람들을 알게 된 과정의 디테일이 미묘하게 다를 뿐이었다. 이를테면 롬은 소아과 의사이며, 사람들은 집에서 학교에 가거나 부모와 함께한 추억이 없어졌다. 매리언은 다행히도 자신의 기억과 현실에 차이가 있는 상황을 만날 때마다, 습격을 받은 탓에 기억에 혼란이 생겼다는 핑계를 댈 수 있을 것이다.

휴대전화로 시간을 확인한 매리언은 커피숍에서 나섰다. 그녀는 집에 돌아가 옷을 갈아입은 뒤 롬의 차를 몰고 자신이 습격을 당했던 공원으로 갔다. 원래 세계에서 그녀가 교통사고를 당했던 장소 말이다. 분명 차도 옆에는 가게들이 줄지어 서 있었는데, 이 세계에서 그 가게들은 공원으로 바뀌어 있었다. 그녀는 차를 한쪽에 세운 뒤 거리를 가늠하며 자신이 차로 박은 가게의 위치를 찾았다.

'여기가 두 세계의 통로일까? 만약 여기 위치에서 돌진하면 원래의 세계로 돌아갈 수 있을까?' 매리언은 생각했다.

오늘의 날씨나 지금의 시간은 교통사고가 났던 그날과 거의 차이가 없었다. 매리언은 뒤로 몇 걸음 물러난 뒤 당시 차로 받았던 그곳으로 힘껏 달려갔다.

"으악!" 다른 세계의 문은 열리지 않았고 매리언은 그대로 바닥으로 고꾸라졌다.

그렇다면 차로 부딪혀야 하는 걸까?

매리언은 차의 운전석에 앉아 핸들을 꽉 붙잡고 깊은숨을 들이쉬었다. 그녀는 앞을 주시하며 액셀을 밟을 준비를 했다.

"어?" 매리언은 문득 눈을 크게 떴다. 앞쪽의 저기는 그날 유모차가 차도로 밀려 나왔던 곳이 아닌가. 그러고 보니 이곳에서는 더 이상 유모차가 차도로 밀려나올 일이 없었다. 유모차라… 매리언은 좀 전에 커피숍에서 만났던 여자가 떠올랐다. 아이를 돌볼 책임이 없어진 여자는 전혀 다른 빛을 뿜어내고 있었다.

그래, 이곳은 오직 어른들의 세계다!

'내가 정말 돌아가고 싶은 걸까?' 매리언은 갑자기 롬에게 문자가 보내고 싶어져 휴대전화를 꺼내 들었다. 이곳에서도 롬은 여전히 내 남편이지 않은가. 그때 매리언은 무심코 휴대전화의 뉴스 애플리케이션을 켰다.

"이런 빌어먹을!" 뉴스의 헤드라인을 본 매리언은 저도 모르게 소리를 지르며 바로 차를 돌려 회사로 향했다.

브라이언이 회사에 도착했을 때 매리언은 이미 자신의 집무실에 앉아 미간을 찌푸린 채 노트북 컴퓨터의 화면을 빤히 보고 있었다.

"와우! 대표님! 어떻게 이렇게 빨리 오셨어요?"

"나한테 빨리 와서 카구야 프로젝트 좀 다시 맡으라고 하지 않았어?" 매리언은 아직 브라이언의 얼굴도 제대로 쳐다보지 않은 채 노트북 컴퓨터만 그의 방향으로 돌리며 물었다. "이게 어떻게 된 일인지 나한테 알려줄 수 있어?"

브라이언이 노트북 컴퓨터의 화면을 보니 뉴스 헤드라인이 눈에 들어왔다.

'카구야 프로젝트, 순조롭지 않은 시작! 국가양육법 개혁은 이대로 유산될 것인가!'

브라이언은 입술을 옴짝거리며 화면을 노려봤다. "이거야, 원. 여기 어디지? 제가 분명 그날 왔던 매체들에 미리 얘기를 해뒀는데 이렇게 기사를…."

그때 매리언이 한 손을 들었다. "뉴스는 좀 이따 다시 얘기하고, 지금 내가 바라는 건 일단 5분짜리 브리핑을 해달라는 거야. 카구야 프로젝트에 관한 간략한 소개와 우리 회사가 이 프로젝트에서 어떤 위치인지, 이 순조롭지 않은 시작은 어떻게 된 일인지 등의 내용이 포함된 브리핑 말이야."

"예, 알겠습니다!" 브라이언은 서둘러 서류가방을 내려놓았다. "맥킨지 보고서는 다 읽으셨어요?" 매리언이 고개를 끄덕이자 브라이언이 말을 이어갔다. "맥킨지의 제안에 따라 국가양육부는 출산 장려를 목표로 하는 홍보 활동을 진행하기로 결정했어요. 입찰에 참여한 많은 홍보회사 중에서 국가양육부가 우리회사에서 기획한 카구야 프로젝트를 선택한 거고요. 이건 실험 프로젝트로 간단히 말하자면 출산 적령기의 부부를 아기의 양육에 참여하게 하고 그 과정을 영상으로 기록하고 리얼리티 쇼로 제작해 소셜 미디어 플랫폼 등에 올리는 거예요. 아이를 낳는 부모의 긍정적 이미지를 홍보함으로써 적령기 남녀의 출산 욕구를 상승시키기 위한 거죠."

"아, 그래서 카구야 프로젝트라고 이름 붙인 거군." 매리언은 고개를 끄덕였다.

'카구야'는 '대나무 공주'라고도 하는, 일본에서 가장 오래된 설화다. 늙어서도 자식 하나 없이 대나무를 베어서 먹고살던 부부가 있었다. 그런데 하루는 부부가 대나무 숲의 대나무 한 그루에서 빛이 나는 걸 보게 됐다. 할아버지가 그 대나무를 베었는데 그 안에 작은 여자 아기가 있는 게 아닌가. 노부부는 그 여자 아기를 데려가 키웠고 카구야라는 이름도 지어줬다. 카구야는 노부부가 낳은 아이는 아니었지만, 그들은 아기를 어른이 될 때까지 키워줬다. 카구야는 매우 아름답게 자라났고 혼담을 넣는 사람이 한둘이 아니었지만 스스로 모두 거절했다. 그러다 결국 카구야는 노부부가 보는 앞에서 하늘로 올라갔다.

"대표님, 어떻게 그렇게 자기랑 상관없는 일처럼 말씀하세요? 카구야 프로젝트는 대표님의 수제자나 다름없다고요. 프로젝트 이름도 대표님께서 붙인 거잖아요! 어… 왜 그래요?" 브라이언이 문득 매리언을 쳐다보니 그녀의 표정이 뭔가 이상했다.

"아, 아니야." 매리언은 괜히 싱긋 미소를 지었다. 원래의 세계에서라면 브라이언은 분명 "카구야 프로젝트는 매리언의 '자식'이나 다름없다고요."라는 말로 프로젝트와 그녀의 관계가 얼마나 밀접한지 표현했으리라. 하지만 이곳에서는 '자식'과의 관계가 '수제자'만큼 가깝지 않기에 밀접한 관계를 표현하는 단어마저 달라진 것이다.

"'카구야'라… 목표 연령대의 사람들 사이에서 아시아 문화가 유행하고 있으니까 그 이름이 그들의 취향에도 맞고 정부가 홍보한다는 이미지도 감출 수 있겠군." 매리언은 한 손으로 볼을 받친 채 말했다. "매슬로의 5단계 욕구 이론 같은 거네. 이 홍보 프로젝트는 바로 고학력에 고수입을 올리는 남녀를 겨냥하는 거야. 욕구 이론의 가장 위 단계인 자아실현의 욕구 말이야."

브라이언은 매리언을 빤히 쳐다봤다. "대표님… 참 이상하시네요. 부상을 당해서 부분 기억 상실이라고 하지 않았어요? 지금 하신 그 말, 입찰할 때 했던 브리핑 내용이랑 똑같아요!"

"당연하지, 내가 생각한 건데. 기억 상실이 된다 해도 자기 생각은 같은 거잖아!" 매리언은 이 평행세계의 자신도 출신은 다르지만 똑같은 생각을 갖고 있었다고 생각했다. 그녀는 이미 원래의 세계와 이 평행세계에 미묘한 평형 기제 같은 것이 있어 둘의 차이를 크지 않게 만든다는 사실을 알아차렸다. 이를테면 이 곳의 매리언은 가족이라는 배경이 없지만, 마찬가지로 같은 만찬에 참가해 룸을 알게 됐다. "근데 그게 어떤 리얼리티 쇼인지 말해주지 않았잖아?"

"예, 말씀드려야죠. 저희는 열 쌍의 부부를 선택했고, 3부작 프로젝트를 확정했어요. 그 부부들이 서로 다른 형식으로 매칭된 아이들과 접촉하도록요."

"그럼 '순조롭지 않은 시작'이란 건 뭐야?"

"그게… 프로젝트 1단계가 매리언이 습격받기 하루 전에 있었는데요. 그날 열 쌍의 부부가 아이의 공연을 보러 가게 했었고요. 근데… 공연이 끝나고 나서… 열 명의 아이 중에 하나가 납치를 당했어요."

6

헨리는 잔뜩 긴장하며 넥타이를 맸다. 어린 남학생이 처음으로 여학생과 데이트를 하게 된 기분이랄까. 헨리의 긴장하는 모습에 아내인 대너리스조차 뒤에서 웃음을 참지 못했다. 헨리는 사실 아내도 이번 만남을 매우 중요하게 여기고 있다는 걸 알고 있었다. 오늘 아내도 평소와 달리 신경 써서 곱게 화장을 하고 이른 아침부터 입을 옷을 골랐다.

"먹을래?" 대너리스는 오트밀바를 먹으며 새것을 헨리에게 건넸다. "어쩐지 점심을 아주 늦게 먹을 거 같은데."

"난 됐어." 헨리는 고개를 저었다. "그리 늦진 않을 거야. 애를 배고프게 할 순 없잖아."

"그럼 내가 가져갈게."

"당신 잊었어? 음식은 가져오면 안 된다고 했잖아."

"아, 맞다." 대너리스는 아직 포장을 뜯지 않은 오트밀바를 식탁 위에 도로 내려놓았다.

오늘은 두 사람이 그들의 아이를 처음 만나기로 한 날이다.

3개월 전, 그들은 카구야 프로젝트의 '부모 선발'에 신청했었다. 체험 프로젝트에 선정되면 아이와 매칭이 되어 함께 만날 기회를 얻게 될 뿐만 아니라 그 과정을 영상으로도 제작한다고 했다. 처음에 두 사람은 반쯤 장난이었다. 그런데 뜻밖에도 열 쌍의 부부 가운데 하나로 선정이 된 것이다.

'어쩌면 부모가 되어본다는 건 꽤 괜찮은 생각이야.' 선정되었다는 통지를 받았을 때 헨리는 불쑥 그런 생각이 들었다. 결혼한 지 3년이나 됐지만, 그들은 한 번도 아기를 가질 생각을 한 적이 없었다. 대너리스는 엔지니어로 종종 현장에 나가 공사의 진행 상황을 확인해야 했다. 만약 어느 날 갑자기 임신이라도 한다면, 10개월이라지만 행여 몸 상태가 좋지 않으면 공사 현장에 나가 일하지 못할 수도 있지 않은가. 하지만 이번의 '부모 선발'은 그들에게 좋은 계기가 될 수도 있다.

어린 양. 주최 측에서는 그들에게 매칭된 아이의 이름이 알렉이며 공연에서 어린 양 역할을 맡을 거라고 알려줬다. 카구야 프로젝트의 첫 번째 활동으로 국가양육부는 참여한 아이들이 등장하는 뮤지컬 공연을 극장에서 열기로 했다. 아이들은 뮤지컬에서 각각 다른 동물 역할을 맡는다고 했다. 하지만 아이들이 지나치게 긴장하지 않도록 주최 측은 공연이 끝나고 난 다음 무대 뒤에서 '부모'가 아이를 만날 수 있게 일정을 잡았다. 아이와 만난 뒤에는 부모와 아이들 모두 축하 파티에 참여하기로 되어 있었다. 극장으로 차를 몰고 가면서 헨리는 대너리스가 내내 말없이 창밖만 바라보는 걸 알아챘다.

"긴장돼?" 그는 아내의 손을 꼭 잡았다.

대너리스는 미소를 지으면서도 한숨을 폭 내쉬었다.

"아이는… 어떤 느낌일까? 우리가 어렸을 때… 육아원이 우리를 대하던 그런 걸까?"

"거의 비슷하지 않을까?"

"하지만 육아원들은 전부 전문적인 육아 훈련을 받은 사람들이잖아. 우리는 그냥 보통 사람인데 우리가 어떻게 아이를 돌볼 수 있을지….”

"어…, 내 생각에는 너무 어색해할 필요 없을 것 같아. 그냥… 당신이 회사에서 아주 앞날이 창창한 인턴을 만났다고 생각하면 되잖아. 걔를 당신의 후계자로 삼겠다는 마음으로 충분히 관심을 보이고 아껴주면 되지 않을까?"

"흠, 하지만 우리 인턴은 네 살이 아닌걸."

차를 타고 가는 동안 두 사람은 어떤 이미지로 아이 앞에 나타나면 좋을지 상의했다. 어렸을 때 만났던 그런 엄격한 육아원이 좋을까? 아니면 우선 따뜻한 모습을 자주 보여줘야 할까? 결국 두 사람은 자신들의 솔직한 모습 그대로 아이를 만나기로 했다.

극장에 도착해 관객석에서 자신들의 자리를 찾아 앉은 뒤, 헨리는 호기심에 이리저리 두리번거렸다. 첫 번째 줄에는 격식을 갖춘, 매우 중요해 보이는 사람들이 앉아 있는 거로 봐서 정부 관리나 의원들일 것 같았다. 반면 그 옆의 첫 번째 줄에 있는 사람들은 언론매체에서 나왔으리라. 그들 모두 전문적인 촬영 장비를 가진 걸 보면 말이다. 헨리 근처에 앉아 있는 남녀는 분명 그처럼 '부모'로 선택된 사람들일 테지. 그들은 도착한 지 이미 좀 된 것 같았지만, 얼굴은 헨리처럼 긴장감이 가득했다.

헨리는 다른 부부들을 살펴보다가 그들 모두 자신들과 나이가 비슷하고 인물이 좋다는 사실을 발견했다. 잘생기고 예쁜 미남미녀가 아니라 누가 봐도 호감형의 외모랄까. 당국에서 참가자들을 선발할 때 외모도 고려의 대상이었던 게 분명해 보였다.

"누가 그쪽 아이예요?" 옆에 앉은 남자가 물었다. 고급 양복을 입고 있는 게 변호사나 은행가일 것 같았다.

"아, 어린 양요." 헨리가 대답했다.

"우리 애는 오리예요."

그때 극장의 조명이 어두워져 두 남자는 더 이상 대화를 나누지 않았다.

열 명의 아이가 무대 위에 등장하자 관객석은 떠들썩해지기 시작했다. 아이들은 저마다 다른 동물의 옷을 입고 있는데 도무지 말인지 나귀인지, 백조인지 오리인지, 고양이인지 개인지 알아볼 수가 없었다. 그 와중에도 헨리는 팔짝팔짝 뛰는 아이들 속에서 어린 양을 찾기 위해 애썼다.

"저기, 오른쪽!" 대너리스가 헨리의 귓가에 속삭이며 무대 오른쪽을 슬쩍 가리켰다.

헨리는 마침내 어린 양으로 분장한 알렉을 찾을 수 있었다.

알렉은 키가 크지 않았고 어린 양 옷을 입고 있어 매우 귀여워 보였다. 열 명의 아이들이 각각 독창을 부르는 대목이 있었는데 알렉은 자기 차례에 조금도 긴장하지 않는 것 같았다.

"저 녀석 노래 진짜 잘하는데." 헨리는 흥분한 목소리로 대너리스에게 말했다. 알렉이 뭐라고 노래를 부르는지 정확히 알아들을 수는 없었지만, 음색도 아주 좋고 음도 잘 맞추는 것 같았다. 그에 비해 다른 아이들은 조금씩 음이 틀린다고나 할까. 헨리는 알렉이 열 명의 아이들 중에 가장 귀여운 것 같았다. 그는 주머니에서 휴대전화를 꺼내 알렉의 사진과 동영상을 찍기 시작했다. '오, 알렉 저 녀석은 굉장히 차분할 것 같은데 같이 축구 경기를 보러 가면 좋아할까? 독서를 좋아할 것 같은데….' 헨리는 문득 시설에서 보낸 자신의 어린 시절이 떠올랐다. 그도 독서를 매우 좋아해 육아원이 종종 그에게 책을 읽어줬으며 여러 책들을 추천해주기도 했다. 헨리는 자신도 알렉에게 책 몇 권을 추천해줄 수 있을 것 같았다. 카구야 프로젝트가 끝난 뒤에도 그가 알렉을 계속 돌볼 수 있다면 말이다.

그때, 어떤 기자가 무대 앞에서 사진을 찍으며 알렉의 시선을 끌었다.

'맙소사! 저런 빌어먹을 기자 같으니라고. 알렉의 공연을 방해하지 마!' 헨리는 저도 모르게 잔뜩 긴장한 채 기자를 노려봤다. 하지만 알렉은 기자를 슬쩍 쳐다봤을 뿐 다시 공연에 집중했다.

'저렇게 영리하다니!' 헨리는 시간이 지날수록 점점 더 알렉이 아내만큼이나 운명적인 인연으로 느껴졌다.

공연이 끝난 뒤 진행요원이 다가와 헨리 부부에게 무대 뒤의 아이를 만나러 가자고 했다.

헨리는 한숨을 내쉬었다. '드디어 만나는구나.'

"당신, 손 먼저 씻어야지." 화장실을 지날 때 대너리스가 헨리에게 일러주며 여자 화장실로 들어갔다.

"아, 맞다! 깜빡할 뻔했네." 헨리는 당국에서 그들에게 건넨 준비 목록에 아이를 만나기 전에 손을 씻으라고 했던 구절을 떠올렸다.

손을 씻은 뒤 헨리와 대너리스는 다른 아홉 쌍의 부부와 함께 어떤 방으로 들어섰는데 아마도 분장실 같았다. 얼마 지나지 않아 공연의 책임자가 아이들을 데리고 방으로 들어왔다. 아이들은 여전히 자신이 맡았던 동물의 분장을 하고 있었다.

부부들은 동물 분장을 보고 자신들의 아이를 찾아가 인사를 나눴다. 헨리는 가장 처음 방에 들어온 오리 분장한 아이를 쳐다봤다. 그 귀여운 여자아이는 처음에 '부모'에게 경계심이 있는 것 같더니 엄마가 무릎을 꿇고 키를 낮춰 말을 건네자 금세 미소를 보이며 '부모'와 이야기를 나눴다. 언론매체의 기자들도 점점 그들을 둘러싸며 사진을 찍기 시작했다. 하지만 진행요원들은 기자들이 너무 가까이 다가오지 못하도록 막았다.

'부모'뿐만 아니라 이 아이들도 분명 까다롭게 선발된 것 같았다.

오리, 백조, 나귀, 말, 고양이, 개, 새끼 곰, 돌고래, 사자….

그런데… 어린 양이 없다.

'알렉은?' 헨리는 문을 빤히 쳐다봤지만, 한동안 기다려도 알렉은 그림자조차 보이지 않았다. 그래서 그는 혼자 다른 팀들 뒤쪽에 덩그러니 서 있어야 했다. 대너리스는 헨리를 슬쩍 보고 다시 문가에 서 있는 진행요원 여자를 다시 쳐다봤다.

헨리는 문 쪽으로 걸어갔다. "죄송한데… 알렉이라 부르는 그 아이요. 아, 어린 양으로 분장했었는데 개는 지금 어디 있나요?"

"예?" 헨리의 질문을 듣고 눈을 깜빡이던 여자의 얼굴에는 의아한 표정이 확연하게 드러났다.

"저희가 여기 프로젝트에 참여한 부부인데 매칭된 아이를 아직 만나지 못해서요."

"뭐라고요? 그럴 리가 없는데요." 여자는 손에 든 수첩을 펼쳐 들었다. 거기에는 아이들의 이름 목록이 있는데 각 이름 옆에 체크 표시가 되어 있었다. "좀 전에 아이들 수를 셌는데…." 여자는 말하면서 볼펜을 든 손으로 분장실 안에 있는 아이들의 수를 셌다. 헨리는 여자의 얼굴이 하얗게 질리는 걸 가만히 쳐다봤다.

"선생님, 사모님과 함께 옆쪽에 앉아 기다려주시겠어요? 어떻게 된 일인지 제가 좀 알아볼게요. 조금만 기다려주세요." 여자가 그렇게 말하긴 했지만, 헨리는 뭔가 심상치 않게 돌아간다는 걸 눈치챘다. 하지만 그 역시 지금 같은 때에 소동을 일으켜서는 안 된다고 느꼈다. 어쩌면 알렉은 그저 길을 잃은 것인지 모른다. 그 나이 또래의 아이들은 시설을 떠날 기회가 적으니 흥분한 나머지 여기저기 돌아다닌다고 해도 이상할 게 없지 않은가.

헨리와 대너리스는 한쪽에 조용히 앉아 다른 부부와 아이들을 바라보고 있었다. 어떤 부부와 아이는 대화를 나누고, 또 어떤 부부는 아이와 놀아주며, 어떤 부부는 아이의 사진을 찍어줬다. 그들은 하나같이 매우 즐거워 보였다. 아이와 관련된 일을 하지 않는 한, 보통 사람들은 아이와 접할 기회가 거의 없기에 프로젝트에 참여한 부부들은 아이와의 만남이 신선하게 느껴질 수밖에 없었다. 헨리는 문득 자신과 아내가 아웃사이더가 됐으며 눈앞의 이 즐거운 분위기가 자신들과는 아무런 상관이 없는 것 같다고 느꼈다.

시간이 흐르자 다른 사람들도 한쪽에 앉아 있는 헨리 부부의 존재를 눈치채기 시작했다. 그들 중 어떤 이는 헨리 부부를 궁금증 어린 눈으로 쳐다봤으며, 어떤 이는 배우자에게 귓속말을 속삭였다. 하지만 그들 중 누구도 헨리 부부에게 다가와 어떻게 된 일이냐고 묻지 않았다. 다른 부부들의 반응을 보며 헨리는 점점 더 불안해졌다. 그들 부부에게 향한 모든 눈길이 차갑고 날카로운 칼처럼 그와 대너리스를 찔렀다.

'왜 알렉이 아이들 사이에 없다는 걸 조금 더 일찍 알아채지 못했을까?' 헨리는 생각하기 시작했다. 만약 조금이라도 더 빨리 알았다면 아이가 멀리 가기 전에 찾아왔을지 모른다.

그때 진행요원이 다가와 헨리 부부에게 다른 방으로 가자고 했다.

'알렉을 찾았나?' 헨리는 처음에 그렇게 생각했지만, 그의 이

성이 이내 그 생각을 부인했다. 만약 알렉을 찾았다면 바로 분장실로 데려오지 그들 부부를 다른 방으로 가자고 할 리 없지 않은가.

다른 방에서는 어떤 남자와 여자가 헨리 부부를 기다리고 있었다. 분명 이번 활동의 책임자이리라. 사실 헨리는 좀 전에 두 사람이 극장 안을 분주히 오가며 일하는 걸 본 터였다. 여자는 남자보다 직급이 높아 보였는데 자신을 매리언이라고 소개했다. 그녀가 건넨 명함에는 홍보회사 대표라고 적혀 있었다. 브라이언이라는 남자는 매리언의 부하 직원이었다. 매리언은 알렉이 실종됐다며 모두 아이를 찾고 있다고 했다. 또한 그녀는 상황으로 보건대 잠시 후 알렉을 찾는다 해도 오늘은 얼굴을 보기 어려울 것 같다고 했다.

"축하 파티는…." 매리언이 말을 꺼냈을 때 헨리는 축하 파티가 열릴 시간이 이미 얼마 남지 않았다는 걸 알아챘다.

"저희는 가지 않을게요." 대너리스가 대답했다.

"예, 알겠습니다." 매리언은 고개를 끄덕였다. "그럼 저희가 차로 집까지 모셔다드리겠습니다."

"아니요, 저희가 직접 운전해서 갈게요." 대너리스는 계속 헨리보다 앞서 대답했다.

매리언은 소식이 있으면 알려주겠다고 했지만, 헨리는 그 소식을 쉽게 들을 수 없으리라는 불길한 예감을 느꼈다.

집으로 돌아오는 길에 헨리는 불쑥 대너리스에게 물었다. "만약 우리가 줄지어 들어오는 아이들 중에 알렉이 없다는 걸 금세 알아채고 바로 밖에 나가봤다면 아이를 쫓아갈 수 있었을지도 몰라."

대너리스는 아무런 대답이 없었다.

다음 날, 헨리는 회사에 병가를 내고 침대에서 내내 웅크린 채 휴대전화로 어제 찍은 사진과 동영상을 몇 번이고 돌려봤다. 알렉이 명랑하게 무대 위에서 통통 뛰는 모습과 천사처럼 부르는 노랫소리, 세상에서 가장 귀엽게 웃는 얼굴을 보면서 말이다. '벌써 꼬박 하루가 지났는데 알렉은 밖에서 추위에 떨고 있는 건 아닐까? 지금쯤이면 분명 배도 무척 고프겠지?'

알렉을 눈앞에서 놓치다니 그는 모든 게 자신의 잘못처럼 느껴졌다. '나 스스로 그 애의 아빠라고 했잖아.'

대너리스는 그날 평소보다 늦게 집으로 돌아왔다.

"오늘 변호사 친구를 만났어." 그녀가 말했다.

변호사?

"그 친구 말로는, 어제 활동의 과정을 봤을 때 우리가 아이들이 선 줄에서 알렉을 보는 건 불가능했기 때문에 국가양육부에서 우리의 책임을 물을까 봐 걱정할 필요가 없대. 책임을 따진다 해도 홍보회사에 물을 거라네."

"당신은 겨우 그걸 걱정한 거야?" 헨리는 펄쩍 뛰다시피 침대 위에서 내려왔다. "지금 알렉이 실종됐어! 근데 당신은 책임을 추궁당할까 봐 걱정한 거야?"

"당연하지! 당신이 운전하다 신호등을 박아도 공공재산을 망가뜨렸다고 책임을 추궁당할 텐데 아이는 더 그러지 않겠어? 아이는 연방급의 재산이니까!" 대너리스는 마구 삿대질을 하며 화가 잔뜩 난 채 거실로 나가버렸다.

헨리는 멍하니 아내의 뒷모습을 바라봤다.

처음이었다.

서로 처음 알고 지금까지 오랜 세월을 하면서 두 사람 사이에 이렇게 큰 의견 차이가 난 건 처음이었다. 만약 카구야 프로젝트가 아니었다면, 아이를 키워보겠다고 하지 않았다면 두 사람은 이렇게 싸울 일이 전혀 없었다.

7

아이들은 복도에 줄을 섰고, 어린 양은 세 번째에 섰다.

복도 옆의 문 하나가 살짝 열려 있었는데 근처의 몇몇 아이들이 모두 뭔가 싶어 쳐다봤다.

하지만 그 문으로 다가간 사람은 어린 양 하나뿐이었다.

그렇게 어린 양은 문 뒤로 사라졌다.

….

아이들은 복도에 줄을 섰고, 어린 양은 세 번째에 섰다.

복도 옆의 문 하나가 살짝 열려 있었는데….

✳

매리언은 브라이언이 국가양육부를 통해 손에 넣은, 당일 극장의 감시카메라 영상을 이미 열 번도 넘게 돌려보고 있었다. 그 영상 중 하나에 공연을 마친 아이들이 복도에 줄을 지어 서서 분장실에 있는 '부모'와 만날 순간을 기다리는 장면이 담겨 있었다. 정부 관리들과 부모, 언론매체가 모두 준비되어야 했기에 아이들은 복도에서 기다리고 있었던 것이다. 아이들의 이동을 책임진 트레이시와 분장실 앞에서 대기하고 있던 애비게일이 확인한 뒤 아이들을 들여보냈다.

바로 그 짧은 순간뿐이었다.

복도에 있는 문은 무대 뒤쪽의 다른 곳으로 통하는 것이었는데 바로 그 짧은 순간, 누군가가 그 문에서 알렉을 납치해 도망간 것이다. "누가 일부러 알렉을 납치한 거야." 영상을 두 번째 봤을 때 매리언이 화면을 가리키며 말했다. "문이 열렸을 때 몇몇 아이들이 모두 거길 쳐다봤지만 금세 신경 쓰지 않았어. 근데 알렉만 여전히 문 쪽을 바라보고 있지. 마치 누군가와 대화를 하는 것처럼 말이야."

"그건 확실해요." 브라이언은 손가락 끝으로 화면을 가볍게 치며 말했다. "트레이시가 나중에 그 애들한테 물었는데 문 뒤의 사람이 계속 알렉만 불렀다고 하더라고요."

"왜일까?" 매리언은 팔짱을 끼며 말했다. "몸값은?"

"예?"

"예라니? 몸값을 내놓으라는 협박 같은 거 없었어?"

"아니요."

그렇다면 납치 협박도 아니란 말인가? 근데 왜 일부러 알렉을 납치한 거지?

"부모 쪽 상황은 어때?"

"예?"

"알렉의 부모 말이야!" 매리언은 조금 짜증 섞인 목소리로 말했다. "통지 안 해줬어? 그리고 몸값을 요구한 게 아니라면 납치의 동기는 아마 복수일 거야. 알렉 부모의 배경은 조사해봤어?"

"알렉의 부모에게 왜 통지를 해야 하죠?" 브라이언은 도무지 이해할 수 없다는 표정이었다.

"이런 일이 생겼잖아! 아." 매리언은 그제야 자신이 다른 세계에 있다는 걸 새삼 기억해냈다. "아, 미안… 그럼 대체 누가 알렉을 납치한 거지? 동기는 또 뭐고…." 환경이 전혀 다르니 생각의 방향 또한 다시 정리가 필요했다. 원래의 세계였다면 아이가 납치됐을 때 가장 먼저 부모의 배경을 조사할 것이다. 재산이라든지, 직업이나 사적으로 누군가와 원한을 진 일은 없는지 등등 말이다. 하지만 그런 것들이 이곳에서는 하나도 적용이 되지 않았다. 게다가 부모는 출산만 책임질 뿐, 이후에 아이의 죽고 사는 문제는 그들과 아무런 상관이 없었다.

"대표님!" 브라이언은 소리를 높여 매리언을 부르며 정신 차리라는 듯 그녀의 눈앞에서 손가락으로 딱 소리를 냈다. "무슨 생각하고 있는데 그렇게 넋이 빠져 계세요?"

"아, 대체 누가 범인일지, 동기는 뭘지 생각하고 있었어."

"대표님…." 브라이언은 조금 맥이 빠진 표정이었다. "지금은 그 문제보다 카구야 프로젝트의 2단계를 어떻게 진행할지가 더 중요하지 않아요?"

"그렇지….." 매리언은 그 말을 듣는 순간 스스로 어떤 표정도 얼굴에 드러내지 않으려 애썼다. 그녀는 문득 자신과 브라이언의 역할이 뒤바뀐 것 같다는 생각이 들었다. 원래의 세계에서라면 브라이언은 분명 알렉의 상황을 몹시 걱정했을 것이다. 그의 작은아들이 알렉과 비슷한 또래이니 어쩌면 그는 어느 구석에 숨어 눈물을 흘렸을지도 모른다. 반면 매리언은 직원들에게 일에 감정을 섞으면 안 된다고 주의를 시키며 알렉을 찾는 일과 범인을 잡는 일은 경찰의 임무라고 말했을 것이다. 그들 회사 입장에서는 눈앞의 이 홍보 위기를 극복하고 다음 단계를 준비하는 일이 가장 중요하다고 강조하면서 말이다.

"브라이언, 대단한데." 매리언은 정신을 가다듬으며 브라이언의 어깨를 두드려줬다.

"훌륭한 스승 밑에 훌륭한 제자가 난다고 하잖아요."

"좋아, 그럼 이제 언론매체에 어떻게 대응해야 할지 생각해볼까? 어린아이의 실종은 그 사람들이 가장 좋아하는 기삿거리잖아." 매리언은 브라이언이 은근히 자신의 비위를 맞추는 모습이 아직 익숙하지 않았다.

"예…?"

"왜?"

"그런 뉴스를 우리가 걱정할 필요가 있나요?"

"어?"

"아무도 관심 두지 않는 작은 뉴스잖아요. 그런 뉴스는 나오자마자 금방 사라질걸요."

매리언은 눈이 휘둥그레졌다. '아무도 관심이 없는 뉴스라고?' 실종된 아이가 남자아이라 어린 여자아이보다 언론매체의 관심도가 떨어지긴 하겠지만 어떻게 아무도 관심이 없을 수가 있단 말인가. 하지만 브라이언의 태도를 보면 진지한 게 분명했다.

"시설의 아이 하나가 사라진 건데 그게 무슨 큰 뉴스가 된다고…." 브라이언은 여전히 혼잣말처럼 중얼거리고 있었다.

'진심인가? 이 세계에서는 사람들의 시선을 끌 만한 뉴스가 아니란 말이야?' 매리언은 잘 이해가 되지 않았다. 하지만 가만히 생각해보면 그럴 수도 있을 것 같았다. 사람들이 자신의 아이를 키워본 적이 없으니 감정에 얽매이는 일도 없을 테고 그렇다면 아이에 대해 무감각한 것도 지극히 정상이 아니겠는가.

"그럼 2단계의 프로젝트는 뭐야?" 매리언이 물었다.

"첫 번째 만남이 있었으니까 부부와 아이들이 이제 그리 낯설지 않겠죠. 그래서 2단계에서는 부부와 아이만 따로 만나 '부모와 자식'의 시간을 보내게 하려고요. 부모가 아이에게 이야기를 들려준다든지, 아이랑 놀아주고, 그림도 그리고 그런 거 있잖아요."

"그러니까 1단계에 참여한 아홉 쌍의 부부와 아홉 아이가 참여한다는 거지?"

"열 쌍 모두요. 알렉의 자리는 다른 아이로 대체하고요."

"그래, 이번 활동은 언론매체의 취재를 허락하지 마. 날짜 얘기한 적 있나? 없으면 날짜도 외부에 공개하지 마."

브라이언은 고개를 숙인 채 태블릿 PC에 매리언의 지시사항을 받아 적었다.

"시설에서 진행한다고 하지만 보안을 더 강화해야 해. 시설 보안 상황은 어때?"

"어…, 그게 그냥 일반 수준의 보안 요원들이…."

매리언은 아무 말 없이 그저 눈썹을 조금 치켜올렸다.

"국가양육부에 금방 확인해볼게요." 브라이언은 얼른 태블릿 PC에 필기를 했다.

"그럼 국가양육부에 보안을 더 강화할 계획이 없는지 확인해 봐. 그럴 생각이 있다고 하면 국가양육부에서 보안 회사랑 경찰 중에 어디를 통할 건지도 물어보고." 매리언은 그렇게 말하면서 회사 메신저의 창을 열었다. "아, 시설 평면도가 있으면 나한테 하나 보내줘."

"예, 알겠습니다." 브라이언이 대답했을 때 트레이시가 이미 매리언의 집무실 문 앞에 다가와 있었다.

"트레이시, 그날 아이들이랑 얘기를 나눴다면서? 범인이 그때 뭐라고 하면서 불렀대?"

"애들 말로는 그때 복도 옆쪽의 문이 열렸는데 후드티를 입은 사람이 알렉을 불렀다고 하더라고요. 알렉이 공연에서 노래를 잘해서 특별한 상을 준다고 그 사람이 불러서…."

"잠깐만." 매리언이 트레이시의 말을 끊었다. "그 사람이 어린 양 같은 게 아니라 '알렉'이라고 불렀단 말이야?"

"어…." 트레이시는 고개를 갸웃하며 잠시 생각하더니 이내 확실하다는 듯 고개를 끄덕였다. "예, '알렉'이라고 불렀어요. 그때 한 아이가 범인의 말을 따라 하며 '알렉'이라고 했거든요."

"그래…." 매리언은 의자에 몸을 기댔다. "브라이언은 범인의 동기가 중요한 게 아니라고 했지만, 내가 보기에 이건 알렉을 겨냥한 행동이야. 알렉의 이름을 부를 수 있는 사람이라면 분명 내부의 관련자일 거고. 우리가 그날 활동과 관련된 모든 사람의 명단을 갖고 있어? 그 사람들은 어느 정도로 배경을 조사했지? 그리고 혹시 국가양육법과 국가양육부를 노리고 있는 조직은 없어? 그런 조직이 2단계 프로젝트가 열리는 날 행동을 개시할지 조사해봤어? 그리고 소셜네트워크 데이터 분석 회사에 연락해서 자료 좀 분석해달라고 해."

"어…." 갑작스러운 매리언의 속사포식 주문에 브라이언은 어떻게 대응해야 좋을지 알 수 없었다.

"나 참, 알렉의 납치 사건 담당하고 있는 형사 이름이랑 연락처 좀 줘봐. 내가 직접 가서 이야기 좀 나눠봐야겠어. 경찰의 수사가 우리에게 영향을 미치거나 우리의 행동이 경찰에 영향을 미쳐서 서로 책임을 미루는 상황이 생기면 안 되잖아." 매리언은 말하며 휴대전화를 들고 번호를 누르려다 난감한 표정의 브라이언을 보게 됐다. "설마? 경찰 쪽이랑 연락도 안 해 봤어?"

"죄송합니…."

"됐어, 그럼. 내가 직접 경찰에 가볼게." 매리언은 자신의 습격 사건과 알렉의 납치 사건이 도심의 같은 구역에서 일어났고 거기에 경찰서가 있으니 자기 사건을 맡은 형사를 찾아 물어보면 될 것 같았다. 브라이언이 어쩔 줄 몰라 하는 모습을 보고 있으려니 매리언은 더 이상 그를 탓하고 싶지 않았다. 브라이언은 역시 브라이언이었던 것이다. 일에 임하는 태도는 진지하고 믿음직하지만, 어딘가 약간 모자란 걸 보면 말이다.

"레일라가 있었으면 좋았을 텐데." 저도 모르게 혼잣말을 내뱉던 매리언은 아직 브라이언이 자기 집무실에 있다는 사실을 바로 알아차렸다. "아, 내 말은 이렇게 이어지는 일들이 많으니까 레일라가 있었으면 일손이 그렇게 부족하지 않았을 거란 뜻이지." 그녀는 행여 브라이언이 스스로 레일라보다 못하다고 느낄까 봐 변명을 늘어놓았다.

"어, 대표님. 정말 잊어버리셨어요?" 브라이언은 몹시 의아한 표정을 지었다.

'이 세상에서는 나와 레일라가 아무 관련이 없는 건가?' 매리언은 생각했다. '그럴 리가 있나. 지금까지 다른 인간관계들은 큰 변화가 없었는데 레일라만 이 세상에서 나와 교집합이 없다고?' 그제야 매리언은 이 세계에 온 뒤 레일라를 한 번도 본 적이 없다는 사실을 떠올렸다.

"좀 전에 물어보셨잖아요? 국가양육법과 국가양육부에 반기를 든 조직이 없느냐고. 레일라… 레일라 이사님이 바로 그런 사람 중에 하나잖아요."

8

레일라가 임신한 지 12주쯤 됐을 때, 브라이언은 일이 뭔가 잘못 돌아가고 있다고 느꼈다.

아내가 벌써 세 번이나 출산한 경험이 있는 브라이언은 여자들이 임신한 걸 알게 되면 얼마 지나지 않아 주변을 다 정리한 다음 시설에 들어가 출산을 기다린다는 사실을 알고 있었다. 12주를 꽉 채우도록 시설에 들어가지 않는 건 극소수에 불과했다. 게다가 브라이언은 레일라가 주변을 다 정리하고 시설에 들어간 뒤에 업무를 어떻게 할 것인지에 대한 이야기를 전혀 듣지 못했다.

"레일라 이사님은 언제 시설에 들어가세요?" 한번은 브라이언이 물었다.

하지만 레일라는 싱긋 미소만 지을 뿐이었다. "아직 처리할 일이 많아서."

"남편한테 다른 뜻이 있는 건 아니죠?" 브라이언이 물었다. 그는 레일라의 남편이 외국으로 파견 나갔으며 거기서 한동안 있게 될 거란 이야기를 들은 적이 있었다. 만약 그랬다면 아내를 시설에 넣어준 뒤에야 안심하고 외국으로 갈 수 있었을 것이다.

"내가 곧 아기를 낳을 거긴 하지만, 날 돌보는 것쯤은 아직 할 수 있어요." 레일라는 그렇게 말하며 살짝 부푼 자신의 배를 쓰다듬었다. "참, 브라이언. 한나는 아기를 낳은 뒤에 섭섭해하지 않았어요?"

"섭섭해요? 뭐가요?"

"자기 아이를 시설에서 키우게 하는 거 말이에요. 한순간이라도 두 사람 다 아이를 곁에 두고 키우고 싶은 적이 없었어요?"

"아… 첫째 때는 시설도 처음이고 행여 유산이 될까 봐 걱정도 했으니까 아내가 출산하고 시설을 떠나면서 좀 서운해하더라고요. 하지만 둘째 때부터는 익숙해졌어요. 셋째를 낳을 때는 저나 아내나 모두 전문가가 됐고요."

"그래도 그 아이들은 브라이언의 피붙이인데 곁에 데리고 있을 권리가 있지 않아요?"

그렇게 말하며 레일라는 다시 배를 쓰다듬었다.

고개를 숙여 자신의 배를 보는 레일라의 표정은 무척이나 따뜻해 보였다. 브라이언은 그런 표정의 레일라를 단 한 번도 본 적이 없었다. 그녀는 온몸으로 따뜻한 기운을 내뿜고 있었지만, 브라이언은 뭔가 잘못됐다는 걸 직감했다.

"이사님, 그런 생각은 현실적이지 않아요." 브라이언은 정색하며 말했다. 레일라는 그의 상사였지만 세 아이의 아버지로서 그는 이런 말을 할 자격이 충분하다고 여겼다. "아이를 낳는 건 사회에 대한 책임이지 애완동물을 키우는 게 아니에요. 단순히 혈연관계가 있으니까 그럴 권리가 있다고 생각하거나 자신의 감정적인 욕구를 만족시키려는 건 지나치게 이기적인 생각이라고요. 설마 시설에서 전적으로 아이들만 키우는 육아원들보다 아이를 더 잘 키울 수 있다고 생각하시는 거예요? 이건 운전면허를 따는 거나 마찬가지예요. 열여섯 살이 되어 시험을 통과해야 운전을 할 수 있잖아요. 사람의 생명과 관련이 있으니까요. 혹시 대표님 아이의 인생이 차에 탄 승객이나 행인들의 생명보다 중요하지 않다고 생각하는 거예요? 아니, 그렇게 먼 이야기를 할 필요도 없죠. 우리도 종종 고객이 너무 늦게 찾아온 탓에 '홍보 재난'이 일어나게 됐다고 말하잖아요. 고객이 전문적인 홍보회사를 찾아야 한다고 생각하면서 왜 아이는 전문적인 사람이 키워야 한다고 생각하지 않는 거죠?"

"브라이언." 레일라는 가볍게 브라이언의 손등을 두드리며 확고하고 위엄 있는 말투로 말했다. 평소 브라이언이 알고 있는 레일라의 모습으로 말이다. "어떤 것들은 오직 부모만이 아이에게 줄 수 있다고 생각하지 않아요?"

브라이언은 레일라가 말하는 것이 무엇인지 정확히 알 수 없었다. 시설에서 자란 브라이언은 자신의 삶에서 무언가 부족하다고 느껴본 적이 없었기 때문이다.

그것이 브라이언이 레일라와 마지막으로 나눴던 대화였다. 그 뒤로 그는 회사에서 레일라를 볼 수 없었다. '정확히 언제부터 레일라 이사가 회사에 오지 않았지?' 브라이언은 딱히 기억이 나지 않았다. 그 뒤로 그는 매리언의 일거수일투족에 자신의 모든 주의력을 집중했었기 때문이다. 매리언은 그 무렵 평소보다 자주 회의를 하러 나갔으며, 답장해야 할 이메일과 전화가 많아진 것 같았다. 브라이언은 매리언이 뭔가 큰 건을 잡은 것 같다고 생각했다. 하지만 이번에는 예전과 달리 레일라가 참여하지 않았다.

브라이언은 이것이 바로 자신에게 기회임을 알고 있었다.

그의 예상처럼 얼마 지나지 않아 매리언은 그를 데리고 국가양육부의 오웬 차관을 만나러 갔다. 매리언의 남편인 롬도 함께 갔는데 시설에서 소아과 의사로 일하고 있는 롬은 차관과 막역한 사이 같았다. 그들은 사무실이 아닌 외부의 식당에서 만났다. 매리언은 자신이 자주 가는 식당의 작은 방을 예약했는데 그곳에서 브라이언은 카구야 프로젝트에 대해 처음 들었다. 출생률을 높이기 위한 홍보 프로젝트라고 했다. 오웬 차관은 식당에서 이 홍보 프로젝트의 입찰 과정과 누가 경쟁 상대가 될지, 국가양육부의 선택 기준 등에 대해 알려줬다.

"매리언 대표님, 카구야 프로젝트라는 이름이 참 마음에 드는군요. 국가양육부는 바로 그런 시대감각을 원하고 있거든요. 외부에는 이게 정부의 프로젝트라는 사실이 아예 드러나지 않는 게 더 좋겠어요."

심지어 오웬 차관은 내부적으로 대강의 예산이 얼마가 될지 토론 중이란 사실도 그들에게 일러줬다. 어찌 보면 그는 국가양육부 안에서 그들이 홍보 건을 따낼 수 있도록 돕는 '코치'나 다름없었다.

그 뒤 브라이언은 매리언과 함께 카구야 프로젝트를 기획했으며, 입찰 서류와 브리핑 자료를 준비했다. 매리언이 일찌감치 '3단계'와 리얼리티 쇼의 방향을 정해뒀지만, 브라이언은 세부사항 조율에 참여할 수 있었다. 브리핑할 때 혹시라도 허점을 보일까 봐 그는 매일같이 인터넷에 들어가 국가양육법과 관련된 뉴스나 언론매체의 발표 등을 일일이 챙겨봤다. 만일 브리핑을 할 때 자신이나 매리언이 모르는 내용이 있다면 입찰 자체가 쓰레기통에 처박힐 수도 있지 않겠는가.

그런데 브라이언은 최근 기사 속에서 아주 낯익은 이름을 발견했다.

'아이에 대한 양육권을 되찾겠다며 국가양육부를 고소한 엄마'.

브라이언은 기사 내용을 읽지 않고 먼저 사진을 살펴봤다. 실외에서 찍힌 사진에는 출산한 지 얼마 안 된 레일라가 연한 화장을 하고 옅은 회색 원피스를 입은 채 햇빛을 받으며 아직 살짝 부푼 배 위에 손을 가볍게 올리고 있었다.

이미 제목을 본 덕인지 기사의 내용은 브라이언에게 상대적으로 충격이 덜했다. 기사에는 레일라가 아이의 어머니로서 아이를 키울 권리를 되찾기 위해 인권법을 위반한 정부의 국가양육법을 고소했다고 쓰여 있었다. 브라이언은 그제야 레일라가 그날 했던 말들이 무슨 뜻이었는지 알아챘다. 어쩌면 레일라는 그때 이미 정부를 고소할 작정이었는지 몰랐다.

관련된 기사 중에는 '국가양육부가 신생아를 강제로 데려가자 혼절해 병원에 실려 간 엄마'라는 제목의 기사도 있었다. 기사에 딸린 사진에는 레일라의 집에 찾아온 국가양육부 육아원이 국가양육법에 의거해 아이를 데려가는 장면이 담겨 있었다. 사진 속에서 레일라는 자신의 양팔을 붙든 여자 경찰관에서 벗어나려 애쓰며 두 줄기 굵은 눈물을 흘리고 있었다. 그녀는 마치 첫사랑에게 모질게 버려지고 절망하는 여자처럼 보였다. 정확한 사정을 모르고 사진만 본다면 누구든 일단 그녀를 동정하리라.

일반인이 이 기사를 본다면 레일라를 부드럽고 강인한 어머니라고 하겠지만, 브라이언은 그녀가 이 소송에서 이기기 위해 자신의 모든 홍보 기술을 쏟아부었다는 걸 금세 알아차렸다.

국가양육부 사람이 아이를 데려갈 때 어떻게 현장에 기자가 있을 수 있었을까? 미리 사진작가와 약속하고 렌즈를 들이대 선명한 사진을 찍지 않았다면 어떻게 이런 좋은 구도의 사진이 찍힐 수 있단 말인가? 이 사진은 분명 보정까지 마치고 언론매체에 보낸 것이다. 법원 밖에서 찍은 사진도 마찬가지였다. 레일라의 화장이며 원피스, 변호사의 양복까지 모두 다분히 계산된 것이었다.

그래서 레일라는 회사에 나오지 않은 것이다. 국가양육부의 홍보 사업 입찰에 참여한 회사에 어떻게 국가양육부를 고소한 경영진이 있을 수 있단 말인가? 브라이언은 레일라 스스로 사표를 내겠다고 한 것인지, 매리언이 레일라를 쫓아낸 것인지가 궁금했다. 매리언에게 별장이 한 채 있으니 그걸 담보로 은행 대출을 받아서 레일라의 주식 지분은 사들일 수 있었을 것이다. 지금 와서 돌아보면 매리언이 국가양육부 홍보 사업을 맡으려고 이리저리 뛰고 있었을 때 레일라는 이미 회사에 나오지 않고 있었다. 어쩌면 매리언은 그때 돈을 융통하는 일도 함께 진행하고 있었는지 몰랐다.

어느 날, 매리언은 회사의 명의로 직원들에게 통고했다. 레일라와 회사는 더 이상 어떤 관계도 없고 그녀의 행동도 회사와 무관하며 레일라와 관련된 모든 문의는 매리언 자신에게 돌리라는 간단한 내용이었다. 간단한 몇 줄짜리 글로 레일라의 일은 마무리가 됐으며 그 이후 아무도 레일라를 언급하거나 어찌 된 일인지 묻지 않았다.

레일라는 마치 원래 존재하지 않았던 사람처럼 되어버렸다.

하지만 브라이언은 이런 상황을 기꺼이 받아들였다. 이제 그는 더 이상 매리언 아래에서 발로 뛰는 조수가 아니라 파트너가 될 수도 있다. 그 스스로도 자기의 발언이나 위치가 다른 동료들 사이에서 어느 정도 무게감이 생기는 걸 느낄 수 있었다.

하지만 브라이언은 마냥 희희낙락할 수 없었다. 우연히 매리언과 레일라가 만나는 걸 두 눈으로 목격했기 때문이다. 그날 브라이언은 수선한 양복을 찾으러 시내에서 조금 먼 작은 동네에 갔었다. 그 가게는 매리언이 추천한 곳으로 재봉사의 손재주가 일품이라고 했다. 브라이언은 양복을 입자마자 자신이 낸 돈이 전혀 아깝지 않다는 걸 알 수 있었다. 그런데 택시를 기다리던 브라이언은 무심코 길 건너편의 커피숍을 쳐다보다 매리언과 레일라가 창가의 바에 나란히 앉아 있는 모습을 보게 됐다. 두 사람은 브라이언을 보지 못했다. 레일라는 이미 붓기가 완전히 빠져 원래의 모습으로 돌아와 있었는데 두 사람은 이제 막 이야기를 마쳤는지 인사를 나누는 것 같았다. 레일라가 커피숍을 떠나려 하는 모습을 보고 브라이언은 골목 안으로 뒷걸음질을 쳤다.

두 사람은 일부러 아는 사람이 드문 동네에서 만나기로 약속을 한 것일까?

어쩌면 두 사람의 관계는 그의 생각처럼 나쁘지 않을 수도 있다. 레일라는 회사에 맞서게 됐지만, 그것은 어쩔 수 없는 일이라 볼 수도 있지 않은가. 게다가 레일라가 조용히 회사를 떠나고 매리언이 직원들에게만 이 사실을 내부 통고한 걸 보면 그 일은 사전에 조율된 것이 분명했다.

본래 이 바닥에는 영원한 적이 없는 데다, 두 사람은 오랜 세월 손발을 맞춘 파트너였다. 브라이언은 절대 마음을 놓아서는 안 되겠다고 생각했다.

9

매리언은 트레이시와 브라이언의 설명을 다 들은 뒤 사무실을 나와 경찰서로 향했다. 경찰서와 사무실은 모두 시내에 있고, 걸어서 10분 거리였다. 매리언은 그동안 들은 정보를 정리할 겸 경찰서까지 걸어가기로 했다.

이 세계에서 레일라는 아이의 양육권을 얻기 위해 정부와 소송을 벌이고 있었다. 브라이언에게 들은, 레일라가 회사를 떠난 과정을 되짚어 보면 회사 내에서 밀려나지 않으려고 극적인 쇼를 선보이거나 추한 권력 다툼을 하지 않은 모습 자체가 레일라다웠다. 원래의 세계에서 매리언은 본래 레일라에게 가장 좋은 조건을 제시해 그녀를 조용히 내보내려 했다. 두 사람은 여전히 친구인 게 분명했다. 두 사람이 함께 차를 마시는 모습을 브라이언이 봤다는 걸 보면 알 수 있지 않은가.

하지만 지금은 사정이 달라졌다. 레일라는 알렉을 납치한 용의자일 가능성이 컸다. 혐의를 받지 않기 위해, 또한 카구야 프로젝트를 위해서라도 매리언은 이제부터 그녀와 확실히 선을 긋지 않을 수 없었다. 또한 레일라가 정말 범인이라면 매리언은 한 치의 망설임도 없이 그녀를 잡을 수 있는 단서를 경찰에 제공해야 했다.

'공평한 게임의 룰은 레일라도 알고 있겠지.'

여기까지 생각하던 매리언은 저도 모르게 한숨을 내쉬었다. 제스퍼 사건 때도 매리언은 공평한 게임을 하되 약간의 트릭을 썼었다. 만약 그때 레일라가 자기 아이에게만 정신이 팔려 있지 않았다면, 매리언이 어떤 수를 썼다 해도 레일라에게 책임을 전가하지 못했을 것이다. 하지만 그 일은 두 사람이 점점 더 멀어지는 도화선이 되고 말았다.

그러니 이곳 세계에서도 마찬가지다. 만약 레일라가 범인이라 하더라도 그녀에게 체포를 피할 능력이 있다면 매리언은 진심으로 기뻐할 것이다.

경찰서에 도착한 매리언은 일단 자신의 습격 사건을 담당하고 있는 데이비드 형사를 찾았다.

"매리언 씨, 안 그래도 저도 매리언 씨를 찾아갈까 했습니다." 데이비드 형사는 매리언을 형사계 사무실로 데려갔다. 매리언은 경찰서에 온 김에 데이비드 형사에게 알렉 사건의 책임자도 알려달라고 해야겠다고 생각했다. "저희가 습격 사건의 목격자를 찾았습니다. 그 사람 말로는 당시에 사건 현장 부근에서 의심스러운 인물을 봤다고 하더군요."

"어떻게 의심스러운데요?"

"그 사람은 모자가 달린 검은색 트렌치코트를 입고 있었는데 모자를 쓰고 있어서 얼굴은 못 봤다고 합니다. 하지만 그날 날씨가 좋았기 때문에 모자를 쓰고 있는 게 더 시선을 끌었다더군요. 게다가….'"

"게다가요?"

"게다가 그 트렌치코트 뒤쪽에 그라피티 스타일로 알파벳 'J'가 새겨져 있었다고 합니다."

매리언은 그 말을 듣는 순간 심장이 쿵 내려앉았다.

그 트렌치코트는 매리언 자신의 것이었다.

스타 엔터테인먼트와 계약한 뒤 매니지먼트 회사에서는 제스퍼와 의류 브랜드가 협업으로 만든 시리즈의 트렌치코트를 매리언에게 보내줬었다. 그 옷은 특별 한정판으로 등 부분에는 그라피티 스타일로 제스퍼를 뜻하는 'J'가 새겨져 있었다. 그에 비해 일반 시판용 트렌치코트에는 'J'가 가슴 쪽에 새겨졌다. 고객이 보내준 선물이지만 매리언이 평소 입는 트렌치코트 스타일과는 너무 달라 그녀는 스타 엔터테인먼트의 파티에만 한 번 입고 갔을 뿐 나오면서 그 옷을 차 뒤편에 그대로 던져뒀었다. 그 뒤로 그 트렌치코트는 줄곧 거기에 있었다.

매리언은 이 세계에서도 스타 엔터테인먼트가 여전히 고객이며 제스퍼도 그 의류 브랜드의 모델이란 걸 확인한 바 있었다. 하지만 그녀의 트렌치코트를 입고 도망갔다는 것은 범인이 그녀가 아는 사람일 가능성이 크다는 뜻이었다. 그녀의 회사 사람, 혹은 그녀의 차에 타본 사람만 그녀의 트렌치코트를 알 것이다. 그녀는 공원 안에서 습격을 당했는데 우연히 강도를 당한 거라면 범인이 굳이 얼굴을 숨기겠다고 차도 변에 서 있는 차에서 그 트렌치코트를 훔쳐 입고 도망갈 리 없지 않은가. 차 안에 있던 귀중품 중에 사라진 것이 없다는 사실은 이미 확인했으니 말이다.

그러니 범인은 매리언이 아는 사람일 가능성이 컸다. 어쩌면 당시 그녀의 차에 탔던 승객일지도 몰랐다.

"아 참, 매리언 씨, 이렇게 일부러 찾아오신 건 사건이 어느 정도 진척됐는지 알아보러 오신 겁니까?"

"아, 그 이유도 있긴 한데요. 사실…." 매리언은 알렉의 납치 사건을 맡은 형사를 만나러 왔다고 말했다.

"그건 다른 팀 사건입니다." 그렇게 말하며 데이비드 형사는 전화를 들었다. 분명 다른 팀에 전화를 거는 것이겠지. "게다가 납치 사건이라 FBI에서 요원을 하나 보냈답니다. 잠깐만 기다리시죠. 거기서 사람이 올 겁니다." 수화기를 내려놓으며 데이비드 형사가 말했다.

얼마 지나지 않아 젊은 금발 머리의 남자가 데이비드 형사의 사무실로 들어섰다. "아, 당신이 매리언 대표님인가요? 저는 캠던이라고 합니다. FBI 요원입니다."

매리언은 낯선 사람이 바로 이름을 부르는 것에 익숙하지 않은 편이었다. 하지만 이 세계는 부모 관계가 없으니 성도 없었다.

"당신이 알렉 사건의 책임자인가요?" 이 남자는 너무 젊은 거 아닌가?

"당신이 그렇다면 그런 거겠죠." 캠던은 의자를 당겨 앉으며 말했다. "무슨 일이죠?"

"카구야 프로젝트에 참여했던 아이가 납치된 사건요, 조사가 어디까지 진행됐나요?"

"아직 조사 중인 단계라 알려드릴 수 없습니다."

'뭐라고? 지금 자기가 공무원이야, 내가 공무원이야? 어떻게 이런 태도를 보일 수 있지?' 매리언은 캠던에게 더 이상 예의를 차리지 않기로 마음먹었다. "저는 이 사건의 관계자예요. 카구야 프로젝트의 다음 활동이 다음 주에 있는데 유괴 사건에 대해 경찰이 이렇게 불분명하게 얘기하면 제가 어떻게 비슷한 사건이 일어나지 않을 거라고 당신들을 믿고 안심할 수 있죠? 만약 용의자조차 없는 상황이라면 뭘 근거로 예방 조치를 할 건데요? 아니면 제가 따로 탐정이라도 고용해야 하는 건가요? 저야 별 상관이 없지만 국가양육부에는 따로 탐정을 고용하는 비용에 대해 어떻게 설명해야 하죠? 경찰과 FBI가 무능해서 지급해야 하는 예산 외 지출에 대해서 말이에요."

캠던은 조금 동요하는 것 같았다. "매리언 대표님, 제 말은 그런 뜻이 아니라⋯."

매리언은 승기를 잡았다고 놓아주는 사람이 아니었기에 자리에서 벌떡 일어났다. "여기서 데이비드 형사님을 귀찮게 하느니 차라리 다른 데 가서 얘기나 좀 하죠. 제가 단서가 하나 있는데 혹시 당신에게 도움이 될지도 모르잖아요." 매리언은 일부러 '당신'이란 단어에 살짝 힘을 줘 말했다. 그녀는 캠던이 일부러 자신을 그렇게 대하는 걸 알고 있었다. 공무원 특유의 고압적인 말투는 누군가가 그에게 가르쳐준 것이겠지. 그래서 매리언은 일단 캠던에게 본때를 보여준 뒤에 선의로 단서를 제공하겠다는 미끼를 던졌다. 이럴 때 하루라도 빨리 공을 세우고 싶은 젊은이는 매리언에게 기댈 가능성이 컸다. 그러면 매리언은 좀 더 편하게 사건의 정보나 필요한 도움을 얻을 수 있을 것이다.

✳

"이렇게 젊은 나이에 FBI 요원이 되다니 분명 쉽지 않은 일이었겠군요." 매리언은 캠던과 경찰서 근처의 커피숍에 들어가 자리에 앉으며 말했다. "나도 당신이 억지로 이 사건에 협조하고 있다는 거 알아요. 하지만 아무리 하찮아 보이는 사건이라 해도 이게 당신의 기회가 될 수도 있잖아요. 이 사건을 순조롭게 해결한다면 상부에 당신의 능력을 증명할 수 있지 않겠어요?"

캠던은 가벼운 한숨을 내쉬었다. "티가 납니까? 납치 사건이 FBI의 책임 범위 안에 들긴 하지만 사실 우리는 아이의 납치 사건을 맡아본 경험이 없어요. 게다가 마약사범이나 대부호, 정계 인사의 사건에 비하면 조사하는 시늉만 할 수밖에 없죠."

"당신이 관심을 가질 만한 사람이 하나 있어요." 매리언은 웃으며 말했다. "그녀는 한때 제 사업 파트너였죠."

"레일라 말인가요?" 보아하니 경찰 쪽에서도 아예 손을 놓고 있는 건 아닌 모양이었다.

"경찰에서 이미 레일라를 조사했나요?"

"물론이죠. 알렉이 실종된 그날 경찰이 이미 레일라의 집을 찾아가 조사했지만, 아이를 찾을 수 없었어요."

레일라와 남편은 시내의 고층 아파트에 사니 당당하게 아이를 데리고 돌아왔다면 관리인에게 들키지 않았을 리 없었다.

"알리바이는요? 레일라의 남편이 해외에 있긴 하지만 몰래 돌아왔는지도 모르잖아요?"

매리언은 기묘한 침묵에 빠진 캠던을 바라봤다.

"레일라는… 남편과 이미 이혼했어요. 모르고 있으셨나요?"

'이혼이라고? 언제? 왜 난 완전히 모르고 있었던 거지?' 매리언은 생각에 잠겼다. 만약 이 세계와 원래의 세계가 정말 미묘한 평형을 이루고 있는 거라면 원래 세계의 레일라도 이혼했을까? 레일라를 회사에서 내보내는 일에만 집중해 그런 사실도 미처 몰랐던 걸까?

"어쨌든 저희도 조사해봤는데 레일라는 몸이 불편해 혼자 집에서 쉬었다더군요. 그녀의 전남편은 타이완에 출장을 가 있었는데 그곳 시간으로 밤 11시, 여기서 사건이 발생한 시각에 회사에 있었다는 걸 다른 동료가 증명해줬어요. 아, 근데 레일라는 당신의 사업 파트너 아닌가요? 왜 그녀를 의심하는 거죠?"

"레일라에게는 동기가 있으니까요. 동기가 있는 사람이나 조직 중에 레일라만이 그날 일정에 관한 자료를 손에 넣을 수 있고요. 물론 레일라가 카구야 프로젝트가 시작되기 전에 회사를 떠나기는 했지만, 회사의 누군가가 무심코 알려줬다든지 레일라가 해킹을 통해 회사의 시스템에 들어와 자료를 가져갔을 수도… 아니, 그날의 활동은 언론의 취재를 허락했으니까 잘 아는 매체를 통해 자료를 얻었을지도 모르죠. 장소만 안다면 허점을 찾아 알렉을 납치하는 건 어려운 일도 아니잖아요."

"그 부분에 대해서는 저도 생각한 적이 있습니다. 하지만 레일라가 왜 알렉을 납치하죠?"

매리언은 캠던이 '우리'나 '경찰'이 아니라 '저'라고 지칭한 것에 대해 주목했다. "아직 협박 전화나 이메일을 전혀 받지 못했죠? 만약 레일라가 테러리스트가 저지른 범죄로 위장해 국가양육법을 폐기하라고 협박한다면 자기 아이의 양육권을 얻을 수 있지 않을까요?"

"하지만 그건 리스크가 너무 큰데요. 범죄를 저지르고 잡힌다면 국가양육부와의 소송에서 질 게 확실하잖아요."

"내 생각에 레일라의 계획은 테러리스트인 척 아이를 납치해 정부가 양보하게 한 다음, 외부에서 보기에는 거기에 편승하는 수혜자가 되는 거예요."

캠던은 매리언의 말에 잠시 생각에 잠겼다. 그때, 매리언은 문득 캠던의 아름다운 푸른 눈을 보게 됐다.

"하지만 우린 아직 납치범으로부터 어떤 요구도 받지 않았잖아요. 그렇지 않아요?" 캠던이 이번에 말한 '우리'는 경찰이 아니라 그와 매리언을 말한 것이었다. 그 말을 들은 순간 매리언은 모든 것이 자기 생각대로 진행되고 있음을 알아차렸다.

"레일라는 기다리고 있는 거예요." 매리언은 미소를 지으며 가볍게 손에 든 커피를 들어 올렸다. "레일라는 정부와 경찰 쪽의 발표를 기다렸다가 다음 행동을 결정할 거예요."

"당신은 어떻게 레일라가 꼭 범인인 것처럼 말할 수 있죠?"

"그럼 경찰 쪽에서는 다른 추론이 있나요?"

캠던은 잠시 망설이다 입을 뗐다. "저희가… 정보망을 통해서 가능성이 있는 조직의 내부를 탐문하고 있는데 그게 어느 조직의 범행이라고 할 만한 증거가 없어요. 사이버 범죄 수사팀에서도 조사했는데 감찰 명단에 들어 있는 반정부 인사 쪽도 아무 움직임이 없고… 솔직히 당신이 원하는 게 뭐죠?"

매리언은 저도 모르게 눈썹을 움찔거렸다. '이 젊은 친구, 머리가 아주 똑똑하네.' "다음 주에 카구야 프로젝트의 2단계가 시작돼요. 활동은 시설 안에서 진행하기로 이미 결정됐고요. 보안 부분에서는 큰 문제가 없을 것 같지만 내 생각에는…."

"경찰 쪽에서 레일라를 감시하길 바라는 건가요?"

매리언은 순순히 고개를 끄덕였다.

"프로젝트의 2단계가 시작되는 날 말이에요?"

"아니, 지금부터요."

"말씀해보세요, 매리언 대표님." 캠던은 몸을 앞으로 기울였다. "레일라를 감시하려는 건 그녀가 다음 행동을 취할 거라고 생각해서인가요? 아니면 감시를 통해 그녀의 결백을 증명하려는 건가요?"

매리언은 웃으며 팔꿈치를 테이블에 괴고 몸을 앞으로 기울였다. 그러자 그녀의 얼굴과 캠던의 얼굴이 주먹 하나의 거리만큼 가까워졌다. "어떤 목적이든 그날 레일라를 감시할 거라는 전제가 있는 거 아닌가요?"

캠던은 무안했던지 자세를 고쳐 앉으며 헛기침을 했다. "흠, 그렇긴 하죠. 저희도 이미 준비하고 있어요. 감시팀도 벌써 감시를 시작했고요."

'좋았어.' 매리언은 캠던을 놀려주니 기분이 좋아졌단 걸 부인할 수 없었다. 무엇보다 캠던은 아주 잘생긴 젊은이가 아닌가. 손목시계를 보니 아직 시간이 있어서 그녀는 캠던과 30분 정도 이야기를 더 나눴다. 매리언은 이 세계에 온 뒤로 이렇게 유쾌한 기분을 느낀 게 처음이었다. 그녀는 자신이 어린 남자나 좋아하는 늙은 여자가 됐나 싶어 속으로 자신에게 욕을 해줄까 싶었지만, 또 마냥 그런 기분만도 아니었다.

어쨌든 FBI의 도움 덕에 레일라는 지금 꼼짝도 못 하는 신세가 됐다고 할 수 있었다. 만약 레일라가 정말 범인이라면 이 게임에서 절대적으로 승산이 없었다.

커피숍에서 캠던과 헤어진 뒤 10여 미터를 걸어가던 매리언은 문득 고개를 돌렸다. 갑자기 생각이 났다. 어쩐지 그런 느낌이 들더라니, 그건 매리언이 캠던을 어디서 본 것 같다고 생각했기 때문이었다. 그 푸른 눈동자와 곱상한 얼굴은 루이와 똑 닮아 있었다.

매리언의 삶에서 한 번뿐이었던 봄방학, 하지만 지울 수 없는 흔적을 남긴 프랑스 남자 말이다.

10

국가양육법은 특수한 상황으로 시설에서 출생하지 않은 아기는 출생 후 1주 안에 통보해야 하며 의사의 건강 상태 확인 후 1주 안에 시설에 입주하도록 규정하고 있다. 반면 시설에서 출생한 아기는 출생 직후 육아처로 옮겨야 하며, 어머니는 분만 후 건강하다는 의사의 진단을 받으면 24시간 안에 시설을 떠나 집으로 돌아가야 한다.

육아처는 집단생활을 기본으로 하며, 소아과와 치과, 도서관, 학교, 운동장, 놀이터 등 아동의 성장에 필요한 모든 것을 제공한다. 또한 시설은 육아원과 교사, 의료 인력, 지원 인력 등을 고용한다. 그들은 전직과 겸직으로 나뉘며 일부는 자원봉사자인 퇴직한 인사들로 구성된다. 전직 인원은 시설 안에서 살며 매일 통근한다. 모든 인원은 업무의 필요에 따라 다양한 정도의 육아 혹은 아동심리학 과정을 이수해야 한다. 그뿐만 아니라 그들은 시설 안의 아동과 청소년들이 각 방면에서 전문적인 돌봄을 받을 수 있도록 교육에 대한 평가와 배경 심사를 통과해야 한다.

시설의 각 출입구에는 감시용 카메라가 달려 있으며 출입할 때 직원은 모두 직원 카드를 찍어야 한다. 또한 방문객은 시설의 허가 아래 임시 방문 카드를 얻을 수 있다. 시설 내 16세 이하의 아동은 교사 혹은 전직 육아원의 동행 아래 시설을 나갈 수 있다. 또한 16세 이후에는 육아원을 통해 시스템이 허락한 특정 시간에 학생증으로 시설을 출입할 수 있다.

국가는 16세 이후의 청소년이 시설 밖에서 아르바이트를 통해 각종 사회 경험을 쌓는 것을 장려한다. 고등학교를 졸업한 이후의 청소년은 시설을 떠나 취업할 것인지 대학에 갈 것인지를 선택할 수 있다. 국가양육부는 과도기의 청소년들에게 지원을 제공하며, 청소년이 시설과 가까운 거리의 대학 진학을 선택할 경우 시설에서 머물며 등하교할 수 있다. 대신 국가양육부는 낮은 시가로 시설 이용 임대료를 받는다.

국가양육부는 다양한 장학금과 학생 대출로 시설에서 생활하던 젊은이가 자립해 성인이 될 수 있도록 반드시 협조한다. 또한 시설의 전문 교육 인원은 아이의 유아기 때부터 데이터를 수집해 청소년이 자신의 인생에 가장 적합한 미래 계획을 세울 수 있도록 협조한다.

- 맥킨지 〈국가양육법과 출생률에 관한 연구보고〉 중 내용 발췌

＊

"매리언! 정말 이렇게 와주다니 너무 기쁘다! 다행히 내 출산 휴가 전에 와줬네. 학생들도 오늘을 얼마나 기대했다고!" 배가 잔뜩 부른 앵글은 다정하게 매리언의 손을 잡았다. 매리언은 살짝 놀라지 않을 수 없었다. 학교에 다닐 때 앵글과 그렇게 가깝게 지낸 기억이 없었다. 앵글은 초등학교 선생님으로 4학년 아이들을 가르치고 있는데 최근에 매리언에게 연락을 해왔다. 학생들에게 창업에 대한 수업을 해주면 좋겠다고 말이다.

"특히 여학생들에게 롤 모델이 돼줄 수 있을 거 같아." 바로 그 말 때문에 매리언은 아침에 억지로 시간을 내서 왔다.

앵글은 매리언을 데리고 교실로 갔다. 잠시 후, 교실 문이 열렸는데….

'바퀴벌레.'

문이 열린 순간 매리언의 머릿속에 처음으로 떠오른 생각이었다. 교실 안의 아이들은 바퀴벌레처럼 커튼 아래 숨어 있다가 커튼을 걷자 순식간에 햇볕을 피하듯 사방으로 흩어져 자기 자리로 돌아갔다.

"여러분, 매리언 씨는 선생님의 고등학교 친구예요. 대단히 성공한 여성이고, 대기업에서 일한 적도 있어요. 나중에 다시 MBA 과정에서 공부했는데 다들 MBA가 뭔지 알아요?" 적지 않은 학생들이 고개를 끄덕이자 앵글은 계속 소개를 이어갔다. "그 뒤에 홍보회사를 창업해서 재작년에는 창업가 상을 받기도 했답니다. 오늘 영광스럽게도 매리언 씨가 여러분에게 본인의 창업 경험을 이야기해줄 거예요."

간단히 학생들과 인사를 나눈 뒤 매리언은 자신의 창업 경험과 힘든 일을 만났을 때 어떻게 해결했는지 등에 관해 이야기했다. 그녀는 농담을 섞어 가며 학생들과 몇몇 문제를 나눴고, 재미있는 이야기로 자신이 하는 일이 무엇인지 더 쉽게 이해할 수 있게 말했다. 덕분에 학생들도 모두 유쾌하게 그녀의 수업을 들었다.

"자, 그럼… 질문 있는 사람?"

아무도 손을 들지 않았지만, 흔히 있는 일이란 걸 매리언은 잘 알고 있었다. 이럴 때 누군가 한 명만 질문하면 더 많은 아이가 질문하게 마련이었다.

마침내 남학생 하나가 손을 들었다. "결혼하셨어요?"

"야!" 앵글이 목소리를 높였다. "그게 무슨 질문이야?"

하지만 매리언은 그런 앵글을 말렸다. "왜 그걸 물어보니?" 매리언은 웃으며 남학생에게 가까이 다가갔다.

"그걸 끼고 계시잖아요." 남학생은 매리언의 왼손 네 번째 손가락을 가리켰다.

"관찰력이 아주 좋구나." 매리언은 가벼운 박수로 남학생을 칭찬해줬다. "홍보 일을 하려면 관찰력도 매우 중요하지."

"그럼 아이는요?" 또 다른 여학생이 손을 들고 물었다.

"어… 없어. 그건 일과 관련이 없는 것 같은데."

'얘들 도대체 뭘 묻는 거지? 창업과는 하나도 상관없는 것들

이잖아.'

"왜요?" 또 다른 여학생이 물었다. "남편을 많이 사랑하지 않나요?"

그 말을 들은 순간, 매리언은 정신이 멍해졌다. 겨우 4학년짜리 여학생이 이런 질문을 한다는 게 도무지 믿을 수 없었다.

"누가 너한테 그렇게 말하던?"

"엄마가요! 앵글 선생님도 그렇게 말씀하셨는데요. 만약 아줌마가 남편을 아주 많이 사랑한다면 남편을 위해 모든 걸 포기하고 두 사람의 사랑의 결정체인 아기를 낳아서 좋은 엄마가 돼야 하는 거 아니에요?" 여학생은 그렇게 말하며 앵글을 쳐다봤고, 앵글은 웃으며 고개를 끄덕였다.

매리언은 머릿속에서 '퍽!' 하고 전선이 끊기며 불꽃이 튀는 것 같은 소리를 들었다.

"그럼 내가 알려주지. 남학생들도 잘 들으렴." 매리언은 교실에 앉아 있는 남학생들을 훑어봤다. "만약 저 남학생이 널 많이 사랑한다면 널 위해 모든 걸 포기하고, 심지어 아버지가 되어 자신의 아이를 가질 기회도 포기하고 네 인생이 성공하도록 도울수 있어야 해. 알겠니?"

여학생들은 일순간 고요해지더니 매리언의 말이 무슨 뜻인지 생각에 잠겼다.

"매리언, 너 어떻게 그렇게 말할 수 있어?" 앵글은 작은 소리로 매리언에게 항의했다.

매리언은 고개를 돌려 앵글을 쳐다봤다. '왜 이렇게 말하면 안 되는데? 나한테 여학생들의 '롤 모델'이 되어달라고 한 거 아니야?' "앵글, 고등학교 1학년 때던가 선생님께서 우리한테 하셨던 말씀 기억나? 남자애들이 여자애들을 후리려고 '네가 날 사랑한다면 나랑 잘 수 있어야 해.' 같은 말로 헛소리하는 거니까 믿지 말라고 하셨잖아. 우리한테 '네가 날 사랑한다면 기다려줘.' 같은 말을 하라고도 가르쳐주셨지. 근데 학교에서는 20년 전에 여학생들에게 자신의 몸을 보호하는 법은 가르쳐줬지만, 자신의 인생을 보호하는 법은 가르쳐주지 않은 거 같아."

매리언에서 '후리다'라는 말이 나오자 아이들은 웅성거리기 시작했다.

"매리언!"

"아, 미안해. 요즘은 여학생들한테 '그래, 이리 와. 나도 원했어. 하지만 날 후리려면 콘돔을 사용해.' 하고 가르쳐야 한다는 걸 깜빡했네."

매리언의 말에 아이들은 더 떠들썩해졌다.

앵글의 얼굴은 이미 시뻘겋게 달아올라 있었다. 그리고 갑자기 표정이 심하게 일그러지더니 이내 배를 감싸 안았다. 매리언은 학교 관계자와 함께 앵글을 병원에 데리고 가 그녀에게 아무 일이 없다는 걸 확인한 뒤 병원을 나섰다. 병원에 가는 길에 보니 앵글이 쇼를 한 것처럼 보이기도 했지만 말이다.

그날 이후 매리언은 다시는 앵글을 만나지 않았을뿐더러 그녀가 학교에서 여학생들에게 자신의 몸과 인생 중에 무얼 지키라고 하는지 관심도 두지 않았다.

＊

시설에 와서 국가양육부와 회의를 하기에 앞서 매리언은 이
미 시설과 관련된 자료를 몇 번이고 읽어뒀다. 물론 그녀가 습격
으로 다친 걸 상대도 알고 있었지만, 고객 앞에서 그녀는 기억상
실을 핑계 삼고 싶지 않았다. 그래서 매리언은 행여 빈틈이 드러
날까 봐 시설에 관련된 자료를 외우다시피 했다.

국가양육부의 비서는 매리언을 데리고 회의실로 향했다. 가
는 도중에 그들은 교실 같은 방을 지나게 됐는데 개방형 설계로
칸막이를 모두 유리로 만들어 채광을 더한 덕에 방 안의 모습이
한눈에 다 들어왔다.

매리언은 저도 모르게 걸음을 멈추고 안을 살펴봤다. 방에는
네다섯 살 먹은 아이 열 명 정도가 있었는데 각자 장난감을 갖고
놀거나 책을 보고 있었다. 어떤 아이는 혼자 놀고 있고, 어떤 아
이들은 함께 모여 있었다. 매리언의 눈길을 끈 것은 인형의 머리
를 빗기는 남자아이의 모습이었다. 그 곁에 다른 여자아이는 남
자아이를 따라 자기 인형의 머리를 빗겨줬다. 다른 한쪽에서는
여자아이들 여럿이 힘을 모아 기차의 레일을 조립하고 있었다.
방 안에는 선생님으로 보이는 남자 몇 명이 있었지만, 아이들의
활동을 딱히 간섭하지 않았다.

"아, 저건 '확인평가회'라 이 방에서 하는 거예요." 비서가 말
했다.

"아." 매리언도 자료에서 본 적이 있었다. 시설에서는 교실에

서 배운 것과 일상생활을 통해 아이들의 데이터를 지속적으로 수집하고 그들의 성격이나 장점과 약점 등을 기록해 거기에 맞는 대응을 했다. 정기적으로 진행되는 확인평가회는 데이터에 따른 결론을 확인하기 위한 것이었다. 지금 매리언의 앞에 있는 네다섯 살 먹은 아이들을 보면 남자아이는 사랑에 관한 특징이 있으며, 여자아이는 기술 분야에 관심이 있다고 추정할 수 있다. 그들이 선택한 장난감을 통해 이를 확인할 수 있다. 이 외에도 확인평가회를 통해 아이들의 사교 능력도 평가하며 가능한 한 문제를 조기에 발견해 거기에 맞는 대책을 세운다. 이런 확인평가회는 아이가 18세가 될 때까지 계속되며, 아이들은 그때 자신에 대한 온전한 보고서를 받게 된다. 거기에는 그들의 성격과 각종 능력에 대한 분석과 앞으로 진학을 할지 취업을 할지에 대한 제안도 담겨 있다. 하지만 그것은 명령이 아니며 최종 결정권은 아이들에게 있다.

'이건 본질적으로 보면 내가 살던 세계의 부모랑 같은 거네.' 아이들을 보며 매리언은 생각했다. 본래 부모들은 오랫동안 자신의 아이를 관찰한 끝에 아이의 능력과 성격이 무엇인지 파악하고 그들의 인생에 대한 제안을 해주지 않던가.

다만 이 세계에서는 빅데이터 분석을 이용해 가장 큰 불안 요소인 '부모 자신'을 제거해버린 것뿐이었다. 매리언은 아이가 무얼 좋아하는지 어디에 능력이 있는지를 고려하지 않고 무조건 자신의 바람을 아이에게 주입하는 부모들도 많이 듣고 봐왔다. 그뿐만 아니라 원래 세계에서는 민족 문화 때문에 아이를 어떤 전형적인 예처럼 교육하는 경우도 적지 않았다. 물론 매리언이 가장 심하다고 느낀 것은 원래 세계의 문화에 뿌리 박혀 있던 성별에 따른 기대였다. 자기 일을 포기하고 가정으로 돌아간 여성에 대한 칭송과 격려, 가정은 소홀히 했지만 일에서 성공한 남성에 대한 동정과 허용 같은 것 말이다.

사람은 언제나 더 많은 박수를 받는 길로 가려는 경향이 있다.

매리언은 문득 원래 세계에서 앵글이 가르치던 초등학생들을 만났던 일이 떠올랐다. 당시 그 여학생이 했던 말만 생각하면 매리언은 지금도 슬그머니 화가 났다.

하지만 이 세계에서는 그런 편견이 없기에 사람들 누구나 공평하게 경쟁할 수 있다.

인형을 안고 있는 남자아이와 기차를 갖고 노는 여자아이를 보며 매리언은 깊은숨을 들이쉬었다. 이곳에서는 누구도 어린 남자아이에게 '남자아이'의 장난감을 안겨주지 않는다. 또한 누구도 여자아이에게 "엔지니어가 되면 남자들 틈에서 일하느라 얼마나 고생한다고."라고 말하지 않는다. 무엇보다 이곳에서는 누구도 "네가 그 사람을 사랑한다면 다른 걸 모두 포기하고 그의 아이를 낳아야 해." 같은 허튼소리를 지껄이지 않는다.

'내가 이 세계에 온 건 정말 잘한 일이야.'

"내일이 2단계인데 문제는 이 활동을 중지시켜야 하는 게 아닌가 하는 겁니다." 회의용 테이블 맞은편의 남자가 말했다. 그는 국가양육부의 관리로 옆에 앉은 오웬 차관을 흘깃 쳐다봤다. 이는 그 자신이 아닌 국가양육부의 질문이란 뜻이었다. "어쨌든 아이 하나가 줄어들었잖소."

"물론 2단계는 내일 예정대로 진행합니다. 대신 보안을 최우선으로 고려해야겠죠."

매리언이 태블릿 PC의 화면을 손으로 건드리자 회의실 안의 큰 스크린에 시설의 평면도가 떴다. "1단계 때의 실종 사건을 막기 위해 2단계에서는 시설 안에 빈틈없는 보안을 확보하려고 합니다. 이번 촬영은 시설의 문을 완전히 닫은 뒤 진행할 것이고 언론매체의 취재도 허락하지 않을 겁니다. 또한 촬영에 참여하는 모든 인원은 이미 사전에 신분에 대한 조사를 마쳤고, 내일도 일일이 신분을 대조한 뒤 입장시킬 예정입니다. 다시 말해 내일의 2단계는 밀실에서 진행된다고 말씀드릴 수 있습니다."

경찰과 FBI가 이미 조사에 개입했지만, 대외적으로는 아이의 실종 사건으로 발표됐으며 국가양육부에서도 정확한 진상을 아는 사람은 오웬 차관을 비롯한 몇 사람뿐이었다. 그래서 국가양육부의 다른 관리와 시설 사람들 앞에서 매리언도 '실종 사건'이라고 통일해서 말했다.

"무엇보다⋯." 매리언은 오웬 차관을 슬쩍 쳐다봤다. "불쑥 카구야 프로젝트를 중단한다면 오히려 나쁜 여론이 생길 수도 있습니다. 그래서 저희는 좀 전에 말씀드린 대로 진행하겠다고 하는 겁니다."

"매리언 대표님의 말에 일리가 있군요. 게다가 현 정부의 몇 가지 프로젝트에 대한 국민들의 평가가 오락가락하고 있습니다. 그런데 그렇게 대대적으로 홍보하던 카구야 프로젝트마저 중단

된다면 대표님은 카구야 프로젝트가 아니라 야당의 선거 운동을 돕게 될 겁니다."

"지금 단계에서는 카구야 프로젝트를 계속 진행하는 것이 다른 참가자들에게 위험하리란 이유나 근거가 없습니다. 하지만 이어지는 과정마다 저희가 철저한 보안을 책임지겠다고 약속하겠습니다."

"그럼… 내일은 뭘 찍는 겁니까?"

"카구야 프로젝트에 참여하는 열 쌍의 부부는 1단계 때 이미 매칭된 아이와 만난 적이 있기 때문에 이번에는 좀 더 긴 시간 동안 아이와 함께 있을 겁니다. 아침에 부모와 아이가 만나 촬영을 일단 진행하고, 각각 다른 방에 배정되어 갈 건데요. 안에는 아이에게 적합한 장난감과 책 등이 준비돼 있어 부부와 아이가 함께 놀면 됩니다. 그 과정도 촬영팀이 촬영할 거고요. 물론 극적인 효과를 위해 중간에 뜻밖의 장치도 약간 마련해뒀습니다. 이를테면 장난감에서 갑자기 뭔가 튀어나오거나 사람을 깜짝 놀라게 하는 소리가 난다든지 하는 것들이죠. 그럼 아이가 놀라서 울음을 터뜨릴 테고 부부는 아이를 안심시키는 부모의 역할을 할 수 있게 되는 겁니다."

"하지만 그 부부들은 전문적인 육아원이 아니지 않소? 그 사람들이 적절히 대처할 수 있는 겁니까?" 국가양육부 관리 중 한 사람이 물었다.

"저희가 이미 다섯 쌍의 부부에게 저희의 계획을 미리 통보해 났습니다. 아이를 안심시키는 훈련도 제공했고요."

간호복을 입은 남자가 관리를 향해 고개를 끄덕이며 매리언의 말이 사실임을 확인시켜줬다. 남자는 이 시설의 육아 주임이었다.

"다행이군요." 관리가 고개를 끄덕였다. "그럼 나머지 부부들은 어떻게 되는 거요?"

"그래도 리얼리티 쇼인데 약간의 진정성은 필요하겠죠." 매리언은 미소를 지었다. "저와 육아 주임께서 보안실에서 살펴보고 있다가 그 부부들이 정말 어쩌지 못하면 육아원을 보내 도우려고 합니다. 물론 그런 장면은 편집해서 방송에 내보내지 않을 겁니다. 그 뒤 점심시간이 이어지는데요. 점심을 직접 방으로 보내 부부들이 아이를 돌보며 밥을 먹게 됩니다."

"질문이 하나 있는데…." 살짝 손을 든 사람은 오웬 차관이었다. 프로젝트를 매리언에게 소개해주었다는 그 국가양육부 관리였다. "저번에 실종된 아이와 매칭됐던 부부… 헨리와 대너리스라고 했던가…."

"좋은 질문입니다. 물어봐주시니 감사하네요." 매리언이 엄지를 치켜세웠다. "1단계 전에 저희는 이미 열 명의 아이를 예비로 뽑아뒀었습니다. 혹시나 아이가 병으로 쓰러진다든지 하는 상황을 대비한 거였는데요. 이번에 그 예비된 아이 중 하나를 골랐습니다. 어차피 카구야 프로젝트는 부부를 대상으로 한 것이라 저희는 헨리와 대너리스도 이 쉽게 얻기 힘든 경험을 함께 누릴 수 있길 바랍니다. 그래서 내일 헨리 부부도 시설에 오게 될 겁니다. 물론 아이와 처음으로 접촉하게 되겠지만, 육아원이 이미 충분한 준비를 해줬습니다. 게다가 이 부부의 아이는 뜻밖의 장치가 없는 유일한 아이입니다."

회의가 끝난 뒤 매리언은 접수처를 찾아갔다. 거기서 일하는 직원과 인사도 나누고 다음 날 쓸 방문객 카드를 미리 받아 회사와 촬영팀 사람들에게 나눠주기 위해서였다. 그러면 촬영 과정이 더 빨리 진행될 수 있지 않겠는가.

접수처를 떠날 때 매리언은 시설 로비에서 오웬 차관과 마주쳤다.

"매리언 대표님, 괜찮아요?" 오웬 차관은 매리언이 원래의 세계에서는 전혀 알지 못했던 사람이었다. 하지만 브라이언의 말에 따르면 그는 롬의 친구이자 그녀가 이 프로젝트를 딸 수 있게 도운 코치였다. 그래서 그녀는 지금 오웬 차관이 다른 사람들앞에서는 물을 수 없는 일에 관해 물어보리란 걸 알고 있었다.

"괜찮아요. 모든 준비를 마쳤는걸요."

"내가 말하는 건 레일라예요." 오웬 차관은 불쑥 매리언이 예상치 못한 이름을 꺼냈다.

"레일라는 이미 저희 회사와는 상관이 없는걸요." 매리언은 잠시 입을 다물었다가 오웬 차관에게 다가가며 낮은 소리로 말했다. "제가 경찰 쪽에서 들은 소식인데 24시간 내내 레일라를 감시하고 있다니 절대 아무 문제도 없을 거예요."

"감시요?" 오웬 차관이 고개를 갸웃거렸다.

"그게… 레일라가 아이의 실종과 관련이 있다는 전제가 필요하지만 이런 일이 발생한 건 저희 계획이 세밀하지 못해서 그랬다는 걸 인정하지 않을 수 없죠." 매리언은 어쩐지 긴장이 됐다. 카구야 프로젝트는 그녀의 회사가 설립된 이후 가장 큰 홍보 건으로 그 어떤 뜻밖의 실수도 있어선 안 된다. 어차피 이 세계에 온 거라면 예전처럼 열심히 살아 계속 자신의 사업을 키워나가야 하지 않겠는가.

"당신 말은… 그 실종된 아이를 레일라가 납치해갔다는 건가요?"

매리언은 적잖이 놀라지 않을 수 없었다. 그녀는 오웬 차관이 이미 레일라를 의심해서 자신에게 질문을 던진 거라 생각했었기 때문이다.

오웬 차관은 매리언을 빤히 쳐다봤지만 눈빛이 조금 흔들리고 있었다. 그는 뭔가를 물어봐야 할지 말지 생각하고 있는 것 같았다. "소문이 사실인가요? 습격을 당해서 기억 상실이 있었다는 게?" 그가 마침내 입을 뗐다.

역시나 오웬 차관도 그녀의 기억 상실에 대해 들은 모양이었다. "기억에 약간 혼란이 있는 정도예요. 의사 선생님 말씀으로는 머리 쪽에 손상을 입은 환자 중에 이런 경우가 종종 있는데 며칠에서 몇 주 정도면 원래대로 회복된다고 하더군요. 검사 결과도 이상이 없고요." 매리언은 단호한 말투로 말했다. "레일라에 관한 건 그냥 보험을 들어둔 거예요. 지금 단계에서 레일라가 범인이란 명확한 증거는 없어요."

"음… 난 당신을 믿어요. 그럼 잘 쉬고 하루라도 빨리 건강을 회복하면 좋겠군요."

오웬 차관은 미소를 지으며 매리언과 악수를 했다. 하지만 매리언은 왠지 모를 불안감을 느꼈다. 본래 내일의 활동에 대해 자신감이 충만했던 매리언은 오웬 차관의 태도를 보니 자신이 뭔가 놓친 것이 있는 게 아닌가 하는 생각이 들었다.

11

시설에 도착하기 전에 헨리는 아내 대너리스와 한바탕 말싸움을 했다.

"그 사람들은 아직도 알렉을 못 찾았대? 도대체 우리가 왜 2단계에 참여해야 하는 거야?" 프로젝트 2단계에 참여해달라는 초청을 받았을 때 헨리는 본래 거절할 생각이었다. 아이가 사라진 마당에 어떻게 국가양육부에서 이런 리얼리티 쇼를 계속 진행한단 말인가.

"어, 알렉을 찾는 거랑 카구야 프로젝트가 저촉되는 건 아니잖아." 대너리스는 오히려 크게 신경 쓰지 않았다. "거기서 분명 예비로 아이를 뽑아뒀겠지."

'하지만 그 애는 알렉이 아니잖아.' 헨리는 생각했다. 카구야 프로젝트는 그들에게 매칭된 아이를 자신의 반쪽처럼 사랑해주라는 취지가 아니었던가. 만약 그 사랑의 대상이 마음대로 바꿀 수 있는 거라면 시설에서 일하는 육아원과 무슨 차이가 있단 말인가?

하지만 대너리스는 그렇게 생각하지 않았다. 그녀가 이 프로젝트에 참여한 것은 아이와 함께 있는 기분을 느껴보기 위해서였다. 아직 그 맛도 보지 못했는데 왜 자신이 물러나야 한단 말인가?

"게다가 리얼리티 쇼라고는 하지만 그 뒤에는 국가양육부가 있고, 회사 사람들도 내가 거기에 참여하는 걸 다 알고 있어. 만약 우리가 거기에 참여하지 않는다면, 아무리 우리 스스로 빠지는 거라고 해도 사람들이 그렇다고 생각하겠어?"

결국, 헨리는 대너리스를 위해 억지로 프로젝트에 계속 참여하는 것에 동의했다. 하지만 그는 알렉을 찾는 일이 어떻게 됐는지 알고 싶을 뿐, 2단계 프로젝트에는 큰 관심이 없었다.

"그렇게 계속 울상을 하고 있을 거야? 우리 지금 아이랑 시간 보내러 가는 거거든." 시설에 가는 동안 대너리스는 참지 못하고 한마디를 했다.

그래서 두 사람은 차 안에서 다시 한 번 말싸움을 벌였다.

✳

"안녕하세요! 또 만났네요. 저번에 있었던 일은 정말 죄송합니다. 많이 놀라셨죠?" 시설에 도착하자 지난번에 봤던 홍보회사 대표 매리언이 헨리와 대너리스를 맞으러 나와 있었다. "헨리 씨는 아프셨다고요?"

"아, 감기가 좀 든 거였어요. 지금은 괜찮아요." 대너리스가 헨리보다 먼저 대답을 했다.

매리언은 두 사람의 근황이 어떤지에 대해서도 몇 가지 질문을 건넸다. 하지만 헨리는 매리언의 표정이나 눈빛에서 그녀가 뭔가를 평가하고 있다는 느낌을 받았다. 그래서 모든 질문에 조심스럽게 대답할 수밖에 없었으며, 그건 대너리스도 마찬가지였다.

"참, 다른 부부들은 왜 안 보이죠?" 두 사람만 있는 게 이상하다고 느낀 헨리가 물었다.

"아, 다른 분들은 조금 일찍 도착해서 사전 촬영을 진행하고 있어요. 두 분은 조금 특별한 상황이라 사전 촬영은 하실 필요 없습니다."

헨리와 대너리스는 서로 눈을 마주쳤다.

"이번에는 어떤 아이인가요?" 대너리스가 물었다.

"보안상의 이유로 조금만 기다리시면 저희 직원이 두 분을 먼저 방에 모셔다드릴 거예요. 저희가 예비용 아이들 중에서 뽑아 아이를 데려오라고 통보할 거고요."

"보안상의 이유…." 헨리는 어딘지 석연치가 않았다. "아이가 다시 실종되는 걸 방지하기 위한 건가요?"

"이건 두 분의 방문 카드입니다. 좀 이따가 여기 건물을 떠나실 때 방문 카드를 대시면 문이 열리고, 돌아올 때도 마찬가지예요." 매리언은 유리문 옆에 있는 감응기를 가리켰다. 하지만 그녀는 헨리의 질문에는 아무 대답도 하지 않았다. 대너리스가 더 이상 묻지 말라는 듯 헨리의 손을 살짝 잡아당겼다.

✳

"당신이 보기에는 이 방 어디에 카메라가 숨겨져 있는 거 같아?" 아이와 만나는 방에 도착한 뒤 헨리는 대너리스의 귀에 대고 조용히 물었다. 리얼리티 쇼 촬영이라면 반드시 소리를 수신하는 마이크가 있을 테니 소리를 낮춘 것이다.

"카메라가 어디 있든 당신이 지금 이렇게 소곤거리는 모습 자체가 웃기거든."

그들이 직원을 따라간 건물 구석에 있는 방은 전면이 통유리로 되어 있었다. 방이 건물 모서리에 있어서 그런지 외부의 풍경을 모두 똑똑히 볼 수 있었다. 헨리가 창문 옆으로 다가가 보니 밖에는 잔디가 양탄자처럼 풍성하게 자라 있었다. 조금 전에 들어올 때는 한바탕 말싸움을 한 터라 기분이 별로여서 보지 못했던 모양이다. 그는 잔디밭의 크기가 얼마나 큰지 보려고 유리창에 얼굴을 가까이 들이댔다.

"저 잔디밭은 이 시설 건가?"

"그렇겠지. 저기 봐. 담도 있네."

대너리스는 다가와 헨리의 손을 잡았다. "내가 자란 시설도 여기랑 비슷했는데 밖이 전부 넓은 잔디밭으로 되어 있었어. 어

렸을 때는 육아원이 가끔 우리를 데리고 잔디밭에 나가 놀기도
했고."

"꼭, 저기 있는 아이처럼?" 헨리는 밖을 가리켰다.

대너리스는 헨리의 시선을 따라 잔디밭에 있는 아이를 쳐다
봤다. 네다섯 살쯤 되어 보이는 아이는 어른 사이즈의 겉옷을 입
고 있었는데 마치 무릎을 가리는 치마처럼 보였다. 아이는 발을
내딛는 걸 조금 망설이는 것 같았지만 이내 호기심 어린 발걸음
으로 새파란 잔디 위를 이리저리 걸어 다녔다.

"응, 비슷했지. 하지만 난 저 나이에 저렇게 혼자 밖에 있어
본 적이 없어. 게다가 근처에서 육아원이 항상 쳐다보고 있었으
니까." 대너리스는 잡고 있던 헨리의 손을 놓고 창으로 좀 더 가
까이 다가갔다.

잔디의 질감에 익숙해졌는지 아이는 뛰기 시작했다. 신이 나
서 뛰는 아이의 모습을 보며 대너리스는 저도 모르게 미소를 지
었다. 헨리는 한 번도 본 적 없던 대너리스의 그런 모습에 뒤에
서 그녀를 끌어안았다. 만약 여기가 사방으로 완전히 다 보이
는 방이 아니었다면 헨리는 정말 이대로 대너리스를 유리로 밀
어 뒤에서 그녀와….

그 순간, 그는 문득 대너리스와 아이를 갖고 싶다는 생각을
했다.

"안 돼. 여기 촬영하고 있는 거 몰라?" 대너리스는 웃으며 자
신을 안고 있는 헨리의 팔을 뿌리쳤다.

"야한 영화 좀 찍으라지."

"여보, 이러면 안 돼. 잠깐 저기…." 대너리스는 헨리의 손을 탁 쳤다. "당신 저기… 아! 세상에! 누구 사람 없어요?" 대너리스는 헨리를 밀쳐내고 몸을 돌려 방 밖으로 뛰쳐나갔다.

헨리가 눈길을 돌렸을 때 그는 창밖의 잔디밭에 아이 말고도 사람이 하나 더 서 있는 걸 보게 됐다. 그 사람의 얼굴 위쪽은 모자가 달린 외투의 모자에 가려져 있고, 얼굴 아래쪽은 마스크로 가려져 있었다.

창밖에 있는 아이의 얼굴을 다시 살피던 헨리는 온몸에 전기가 흐르는 듯한 기분을 느꼈다.

'저 아이, 알렉 아니야?'

그 사람은 이내 아이를 안아 들고 몸을 돌려 자리를 떠나려 했다. 헨리는 그 사람의 눈을 보지 못했지만, 그 사람이 떠나기 전 유리 너머 자신을 노려보는 걸 느낄 수 있었다.

12

'어떻게 이럴 수가!' 매리언은 보안실에서 두 눈을 멀쩡히 뜬 채 아이가 다시 납치되는 모습을 보고 있어야 했다. 외투의 모자를 눌러 쓴 그 사람은 아이를 안고 담의 측면에 있는 문으로 나가더니 문 앞에 세워둔 차를 타고 달아났다. 보안 요원이 뛰어나갔지만 저 멀리 사라지는 차를 바라볼 수밖에 없었다.

매리언은 보안 요원이 뛰어나갔을 때 캠던에게 전화를 했다.

"빨리 전국에 앰버 경보를 울려요!" 매리언은 상황을 캠던에게 알렸다. "아이가 또 납치됐다고요. 아니… 내 말은 시설에서 납치됐다는 게 아니라… 범인이 자동차로 아이를 데려갔다니까요. 어쩌면 주변의 다른 운전자가 봤을지도 몰라요! 빨리 제가 불러주는 내용을 받아 적어요. 아이 나이는 네 살, 갈색에 짧은 머리예요. 용의자가 탄 차는 하얀색 세단이었는데 자동차 번호판은….”

“잠깐만요!” 캠던이 큰 소리로 매리언의 말을 멈췄다.

“왜요? 이 짧은 내용도 기억 못 해요?”

“좀 전에 무슨 경보를 울리라고 하지 않았어요?”

매리언은 순간 말문이 탁 막혔다.

‘맞아, 이 세계에서는 아이들이 모두 시설에 있으니 납치 사건이 발생할 일도 거의 없겠지. 그러니까 북미 사람들이라면 다 아는 앰버 경보도 모를 수밖에.’

“어, 범인이 아직 도주 중이니까 긴급 통보 시스템을 이용하면 주민들 휴대전화로 문자를 보내거나 고속도로의 전광판에 정보를 띄워서 사람들이 더 많이 보게 할 수 있지 않겠느냐는 거예요.”

“오, 좋은 아이디어네요. 근데 그게 국가양육부의 뜻인가요?”

“뭐가 국가양육부의 뜻이냐는 거죠?”

“국가양육부에서는 아이가 납치된 일을 대중들에게 알리고 싶어 하지 않을 텐데요.” 캠던은 아주 당연한 것처럼 말했다. “그렇게 대규모로 수색한다고 동네방네 떠드는 건 좋지 않을 것 같아요.”

‘이런 빌어먹을!’ 전화를 들고 있던 매리언은 입 모양으로 욕을 내뱉으며 손가락으로도 욕을 날렸다. “아, 그럼 당신이 일단 이쪽으로 와요. 자세한 상황을 내가 알려줄 테니까.”

1단계에서 아이가 납치되는 사건이 있었기에 매리언은 다시는 아이가 납치되지 않도록 하는 데에 2단계의 보안을 집중했다. 2단계의 활동이 시설 안에서 진행되는 관계로 모든 사람들은 시설을 떠날 때 카드를 긁도록 했다. 하지만 16세 이하의 아동은 그들 마음대로 시설을 떠날 수 없는 데다, 16세 이상 18세 이하의 아이들도 시스템에 등록해야 시설을 떠날 수 있었다. 그래서 모든 보안은 검사소를 통해 건물을 드나드는 사람들에 집중되어 있었다. 시설 밖에도 매우 큰 개방 공간이 있었지만, 밖에 담이 있고 아이가 시설을 떠날 위험이 적었기에 담에 있는 출입구에는 특별히 보안을 강화하지 않았다.

하지만 매리언은 보안에 아무 문제가 없을 거라는 자신의 자만이 실패로 끝났음을 인정할 수밖에 없었다. 알렉을 납치했던 범인이 다시 알렉을 데리고 이곳에 나타날 줄 누가 알았겠는가.

대너리스가 갑자기 방 밖으로 뛰어나가던 순간 보안실의 사람들도 건물 밖 잔디밭의 그 사람이 아이를 안고 달아나는 장면을 그대로 목격했다.

"젠장!" 매리언은 머리가 저릿해지는 느낌을 받았다. 보안 요원 몇 명만 담 밖에 세워뒀으면 그자가 성공적으로 도망치기 전에 붙잡아 아이를 되찾아 왔을 것이다.

하지만 지금은 모든 것이 너무 늦어버렸다.

매리언은 숨을 고르며 다시 천천히 보안실로 걸어갔다.

"차 안에 다른 누가 있는 것 같지는 않았습니다. 게다가 그 사람이 차를 탄 뒤에 시동이 걸렸고요." 범인의 뒤를 쫓아갔던 보안 요원 하나가 말했다. "저희가 차의 번호를 봤으니까 경찰에서 금방 찾아낼 겁니다."

'흥, 범인이 자기 차로 아이를 납치했다면 그렇겠지.' 매리언은 속으로 보안 요원의 말을 비웃었다.

"범인이 남자였어요, 아니면 여자였어요?" 매리언이 물었다. 카메라에는 범인이 모자를 쓴 모습과 마른 체형만 잡혀서 여자 같긴 했지만 확실하지 않았다.

"그게 거리가 좀 멀어서…." 보안 요원도 딱 집어 이야기하지 못했다.

매리언은 혹시 그자가 레일라가 아닐까 싶어 신경이 쓰였다.

＊

캠던과 경찰서의 형사가 도착했을 때 매리언은 로비까지 나와 그들을 맞았다.

"헨리 씨 말로는 그 아이가 알렉이었다고 하더군요." 매리언은 전화로 이미 상황을 캠던에게 알린 터였다. "레일라는 아직 감시하고 있나요?"

"예." 캠던은 하품하며 말했다. "확인했어요. 줄곧 집에서 나가지 않았다더군요."

"나가지 않았다고요?"

"예, 아파트 정문이랑 주차장에서도 사람이 감시하고 있어요." 완벽한 감시지만 그래서 더 부주의할 수 있다.

하지만 이로써 레일라는 완벽한 알리바이를 갖게 됐다. 만약 1단계에서 알렉을 납치한 것이 레일라라면 그녀는 지금 여기에 알렉을 데리고 나타날 수 없지 않은가.

캠던과 형사는 우선 촬영팀과 카구야 프로젝트에 참여한 다른 부부들에게 이런저런 질문을 던졌다. 그들은 아무것도 보지 못했다고 했다. 반면 매리언과 함께 보안실에 있던 다섯 명의 보안 요원들은 그 사람과 알렉이 잔디밭에 나타난 뒤에야 두 사람을 주목했었다. 간단한 신문이 끝난 뒤 매리언은 촬영팀과 참가자 부부들을 먼저 돌려보냈다. 대신 매리언과 브라이언은 계속 시설에 남아 있었다.

캠던과 경찰은 마지막으로 헨리와 대너리스를 따로 만나 질문을 했다. 그들 부부는 최초의 목격자였다. 헨리는 자신이 본 아이가 알렉이라고 확신하며 캠던에게 휴대전화에 저장해둔 사진을 보여줬다. 그에 비해 대너리스는 그 아이가 알렉이라고 확신하지 못했다. 다만 의심스러운 사람이 아이를 안고 도망가려 하기에 도움을 청하려 뛰어나갔다고 했다.

"헨리가 알렉을 알아봤다 해도 이상할 게 없어요. 휴대전화로 하루에도 몇 번씩 알렉의 사진을 보고 또 봤거든요." 대너리스가 조금 어색한 말투로 말했다.

모든 부부와 직원들에 대한 신문이 끝나고 그들이 시설을 떠나고 난 뒤 매리언과 캠던, 경찰서 형사와 오웬 차관은 시설의 책임자와 함께 회의실에서 긴급회의를 열었다.

"누가 말 좀 해보시죠? 대체 무슨 일이 일어난 겁니까?" 오웬 차관은 낯빛이 아주 형편없었다.

"어… 좀 전에 촬영을 진행하고 있을 때 누군가가 밖에서 알렉으로 의심되는 아이를 데리고 시설로 들어와…" 시설의 책임자가 덜덜 떨며 말했다.

"제가 무슨 일이 벌어졌는지 몰라서 묻는 게 아니지 않습니까!" 오웬 차관이 차갑게 대꾸했다.

"이러지 마시고 일단 CCTV 영상을 확인하시죠." 캠던은 태블릿 PC를 회의실 스크린에 연결하며 말했다. "이건 시설 동남쪽 담장의 옆문입니다."

CCTV에 찍힌 범인은 오전 10시경에 승용차를 입구에 세웠다. 차에서 내린 범인은 뒤쪽 차 문을 열어 안에 앉아 있던 아이를 내리게 했다. 그런 다음 아이를 데리고 시설 문 앞으로 데려갔다. 하지만 촬영 각도의 문제 때문에 어떻게 문을 열었는지 정확히 보이지 않았다. 어쨌든 범인은 어떤 힘도 들이지 않고 두꺼운 문을 열었다.

"좀 전에 감식과가 도착해 잠금장치를 검사하고 있습니다."

화면이 넘어가며 다른 CCTV에 찍힌 영상이 나왔는데 잔디밭 전체가 보였다. 범인은 화면의 구석에서 시설로 들어온 뒤 한동안 주위를 살펴보더니 한쪽 무릎을 꿇고 아이와 대화를 나누며 어떤 방향을 가리켰다. 그러자 아이는 범인이 가리킨 방향으로 걸어갔다.

"저 방향이 바로 헨리와 대너리스 부부가 있던 방 쪽이었습니다." 캠던이 덧붙여 말했다.

그 뒤 헨리의 말처럼 아이는 천천히 걷기 시작했다. 하지만 아이가 발을 내디뎌 뛰어다니자 범인이 뒤를 쫓아왔다. 그렇게 쫓아오고 몇 초 뒤 그 사람은 아이를 안아 들고 돌아가 문을 통해 그곳을 떠났다. 범인이 자리를 떠나기 전까지 걸린 몇 초는 헨리가 말한 범인이 자신을 쳐다본 순간이었다.

"어, 잠깐만." 오웬 차관이 손을 들었다. "조금 앞으로 돌려볼 수 있나? 그래, 아이를 안기 전에… 저기, 보입니까? 어, 미안하지만 다시 돌려봐주게. 그래, 여기! 멈춰! 다들 보입니까?"

"예." 매리언이 고개를 끄덕였다.

비록 짧은 순간이었지만 사람들은 그 범인이 바닥에 뭔가를 내려놓는 걸 볼 수 있었다.

"예, 범인이 바닥에 이걸 내려놨습니다." 형사는 영상에서 화면을 전환해 파일 폴더를 열더니 사진 파일 하나를 불러냈다.

사진 속에 담긴 것은 어린 양의 옷과 방울이었다.

"알렉이 공연 당일에 입었던 옷이네요." 매리언이 설명을 덧붙였다. "방울은 공연할 때 모든 아이가 매고 있던 건데, 공연 일부분이었습니다."

"그렇습니다." 캠던이 대화에 끼어들었다. "감식과에서 이미 어린 양 옷과 방울을 가져갔습니다. 혹시라도 지문이나 다른 증거가 나올 수도 있으니까요."

방울과 옷은 물론이고 헨리의 목격 증언에다 CCTV 영상까지, 그 아이는 알렉일 가능성이 컸다. 아이에게는 다른 옷을 입혔지만, 범인은 일부러 방울과 옷을 남겨 그 아이가 알렉임을 사람들에게 알린 것이다.

"저희가 이미 대조 확인한 바에 따르면 이 시설의 아이들은 모두 무사하고, 다른 시설에서도 아이가 실종됐다는 통보가 없었습니다." 시설의 책임자가 말했다.

"매리언 대표! 당신이 2단계를 진행하는 데에 아무 문제가 없을 거라고 했잖아요! 그런데 오늘 또 같은 일이 일어나지 않았습니까!" 오웬 차관은 애써 목소리를 낮춰 말했지만, 그곳에 있는 사람들 모두 그가 얼마나 화가 났는지 느낄 수 있었다. 시설 책임자는 팔짱을 낀 채 고개를 숙이고 생각하는 척했지만 실은 매리언이 어떤 반응을 보일지 몰래 흘긋거리고 있었다.

'한숨 놨겠네. 오웬 차관이 시설을 문책하지 않고 나를 먼저 탓하니까.' 매리언은 생각하며 자세를 고쳐 앉았다. 그런데 그녀가 대답하려고 하는 순간 캠던이 먼저 입을 뗐다.

"이건 매리언 대표님만 탓할 순 없죠, 시설의 보안이…."

매리언은 가만히 캠던의 손을 건드리며 살짝 고개를 끄덕였다. 그녀의 행동은 단순히 예의를 차린 것이 아니었으며 캠던이 대신 나서준 것에 대해 진심으로 감동했다는 뜻이었다. '이 녀석, 함께 있어볼수록 남자다운 데가 있네.'

"오웬 차관님, 그래도 다행히 저희는 이미 2단계를 진행했잖아요." 매리언이 웃으며 말했다.

시설 책임자는 매리언의 대답에 믿을 수 없다는 듯 고개를 슬쩍 들고 눈썹을 치켜올렸다.

"결과적으로 말해 2단계의 진행 여부에는 아무 변화가 없습니다." 매리언은 자리에서 일어나 옷의 주름을 펴며 말했다. "카구야 프로젝트에 참여한 사람들에게는 아무 일도 없었고, 다른 아이가 납치된 것도 아닙니다. 게다가….” 매리언은 회의실 앞으로 걸어나가 두 손으로 회의 테이블을 지그시 눌렀다. “2단계 때문에 상황은 오히려 우리에게 유리해졌습니다. 범인은 2단계가 진행될 시간을 미리 알고 일부러 알렉을 데리고 여기 나타난 겁니다. 생각해보세요. 그렇지 않다면 범인이 어떻게 여기 나타날 수 있었겠습니까? 시설이 아니라 훨씬 공개된 장소였다면요? 그랬다면 알렉이 납치됐다는 소식이 대중에게 알려졌을지도 모르죠.”

매리언은 자신 있는 눈빛으로 회의실의 사람들을 하나하나 훑어보다가 마지막으로 오웬 차관의 얼굴을 빤히 쳐다봤다. 그녀는 스스로 조금 전에 한 말이 매우 설득력이 있다고 생각했다. 사실은 생각나는 대로 말한 것이었지만 말이다.

“예, 매리언 대표님의 말에 일리가 있다고 봅니다.” 캠던도 자리에서 일어났다. “적어도 우리는 알렉이 아직 안전하다는 걸 확인하지 않았습니까.”

“문제는 범인이 지금까지 아무런 요구도 하지 않았다는 겁니다.” 오웬 차관이 입을 열었다. “우리는 그 정신병자가 언제 알렉을 대중에게 공개할지 알지 못하고 있어요. 만약 이런 상황에서 억지로 3단계를 진행한다면….”

“오웬 차관님, 저를 믿어주세요. 저희가 지금 경찰, FBI와 긴밀한 협력을 하고 있으니 머지않아 범인을 잡고 알렉을 구해낼 수 있을 겁니다. 리얼리티 쇼가 방송될 때쯤에 사람들은 이 사건에 대해 전혀 기억하지 못할 거예요. 그렇지 않아요, 캠던?” 매리언은 긍정을 구하는 듯한 눈으로 캠던을 빤히 쳐다봤다.

"그러니까 현재 우리가 가장 우선적으로 고려할 일은 범인을 찾아내는 겁니다." 캠던이 말을 이어받았다. "이 부분에 대해서는 제가 이미 대테러 부서와 연락했고, 그쪽에서 지금 몇몇 조직이 남긴 인터넷상의 흔적을 쫓고 있습니다. 어떤 단서라도 있는지 확인하기 위해서요. 그 외에도 대테러 부서에서는 소셜 플랫폼의 빅데이터 분석 툴을 이용해 국가양육법이나 국가양육부에 불만을 가진 사람이 없는지 찾고 있습니다."

매리언은 캠던이 설명하는 대테러 부서의 프로그램에 대해 들으며 그런 첨단기술이 있다면 금세 범인도 잡을 수 있겠다고 생각했다. 하지만 그녀는 캠던이 좀 전의 자신처럼 그냥 생각나는 대로 떠들며 부디 이 회의가 끝나길 바라고 있음을 눈치챘다.

다만 매리언은 오웬 차관의 말이 마음에 걸렸다. 본래 그녀가 이 프로젝트를 맡을 수 있었던 것도 오웬 차관과의 관계가 있었기 때문이 아니던가. 만약 그가 더 이상 카구야 프로젝트를 지지해주지 않는다면 회사는 큰 영향을 받을 수밖에 없다. 그래서 매리언은 회의가 끝난 뒤 이미 늦은 시간이었지만 일단 회사로 돌아갔다. 국가양육부가 어떤 조치를 취하기 전에, 그녀는 우선 국가양육부에 보내는 자문 비용 계약서를 확인했다. 각 직원의 직급별 비용을 확인하기 위해서였다. 매리언은 자신이 국가양육부와 맺은 카구야 프로젝트의 계약서 파일을 열었다.

받을 비용과 계약이 똑같다는 걸 확인한 뒤 매리언은 다른 조항과 세칙도 쭉 살펴봤다. 그녀가 이 세계에 오기 전에 맺은 계약이라 국가양육부의 계약 세칙이 어떤지 정확히 알지 못했기 때문이다.

'음, 일반적인 용역 계약과 차이가 없네. 가격도 꽤 합리적이고.' 하지만 매리언은 어쩐지 한 가지가 마음에 걸렸다. 특별히 언급된 '범위 외 서비스의 비용은 카구야 프로젝트의 명시된 비용에 포함되지 않는다'는 조항이었다.

일반적으로 프로젝트에 참여하는 모든 회사는 각자 개별적인 계약을 맺게 된다. 또한 그 프로젝트와 관련은 있지만 원래 정해진 서비스 범위에 크게 포함되지 않을 때 '범위 외 서비스'의 비용을 계약서에 따로 표기하게 마련이다.

그런데 카구야 프로젝트에 '범위 외 서비스'로 부를 만한 게 뭐가 있단 말인가?

매리언은 빤히 컴퓨터 화면을 쳐다봤다. 하지만 이 조항의 진짜 의미가 무엇인지 알 수 없었다. 카구야 프로젝트의 파일 폴더는 물론이고 노트북 하드웨어에 저장된 비밀 파일 폴더를 모두 뒤졌지만 어떤 단서도 찾을 수 없었다.

다음 날 아침, 캠던에게서 전화가 왔다. "아침 일찍 죄송합니다. 여기 경찰서로 와주실 수 있어요?"

"괜찮아요. 무슨 일인데요?"

"감식과에서 1차 감식 결과가 나왔는데 잠금장치에는 파손된 흔적이 없다고 하네요. 그러니까 범인은 카드를 찍고 안으로 들어온 거예요."

범인이 카드를 찍고 안에 들어왔다고?

"그리고…." 캠던이 불쑥 목소리를 가다듬었다. "시설에서 카드 사용 기록을 조사해봤는데 범인이 쓴 카드가 당신의 이름으로 등록된 방문객 카드였어요."

13

　"그러니까 그저께 32장의 방문객 카드를 등록하셨다는 거
죠?" 형사는 무미건조한 목소리로 매리언에게 물었다. 담장의
문이 파손되지 않았기에 경찰은 범인이 카드 키를 사용한 게 아
닐까 의심하고 카드 사용 시스템의 기록을 조사했다. 그런데 뜻
밖에도 매리언이 그저께 등록하고 가져간 방문객 카드가 범행
에 사용된 것이다. 경찰은 매리언을 용의자로 생각하지 않는다
고 했지만, 매리언이 경찰서에 도착했을 때 형사와 캠던이 그녀
를 아무도 없는 빈 사무실로 데려갔다. 주로 질문을 던지는 사람
은 형사였고, 캠던은 한쪽에 앉아 기록만 했다.

　"맞아요. 방문객은 개인 자료를 등록해야 하는데 우리는 사람
수가 많으니까… 카구야 프로젝트에 참여한 열 쌍의 부부와 촬
영팀 열 명, 거기다 저랑 브라이언까지요. 2단계의 촬영 과정을

좀 더 원활하게 하려고 제가 그저께 먼저 방문객 카드를 가져갔어요. 어제 시설 접수처에서 제가 사람들의 신분을 일일이 확인한 뒤 카드를 나눠줬고요. 시간을 아끼기 위해서였죠."

"그러니까 모든 카드가 본래 매리언 대표님 이름으로 등록됐었군요?" 캠던이 물었다.

"예."

"방문객 카드를 가져갈 때는 숫자를 확인했습니까?" 형사가 물었다.

"그럼요, 거기에서 숫자를 확인하고 서명을 한 뒤 받았는걸요."

그 말은 누구도 매리언보다 먼저 방문객 카드를 손에 넣을 수 없었다는 뜻이었다.

"그럼 그 뒤에 어디로 가셨죠?"

"회사에 돌아와 방문객 카드와 카구야 프로젝트에 관련된 자료를 놔둔 뒤, 회사를 나와 어떤 모임에 참석했어요. 거기에 밤 10시 정도까지 있다가 집으로 갔고요."

형사는 모임의 장소가 어디였는지 물었다. 시내의 고급 호텔이었다.

"모임은 호텔 연회장에서 있었어요. 분명 호텔 CCTV에 제가 들어가고 나오는 모습이 찍혔을 거예요. 그 모임에 참여한 많은 사람들이 제가 거기 있었다는 걸 증명해줄 거예요."

"그럼 회사 열쇠는요? 회사에 둔 방문객 카드는 서랍에 넣고 잠가놨나요?" 캠던이 물었다.

매리언은 잠시 망설이다 대답했다. "예, 제 집무실 책상 서랍에 넣어둔 뒤 잠갔어요. 게다가… 누군가 그저께 밤에 카드를 훔쳤다 해도 어제 아침에 제가 카드를 나눠줄 때 카드 하나가 없어진 걸 발견하지 않았을까요?"

"그 뒤는요?" 형사가 물었다. "알렉이 나타나 소동이 있고난 뒤 다른 사람들은 어땠죠?"

"헨리와 대너리스를 빼고 다른 부부들은 계속 촬영을 했어요. 촬영이 끝나고 경찰이 아홉 쌍의 부부와 촬영팀을 신문했고, 다들 시설을 떠나기 전에 제게 방문객 카드를 반납했어요. 제가 그 카드들을 접수처에 가져다줬고요. 제가 카드 숫자도 셌어요. 거기 직원도 시스템을 통해 제가 등록한 카드 숫자가 서로 같다고 확인했고요." 매리언은 목소리에 힘을 줬다.

"촬영하는 동안 당신은 어디 있었죠?"

"저는 보안실에서 부부들의 상황을 보고 있었어요. 행여 아이들에게 돌발적인 상황이 벌어지면 육아원을 보내서 도우라고 해야 하니까요." 매리언은 일부러 아이들을 울리려 한 건 말하지 않을 작정이었다.

"계속 거기 있었습니까?"

"알렉이 나타났다가 다시 납치되는 사건이 일어날 때까지 거기 있었어요. 날 못 믿는다 해도 나랑 함께 있었던 보안 요원들과 육아원, 시설 내의 CCTV는 믿으시겠죠."

신문이 끝난 뒤 형사는 매리언의 지난 행방을 확인하러 나갔고, 캠던은 경찰서의 임시 조사 센터에서 신문 기록을 정리했다.

매리언은 격의 없이 캠던의 앞자리에 앉았다.

"아직 아침 식사 안 했어요?" 매리언이 흘깃 보니 책상 위에 언제 샀는지도 모르는 치킨 샌드위치가 놓여 있었다.

"예." 캠던은 자리에 앉아 대충 샌드위치 몇 입을 입안에 밀어 넣으며 자료를 정리하기 시작했다.

매리언 역시 일 때문에 식사 시간을 놓칠 때가 많았지만, 캠던이 일하며 대강 샌드위치를 먹는 모습을 보고 있자니 그녀는 어쩐지 몸 안의 내장들이 뒤틀리는 느낌이 들었다. 마치 슬그머니 찾아오는 생리통처럼 말이다.

"그런데 카드 사용 시스템 말이에요." 매리언이 캠던에게 물었다. "그 측면의 잠금장치 말고 다른 출입구의 카드 사용 기록도 조사해봤나요?"

"다른 사람이 당신이 등록한 방문객 카드로 시설에 드나든 일이 없느냐고 묻는 건가요?"

"예, 이를테면 차에 두고 온 걸 잊어버리고 가지러 갔다든지…. 그렇다면 그런 사람들 중에 범인의 한패가 있어서 아침에 방문객 카드를 받은 뒤 핑계를 대고 나가는 거죠. 그런 다음 방문객 카드를 알렉과 밖에서 기다리던 사람에게 건넨 거예요. 그리고 먼저 카드를 찍어 밖으로 나온 사람을 시설로 돌려보내고, 밖에 있던 범인이 알렉을 데리고 측면의 문으로 들어오는 거죠. 그리고 어떤 방법을 써서 방문객 카드를 한패에게 돌려줬다면… 어… 예를 들어 시설 어딘가에 카드를 숨겼다든가…. 아! 시설 건물과 달리 담장에 있는 문은 안에서 카드를 찍지 않아도 열 수 있어요!"

시설에서는 물건을 배달하는 배송원과 건물 수리를 담당하는 기술자들의 편의를 위해 안내 데스크의 직원이 담장의 측면 문을 열어줬다. 하지만 그들이 떠날 때는 담장 측면 문을 카드 없이 안에서 열고 나갈 수 있었다. 즉, 시설 안의 건물을 떠날 때만 카드를 긁어야 하는 것이다.

"아니요, 다른 출입 기록은 없어요. 운이 진짜 없었어요. 젠장… 좀 더 일찍 발견했다면 누군지 알았을 텐데." 캠던은 주먹으로 책상을 내리쳤다. 그가 이렇게 말한 데에는 그럴 만한 이유가 있었다. 경찰이 카구야 프로젝트의 참가자와 촬영팀에 대한 신문을 마친 뒤, 그들은 떠나면서 방문객 카드를 매리언에게 돌려줬다. 매리언은 그 카드들을 시설에 돌려줬고, 시설에서는 이 카드를 받아 접수처 직원이 다음 방문객들에게 주려고 카드 정보를 모두 리셋해버렸다. 그래서 어떤 카드가 범행에 사용됐는지 확인할 수 없게 된 것이다. 게다가 그 카드들은 매리언이 임의로 참가자와 촬영팀에게 나눠준 것이라 누가 어떤 카드를 가져갔는지도 전혀 알 수 없었다.

"하지만 만일의 상황을 대비해…." 캠던은 몸을 돌려 노트북의 키보드를 두드리기 시작했다. "일단 모든 사람들의 배경을 조사해야겠어요. 혹시 우리가 의심하는 조직과 관련이 있는 사람이 없는지 확인하기 위해서요. 아, 헨리와 대너리스도 다시 조사해야겠군요. 어쨌든 알렉은 그 두 사람에게 매칭된 아이였잖아요. 뜻밖에 그 사람들이 범인일지도 모르죠."

"그럴 리는 없어요. 부부와 아이의 매칭은 완전히 무작위로 뽑았거든요. 헨리 부부는 뮤지컬 직전에야 누가 자신들의 아이인지 알았어요. 그러니까 헨리와 대너리스를 범죄에 끌어들이려 했다 해도 납치할 아이가 알렉이란 건 알 수 없었을 거예요."

"그렇게 비밀 유지가 철저했어요?" 캠던은 조금 놀란 눈치였다.

"어쩔 수 없죠." 매리언은 관자놀이를 지그시 누르며 말했다. "전국에 방송될 프로그램인데 누군가 다른 마음이 있다면…."

"아, 옛날에 어느 육아원이 미성년자를 숨겼던 사건처럼요? 제가 태어나기도 전에 그런 일이 있었다고 하더라고요."

"육아원이 미성년자를 숨긴…." 매리언은 캠던의 말을 따라 했다. 사건의 이름만 들어도 어떤 사건이었을지 대충 감이 잡혔다.

"그게… 20년 전이었나요?"

"더 됐죠. 제가 스물세 살이니까." 캠던은 샌드위치를 마지막 한 입까지 먹어치웠다. 아마 그는 매리언이 대구는 했지만, 그 사건이 정말 20년 전에 일어났었는지 따위는 관심이 없다는 걸 알지 못할 것이다.

스물세 살이라… 매리언이 루이의 아이를 낳은 게 바로 23년 전이었다.

"그러니까 범인은 사전에 헨리와 대너리스가 알렉과 매치된 것도, 그날 헨리와 대너리스가 2단계를 위해 그 방에 갈 거란 것도 알 수 없었을 거란 말씀이잖아요. 하지만 범인은…." 캠던은 식어빠진 커피를 한 모금 마시며 한마디를 덧붙였다. "범인은 꼭 당신의 구상을 간파한 거 같잖아요."

'그래! 캠던이 제대로 봤어. 바로 그거 때문이었던 거야!' 브라이언으로부터 알렉이 납치됐다는 소식을 들었을 때부터, 지금까지 매리언이 어떻게 구상을 하든 상대는 이미 알고 있는 것 같았다. 그저께 그녀가 국가양육부와 회의를 하며 카구야 프로젝트를 중단해야 할지 논의하고 있을 때도 범인은 2단계가 원래 계획대로 진행되리란 걸 알고 있었다. 그러니 시설에 알렉을 데리고 나타날 수 있었던 게 아닌가.

대체 누구란 말인가? 모든 것을 제때 이토록 정확히 알 수 있는 사람이….

"어? 밖이 왜 이렇게 시끄럽지?" 캠던이 자리에서 벌떡 일어나더니 다른 팀의 사무실로 향했다. 평소 같았으면 매리언도 그 뒤를 따라가 무슨 일인지 살폈겠지만 지금 그녀의 시선은 캠던의 책상에 꽂혀 있었다. 거기에는 캠던의 휴대전화가 덩그러니 놓여 있었다. 매리언이 슬그머니 화면을 건드려보니 휴대전화가 잠겨 있지 않았다.

그녀는 캠던의 휴대전화 속 애플리케이션들을 훑어보며 행여 자신의 행동이 들통날까 싶어 주위를 두리번거렸다. 드디어 그 나선형의 아이콘이 매리언의 눈앞에 나타났다. 아이콘의 교차된 나선형의 선은 마치 매리언의 의식을 휘감고 있는 뱀처럼 보였다.

캠던을 처음 알게 된 뒤 매리언은 조사를 좀 했다. 이 세계에서 모든 아이는 태어나자마자 국가가 양육하기 때문에 근친혼을 막기 위해 사람들은 결혼에 앞서 국가를 통해 DNA를 대조하고 근친 혈연관계가 아님을 확인한 뒤에야 결혼증서를 받을 수 있었다. 그때는 결혼 전에야 혈연관계가 있음을 발견했기에 이후 많은 사람들이 서로 사귀기 시작할 무렵부터 진료소에 가서 DNA 검사를 하게 됐다. 하지만 모든 커플이 결혼하는 것은 아니었기에 이는 분명한 의료 자원의 낭비였다. 그 뒤 국가에서는 애플리케이션을 개발해 QR코드로 개인의 DNA 자료를 기록하게 만들었다. 상대가 휴대전화로 QR코드만 스캔하면 몇 분 안에 자신의 DNA와 대조해 다음과 같은 세 가지 결과 중 하나가 나오게 되는 것이다. 1)혈연관계로 보기 어려움, 2)혈연관계가 있음, 3)근친. 국가에서는 일반적으로 결과가 혈연관계로 나올 경우 근친이 아니라 해도 진료소에서 자세한 대조와 확인을 한 뒤에 친밀한 관계를 맺기를 권했다.

캠던의 DNA를 손에 넣어 자신과 대조한다면 매리언은 그가 자신의 아들인지 아닌지 알 수 있다. 하지만 막상 캠던의 휴대전화에 손을 댄 매리언은 망설이고 있었다. 만약 결과가 근친이 나온다면 캠던은 지난날 자신과 루이의 아이라는 뜻이 되지 않는가. 물론 매리언이 외동딸이긴 하지만 아버지가 바람을 피워 다른 아이를 얻었을 수도 있고.

하지만 매리언은 자신의 걱정이 지나치게 앞서 간 것이었음을 금세 알아차렸다. 캠던이 휴대전화를 잠가놓지는 않았지만, 애플리케이션에서 DNA 정보가 담긴 QR코드를 불러내려면 비밀번호를 입력해야 했기 때문이다.

매리언이 자신의 어설픈 시도에 대해 쓴웃음 짓고 있을 때 캠던이 벌컥 문을 열고 들어왔다. "자리를 좀 피하셔야겠는데요." 뭐라 반응하기도 전에 매리언은 캠던이 자리를 피하라고 한 이유를 알게 됐다. 레일라가 어떤 남자를 대동한 채 경찰서 안으로 들어오고 있었다.

✳

매리언은 이 세계에 온 뒤 처음으로 레일라를 보게 됐다. 한 치의 흐트러짐도 없는 화장으로 무장한 레일라는 이 세계에서 출산한 지 6개월밖에 안 됐지만, 몸에 딱 맞는 옷으로 예전의 아름다움을 되찾았음을 뽐내고 있었다. 원래의 세계에서 그녀는 출산 휴가 중인 레일라를 본 적이 없었기 때문에 아이를 낳으면 가슴이 이렇게 풍만해지는지 잘 몰랐다. 매리언을 발견한 레일라는 조금 놀랐는지 입술을 옴짝거리며 뭔가 말할 듯하더니 이내 곁에 있는 남자를 슬쩍 쳐다봤다.

"매리언 대표님, 뜻밖에도 여기서 보게 되네요. 하지만 오히려 잘됐습니다." 남자가 입을 뗐다.

매리언은 남자의 말에 적잖이 당황했다. '내가 아는 남자인가?' 허점을 드러내지 않도록 매리언은 기억 속에서 남자의 얼굴을 떠올리려고 애썼다. 하지만 아무런 단서도 찾을 수 없었다. '아냐, 이 남자의 얼굴을 어디선가 본 적이 있어.' 매리언은 생각했다. 분명 그녀가 이 남자를 본 건 이 세계에 온 뒤의 일이었다.

남자는 서류가방에서 서류 하나를 꺼내 들었다. "이건 법원에서 발부한 금지 명령입니다." 매리언은 남자가 레일라를 대신해 국가양육부를 고소한 변호사란 걸 기억해냈다. 보도에서 레일라와 이 남자가 법원 밖에서 찍은 사진을 본 적이 있었다.

"경찰은 아무런 합리적인 증거도 없는 상황에서 무리하게 저희 소송 당사자를 감사하고 있습니다. 이는 소송 당사자의 신체적 자유를 침범하는 행위입니다. 게다가 현재 사건의 진전으로 봤을 때 저희 소송 당사자가 알렉의 실종과 그 어떤 관계도 없음이 증명됐습니다. 저희는 정식으로 법원에 금지 명령을 신청해 경찰이 저희 소송 당사자를 감시하는 것을 중지해달라고 했습니다. 물론 경찰에서는 저희 소송 당사자에게 경찰서로 나와 조사에 협조해달라고 요청할 수는 있겠죠. 하지만 체포 명령이 아니라면 저희 소송 당사자는 거절할 권리가 있습니다. 만약 경찰이 금지 명령을 어기고 감시를 계속한다면 이를 통해 얻은 어떤 증거도 법원에 제출할 수 없을 겁니다."

경찰서를 떠나기 전까지 레일라는 단 한 마디도 하지 않았다.

✳

"흠, 근거는 충분하군요. 내가 법관이었어도 이 금지 명령을 허가했을 것 같은데." 검사는 서류를 본 뒤 가벼운 한숨을 쉬며 캠던에게 돌려줬다. 레일라와 변호사가 떠난 뒤 캠던과 매리언은 금지 명령을 혹시 뒤집을 수 없을까 싶어서 바로 검사를 찾았다.

"하지만 너무 의심스럽지 않습니까?" 캠던은 받아들일 수 없다는 듯 말했다. "우리는 의심스러운 조직들은 죄다 조사해봤어요. 하지만 알렉의 납치와 관련이 있다는 증거가 나온 조직은 하나도 없었습니다."

"레일라도 증거가 없긴 마찬가지잖아요?" 검사가 캠던을 흘긋 쳐다봤다. "레일라와 변호사도 헛소리를 하는 게 아니에요. 두 사건은 모두 단독 범행이었죠. 하지만 두 번째 사건이 벌어졌을 때 레일라가 범죄 현장에 없었다는 건 바로 당신들 경찰이 증명해준 거 아닙니까? 아무튼 확실한 증거 없이 레일라를 체포한다는 건 어림없는 소리예요."

'대단하네.' 매리언은 생각했다. 이는 레일라가 그녀에게 날린 회심의 반격이었다. 레일라는 매리언이 자신을 범인이라 확신하고 경찰에 가장 혐의가 있는 자신을 감시해달라며 요청하리라고 예측한 것이다. 그러니 온종일 집에 있으면서도 일찌감치 캠던의 감시를 알아챈 게 아니겠는가.

매리언은 이런 생각을 하면서 좀 전에 봤던 레일라의 표정을 떠올렸다. 두 사람이 서로 눈을 마주쳤을 때 매리언은 레일라의 한쪽 입꼬리가 아주 살짝 올라가는 것을 봤다. 아주 미세한 움직임이었지만 매리언은 확실히 목격했다. 레일라가 법원의 금지 명령을 들고 경찰에 나타나 감시를 중단하라며 목청을 높인 것은 매리언에 대한 시위였다. 행동으로 매리언에게 보여준 것이랄까. 매리언이 스스로 옳다는 생각에 젖어 있도록 한 뒤 일부러 그녀의 앞에 나타나 비웃기 위해서 말이다.

이것은 선전포고였다.

매리언은 이제 레일라와의 담판이 시작됐다는 것을 알았다.

14

처음으로 영상 작업실에 들어선 캠던은 호기심 어린 눈으로 이곳저곳을 훑어봤다.

"거기 앉아요. 함부로 아무거나 만지면 안 돼요." 매리언은 자기 뒤쪽의 의자를 가리켰다. 브라이언은 그녀의 옆에 앉아 있었고, 다른 사람들도 작업실 안에 있었다.

"와! 대표님… 참, 그 옷을 너무 좋아하는 거 아니에요? 얼마나 열심히 빨았기에 얼룩 하나 없이 그렇게 깨끗이 빨았어요?"

브라이언의 말에 매리언은 그제야 자신이 입은 옷이 공원에서 습격을 당하던 날 입었던 셔츠였음을 알아차렸다. 어느 디자이너의 옷을 벼룩시장에서 산 것이었다. 디자인이 아주 독특한 데다 린넨 소재가 편안해 매리언은 이 셔츠를 빨아서 이날 다시 처음 입었다.

"이건 1단계와 2단계에 찍은 영상들을 편집한 단편입니다."
안경을 쓴 남자가 말을 하자 매리언이 캠던에게 감독이라고 소
개해줬다. "물론 이건 1차 편집본이고 음악은 아직 손을 더 봐
야 합니다." 감독이 옆에 있는 긴 머리의 여자를 쳐다보자 여자
는 손가락으로 'V'를 해 보였다.

"어, 매리언 대표님." 캠던이 불쑥 입을 열었다. "저한테 여기
는 왜 와보라고 하신 거죠? 저는 유괴… 아니, 이 사건을 벌였을
만한 조직을 조사해야 하는데…."

"조금만 기다려보면 알아요." 매리언은 아주 슬쩍 고개를 돌
렸다. "경찰에서는 다른 형사들이 의심스러운 조직들을 조사 중
이잖아요. 뭐가 그리 급해요?"

첫 번째 단편 영상에서는 시설에서 노는 아이들과 프로젝트
에 참여한 부부들의 인터뷰가 교차되어 나왔는데 가볍고 경쾌
한 노래가 배경음악으로 깔려 있었다.

'전에는 아이를 가질 생각을 하지 않았어요.'

'아이를 다루기 어렵지 않을까?'

하얀색 배경 앞에서 인터뷰를 하게 한 부부가 프로젝트에 참
여하게 된 기분을 이야기하자 화면 구석에 그들의 이름이 작게
떴다.

'난 할 수 있을 거 같은데.'

컴퓨터 화면에 등장한 젊은 아내가 자신 있게 말했다. 곁에
있던 남편이 몹시 의심스럽다는 표정으로 쳐다보자 아내는 민망
한지 남편을 때리는 시늉을 하며 환한 미소를 지었다.

"이 부부가 괜찮은 거 같아요. 두 사람이 서로 사랑하고 있는 모습이 드러나면서도 유머가 있어서 사람들이 좋아할 만한 스타일이잖아요." 감독이 말했다.

곧이어 뮤지컬의 영상이 이어졌다.

"어?" 캠던이 불쑥 입을 뗐다.

"또 왜 그러십니까?" 브라이언이 미간을 찌푸리며 물었다.

"아홉 쌍뿐인가요?" 캠던이 화면을 가리켰다. "헨리와 대너리스의 인터뷰는 편집된 건가요?"

"편집된 게 아니라 못 찍은 겁니다." 브라이언이 퉁명스럽게 대꾸했다.

"이 인터뷰들은 사실 나중에 찍은 거예요. 편집하다 보니 앞에 있지만. 프로젝트 1단계 때 알렉의 일이 있었기 때문에 헨리 부부는 보충 촬영할 기회가 없었죠." 매리언은 침착하게 캠던에게 다시 설명해줬다.

뮤지컬 영상에는 먼저 아이들의 클로즈업 샷이 차례로 보이며 어른들과 마찬가지로 화면 구석에 이름이 떴다. "어…." 매리언은 뭔가 할 말이 있는 것 같았지만, 영상이 다 끝난 뒤에야 입을 열었다. "아이들은 화면에 이름을 넣지 않는 게 어때요?"

"예, 무슨 뜻인지 알겠습니다." 감독이 고개를 끄덕이며 태블릿 PC에 필기한 내용을 쳐다봤다. "이름 자막이 필요 없으면 뮤지컬 공연 영상을 좀 더 길게 편집하거나 어른들의 인터뷰를 좀 더 넣죠."

"어른들과 아이들이 함께 만난 영상은 더 없나요?" 매리언이 감독의 필기를 슬쩍 쳐다봤다. "시청자들에게 어른들과 아이들이 함께 어울리는 모습을 좀 더 보여주면 지금과 이후의 달라진 모습의 격차가 더 돋보일 텐데."

"아이들 이름은 왜 쓰지 않는 거죠?" 캠던이 낮은 목소리로 브라이언에게 물었다.

"캠던과는 상관없는 일이잖아요." 브라이언이 성의 없이 대답했다.

"그러지 말고 설명 좀 해줘." 매리언이 브라이언을 보며 말했다. "알아두면 조사할 때 도움이 될 수도 있으니까."

"매리언 대표님의 말은 시청자들의 주의력이 어른들에게 집중돼야 한다는 겁니다. 이름이 나오지 않아야 시청자들도 아이에게 특별한 감정이 생기지 않잖아요."

"아, 연속극 주인공한테 감정 이입하는 것처럼요?"

"시청자들은 리얼리티 쇼에 대한 몰입도가 강해서 출연자를 자신이 아는 사람처럼 평가하기 쉽죠." 매리언은 캠던에게 돌아서며 말했다. "이건 정부가 출산을 격려하는 홍보 프로젝트란 걸 잊으면 안 돼요. 그래서 우리는 시청자들이 어떤 특정한 아이에 대해 감정을 갖기보다 부부 참가자들에게 만족감을 느끼게 해야 하는 거고요. 게다가… 게다가 알렉의 일은….."

매리언은 말을 끝맺지 못했고 작업실 안은 어색한 침묵에 빠지고 말았다.

"이름이 안 나온다는 건 아이의 얼굴을 흐릿하게 만드는 거와 같아요." 브라이언이 불쑥 매리언의 말에 끼어들었다. "그러니까 엄청난 사고가 났을 때 언론매체에서 그렇게 피해자의 정보에 대해 떠들어대는 거예요. 그 피해자가 삶에 대해 열정적이었다는 등 모든 사람의 사랑을 받았다는 등 하면서 보는 시청자들로 하여금 피해자에게 감정이 생기게 만드는 거죠. 만약 그 반대의 효과를 얻고 싶다면 역으로 조작하면 되는 거고요."

매리언은 어색하게 돌아서서 화면을 바라봤다. 브라이언은 이런 매리언의 부자연스러운 행동을 눈치챘다.

"그렇군요. 하긴 우리도 간혹 피해자의 자료 발표를 늦출 때가 있긴 합니다." 캠던은 브라이언의 말에 고개를 끄덕였다.

"대표님, 아이가 우리를 어떻게 생각할지 신경 쓰지 않으셔도 됩니다. 캠던 씨는 FBI니까 언론매체와 소통해야 할 일이 많겠죠." 브라이언은 일부러 매리언에게 소리 높여 말했다.

"그럼 어떻게 할까요? 어떤 부부의 태도가 크게 달라질지 지금으로서는 단정해 말할 수 없잖아요." 감독이 모든 이야기의 초점을 일로 다시 가져왔다.

"그건 어려울 게 없어요. 작가랑 상의해서 3단계 때 어떻게 찍을지 미리 구상하면 되잖아요. 좀 많이 찍어도 상관없어요. 나중에 편집할 때 영상 자료가 충분한 게 중요하니까요."

캠던이 뭔가 말하려 하자, 브라이언이 그 모습을 흘깃 쳐다보고 먼저 물었다. "리얼리티 쇼에 왜 작가가 필요하냐고 묻고 싶은 겁니까?" 그 말에 캠던은 손을 내저었다.

"아니요, 이 전체의 과정이 하나의 조작이라면 이해하지 못할 것도 없죠. 다만 작가가 쓴 대본은 참가자 부부들에게 주는 건가요? 전문적인 연기자가 아닌데 연기가 되나요?"

"물론 참가자 부부들에게 연기하라고 하지는 않죠." 감독이 씩 웃으며 입을 뗐다. "작가가 쓰는 건 이 리얼리티 쇼의 방향이 에요. 누가 문제를 일으킬지, 또 누가 괴롭힘을 당할지를 미리 정해놓죠. 그런 다음 촬영팀이 촬영할 때 그 방향으로 유도하거나 인터뷰를 할 때 참가자들이 어떤 말을 하도록 유도한 다음 편집을 하면… 지금 여러분이 보시는 2단계의 1차 편집본이 되는 거고요." 그렇게 말하며 감독은 다른 영상을 틀었다.

2단계의 영상에는 이미 안면을 튼 부부와 아이들이 시설 안에서 함께 어울리는 모습이 담겨 있었다. 비록 두 번째 만남이었지만 육아원이 사전에 잘 준비해둔 덕에 아이들이 '부모'를 만났을 때 그리 낯설어하지 않았다.

"이 부분이 재미있어요." 브라이언은 웃으며 매리언을 쳐다봤다. 하지만 매리언은 아무 말 없이 고개만 끄덕였고, 브라이언도 민망한 듯 미소를 거둔 채 화면을 빤히 바라봤다.

영상 속 아이가 상자를 가지고 놀고 있는데 윗면에는 서로 다른 그림이 그려져 있고 누르면 거기에 맞는 음악이 흘러나왔다. 그 아이는 음악에 맞춰 이리저리 몸을 흔들었다. 화면에는 제작진이 쓴 '자막 넣기'라는 글자가 보였다.

"여기에 '한창 신나게 놀고 있을 때….' 이런 자막을 쓰려고 합니다." 감독이 화면을 가리켰다. 그때 아이가 어떤 그림을 누르자 상자의 뚜껑이 탁 열리면서 못생긴 괴물 인형이 왁 소리를 지르며 튀어나왔다.

"헉!" 캠던도 저도 모르게 깜짝 놀라고 말았다. "아, 죄송합니다."

화면 속 아이도 깜짝 놀라 잠시 어쩔 줄 모른 채 가만히 있더니 몇 초 뒤에야 엉엉 울음을 터뜨렸다. 곧이어 다른 아이들 네 명의 놀란 영상이 이어졌다. 아이들은 하나같이 놀라 울음이 터졌다.

잠시 후 '부모들'이 아이를 안심시키는 영상이 나왔다. 그들은 모두 훈련을 받았지만 실제로 아이가 엉엉 우는 걸 본 경험이 없었기 때문에 조금 당황하는 것 같았다.

'배운 게 기억이 안 나더라고요.' 화면에 다시 부부의 인터뷰 영상이 이어졌다.

'정말 어떻게 해야 할지 모르겠지 뭐예요.' 시청자들이 좋아할 만한 부부가 다시 화면에 등장했고, 이번에는 아내가 과장되게 손을 치켜들며 말했다. '육아원이 가르쳐준 순서는 다 잊어버리고 그냥 아이를 안아주기만 했죠.' 화면은 바로 이 부부가 아이를 안심시키는 영상으로 넘어갔다.

깜짝 놀란 아이를 위해 육아원이 부부 참가자들에게 준 임무는 아이가 그 상자를 겁내지 않게 만드는 것이었다. 이를테면 몇 번이고 괴물 인형이 튀어나오게 하며 부부가 만화처럼 그 모습을 따라 하자 아이는 얼마 지나지 않아 울음을 그치고 미소를 지었다. 그 뒤 아이는 겁내던 상자를 아무렇지 않게 갖고 놀기 시작했다.

"이렇게 리셋되는 거지." 매리언은 혼잣말처럼 중얼거렸다.

"예?" 캠턴이 되물었다. 매리언과 등을 지고 앉아 있던 터라 제대로 듣지 못한 것이다.

"리셋 말이에요." 브라이언이 매리언보다 앞서 입을 뗐다. "간단히 말해 새로운 경험으로 불쾌했던 기억을 대체하는 거죠."

"홍보에 위기가 생겨도 마찬가지로 대처하는 거예요." 매리언이 말했다. "일이 터지면 우선 사람들에게 그 일이 다 끝난 것 같은 느낌을 주죠. 그런 다음 사람들이 앞선 일을 연상하는 걸 박살 내 기억을 리셋하는 거예요. 마치 아이들이 놀라고 나면 그 상자를 무서워하게 되지만 상자 안에 자기를 다치게 하는 게 없다는 걸 알고 유쾌한 기억을 새롭게 반복적으로 느끼게 하면 이전에 놀랐던 걸 잊어버리는 것처럼요. 그러면 무서워하던 상자가 좋아하는 상자로 바뀌게 되는 거예요."

"아." 매리언의 설명에 캠턴이 고개를 끄덕였다. 그는 브라이언이 자신을 빤히 쳐다보고 있다는 걸 의식하지 못한 채 다시 매리언을 쳐다봤다.

＊

"브라이언, 요즘 고생 많았어. 오늘은 이렇게 정리하고 먼저 들어가." 영상 작업실에서 몇 시간 동안 제작팀과 이야기를 나눈 뒤 매리언은 브라이언에게 먼저 집에 돌아가라고 했다. "캠턴은 로비에서 나 좀 기다려요. 화장실에 들렀다 갈 테니까."

화장실에 들렀다가 로비로 걸음을 옮긴 매리언은 브라이언과 캠던이 한쪽 구석에 서 있는 모습을 보게 됐다. 그녀는 어쩐지 앞으로 나서고 싶지 않았다. 브라이언이 대체 뭘 하는 건지 궁금했다.

"어이, 당신 여기 와서 뭐하는 겁니까?" 브라이언은 주머니에서 담배를 꺼내 들었다. 원래 세계에서 브라이언은 첫째 아이를 낳은 뒤 바로 담배를 끊었었다.

"예? 저도 잘 모르겠는데요. 그냥 매리언 대표님께서 불러서 온 거라….."

"그리고? 이제 어딜 갈 건데?"

"그야 저도 모르죠." 캠던은 어깨를 으쓱거렸다.

"적당히 하라고!" 브라이언은 캠던에게 위협적으로 다가섰다. 그 모습을 본 매리언은 놀라지 않을 수 없었다. 그녀가 아는 브라이언은 한 번도 이렇게 세게 나온 적이 없었기 때문이다. "매리언 대표가 마치 당신을 후계자처럼 대하던데! 좀 전에 대표님이 짜증 한번 안 내고 당신한테 이런 거 저런 거를 다 가르쳐 줬잖아. 뭐야? 당신 FBI 요원을 그만두려는 거야?"

"제가요? 전 그냥 매리언 대표님과 함께 알렉의 납치 사건에 대해 수사하려는….."

"당신…." 브라이언은 캠던의 얼굴을 보다가 갑자기 어떤 생각에 잠긴 것 같았다. "어이, 당신… 혹시 매리언 대표님과 DNA 대조한 적 없어?"

캠던은 어이가 없어 말문이 탁 막혔다. "지금 뭐라는 겁니까? 저는 그분과 그런 사이가 아닙니다."

매리언은 지금이 바로 자신이 나타날 때임을 알았다. "아, 캠던. 오래 기다리게 해서 미안해요. 브라이언, 아직 안 가고 여기서 뭐 해?"

"아, 별거 아닙니다. 담배 한 대 피우고 가려고요." 브라이언은 황급히 엘리베이터를 타고 자리를 떠났다. 매리언은 그 모습을 보고 있자니 브라이언이 꽁지 빠지게 도망가는 것 같다는 생각이 들었다. 원래의 세계에서 브라이언은 언제나 자신의 분수를 지킬 줄 아는 사람이었으며 일이 끝나면 아이를 보러 집에 돌아가기 바빴다. 그는 매리언의 결정에 토를 다는 법이 없었을 뿐만 아니라 후배를 가르치는 일에도 열심이었다. 매리언은 문득 원래 세계의 브라이언이 지금만 같다면 웨스트코스트주의 일 때문에 골치 아플 일이 없겠다고 생각했다.

"헨리와 대너리스 쪽에서 무슨 단서라도 나왔어요?" 매리언은 자신의 차를 몰며 보조석에 앉은 캠던에게 물었다.

"헨리 부부 주변 사람들까지 다 조사했지만 시설이나 국가양육부와 관련이 있는 사람은 없었어요. 그렇다고 누군가 원한이 있어서 헨리 부부를 겨냥한 거 같지도 않고요."

"그럼 다른 조직은요?"

"없어요. 반정부 조직이든 현재 집권당의 라이벌이든 아무런 단서가 없어요. 정부를 공격할 만한 다른 건수는 오히려 많은데 국가양육부나 카구야 프로젝트는 사실 공격할 만한 거리가 너무 적어요."

"레일라 쪽은요? 혹시 레일라의 지지자가 몰래 카구야 프로젝트를 망쳐서 레일라를 도우려는 건 아닐까요?"

"그것도 조사해봤어요. 근데 소셜 미디어랑 커뮤니티 게시판에서 조금 반응이 있는 정도예요. 격한 지지글이 올라오기도 하는데 그것도 인터넷에서만 떠들어대는 정도랄까."

"딥웹은요?"

"거기도 딱히 단서가 없어요. 물론 테러리스트보다 더한 놈들이 있다면 이미 웹을 완전히 떠난 조직일 거예요."

"그럴 줄 알았지."

"알면서 조사해보라고 한 거예요?" 캠던이 살짝 짜증이 난 표정으로 물었다.

"그런 말 못 들어봤어요? '모든 가능성을 배제하고 남은 것이 아무리 믿을 수 없다 해도 그것이 바로 진실이다.'"

"하, 아주 그럴듯하네요. 누가 한 명언이에요?"

"정말 못 들어봤어요? 셜록 홈즈가 한 말이잖아요! 맙소사, 책도 안 봐요?" 매리언은 살짝 무시하는 듯한 표정으로 캠던을 슬쩍 쳐다봤다. "아무튼… 됐어요." 매리언은 사실 "아무튼 네 아빠도 책 읽기를 좋아하는 사람이었어."라고 말하고 싶었다. 하지만 캠던은 자기 아버지가 누구인지 전혀 알 리가 없지 않은가.

아니, 솔직히 매리언도 캠던이 자신과 루이의 아들이라고 확신할 순 없었다. 아마 애플리케이션으로 DNA를 먼저 대조해봐야 할 것이다. 하지만 만약 근친이란 결과가 나온다고 한들 그녀가 캠던에게 어떻게 설명할 수 있겠는가. 사실 그녀는 이 문제에 대해 캠던에게 설명할 필요조차 없음을 알고 있었다. 이 세계에서는 이런 일이 꽤 흔한 일이었다. 어쩌면 매리언이 캠던과 DNA를 대조해보고 싶어 하지 않는 건 정말 자신의 아이를 편애한다는 사실을 마주하고 싶지 않아서일지도 모른다. 반면 브라이언은 매리언이 캠던을 대하는 태도를 보며 자신의 입지가 위협받을 수 있음을 확실히 알고 있었다.

"근데 도대체 왜 절 부른 거죠?" 캠던은 자세를 고쳐 앉으며 물었다. 아무래도 차에서 보조석에 앉는 데에 익숙하지 않은 모양이었다. 매리언은 브라이언이 자신의 속내를 정확히 꿰뚫어봤음을 인정하지 않을 수 없었다. 그녀는 자신이 하는 일을 정말 캠던에게 보여주고 싶었던 것이다. 만약 캠던이 자신이나 자신이 하는 일에 관심이 있다면 기꺼이 그를 가르치거나 추천해줄 마음도 있었다. FBI 일은 너무 위험하지 않은가. 문득 매리언은 스스로 이런 생각을 한다는 것에 내심 놀라지 않을 수 없었다. 캠던은 누가 봐도 젊고 유망한 인재라 앞으로 경험만 더해진다면 FBI 안에서도 자신의 몫을 충분히 해낼 수 있을 것이다. 게다가 캠던이 일하는 모습을 보면 FBI가 스스로 꿈에 그리던 일이었음을 쉽게 알 수 있었다. 그런데도 그녀는 일이 위험하다는 이유만으로 캠던이 FBI 요원으로 일하지 않으면 좋겠다고 생각한 것이다.

FBI는 좋지만 자기 아이는 안 되면 좋겠고, 대신 자기 아이는 안정적이고 건강하게 살 수 있으면 좋겠다고 생각하는 구식 사고방식을 가진 어머니나 다름없지 않은가.

매리언은 어쩐지 기분이 좋지 않았다. "왜요? 영상 작업에 관심이 없어요? FBI처럼 위험한 일보단 낫잖아요."

"그게 당신이랑 무슨 상관이죠? 어? 근데 우리 어디 가는 거예요?" 캠던은 매리언의 차가 근처를 맴돌고 있다는 걸 눈치챘다.

"흥미로운 정보가 있어서요."

차는 다시 영상 작업실이 있는 건물의 주차장으로 향했다. 매리언이 캠던을 데리고 작업실에 들어섰을 때 안에는 감독 혼자 그들을 기다리고 있었다.

"감독님 정보가 쓸모 있는 거면 좋겠네요."

"같은 업계 사람한테 들은 소식인데 레일라가 촬영 기기를 빌려 갔다고 하더군요. 삼각대랑 반사판, 조명, 배경판, 스크린 같은 거 말입니다. 편집하고 음악을 넣은 소프트웨어도 물어봤다고 하고요."

"언제 빌렸다고 하던가요?"

"한 달 전의 일이랍니다. 듣기로는 석 달 정도 빌렸다더군요. 촬영 기사는 필요 없고 촬영 기기만 빌린다고 했다네요. 예전에 레일라에게 도움을 받았던 사람이라 자기가 잘 안 쓰는 옛날 촬영 기기들을 아주 싼 값에 빌려줬다고 합니다."

"촬영 기기로 뭘 한다고 하던가요? 유튜브 스타라도 되겠다는 건가요?" 캠던이 물었다.

"그야 저도 모르죠." 감독이 어깨를 으쓱거렸다. "기기를 빌려준 사람이 일할 때 도움이 필요하지 않으냐고 물었는데 완곡히 거절했다더군요."

"촬영 기기를 빌려준 사람은 누구죠?" 캠던이 질문을 던지자 더 이상 물어볼 필요 없다는 듯 매리언이 바로 그의 손을 잡았다. 그녀는 이미 원하는 정보를 얻었기에 촬영 기기를 빌려준 이가 누구인지는 중요하지 않다고 생각했다.

레일라가 영상을 찍는다는 게 자신을 정면으로 공격할 작정이란 걸 매리언은 알 수 있었다. 매리언이 리얼리티 쇼로 국가양육부의 홍보 사업을 하는 것처럼 레일라는 똑같이 영상을 제작해 자신에게 유리한 여론을 만들려고 하는 것이다. 촬영 기기를 빌려 간 지 한 달이 지났다면 촬영이 이미 끝나고 벌써 후반 작업도 마친 뒤 공개할 적당한 때만 기다리고 있는지도 모른다.

매리언은 레일라의 이런 행동이 국가양육부의 소송 결과를 뒤엎기 위함이란 생각이 들자 온몸에 소름이 돋았다. 이런 시대에는 사람들의 마음과 여론의 동정만 얻는다면 어떤 법률적 가치도 쉽게 왜곡할 수 있다. 레일라의 오랜 파트너였던 매리언은 그녀가 이 분야에서 얼마나 대단한 능력의 소유자인지 누구보다 잘 알고 있었다.

✳

"우리에게 두 명의 적이 있어요." 매리언은 차에 탄 뒤 캠던에게 말했다. "레일라는 나와 똑같은 방법으로 영상을 만들어 여론을 등에 업고 국가양육부를 공격하려 하고 있고, 또 다른 정체모를 범인은 알 수 없는 이유로 알렉을 납치했죠. 만약 우리가 범행 동기를 찾을 수 있다면 범인을 잡을 수 있을지도 몰라요."

매리언의 말에 캠던은 잠시 생각을 하는 듯하더니 입을 뗐다. "범행 동기를 가지고 범인을 추측하는 것이야말로 가장 경계할 일이에요. 그래서 감식에 관한 과학기술이 발전하게 된 거고요."

그 말에 매리언은 차를 길가에 세웠다. "아니요, 범행 동기에 과학기술이 더해져야 한 치의 빈틈도 없는 결론을 얻을 수 있는 거예요. 그럼 과학의 각도에서 한번 생각해볼까요? 물리적으로 봤을 때 레일라가 알렉의 납치범일 수 없다는 건 이미 증명된 사실이에요. 범행 발생 시간에 레일라에게는 알리바이가 있는 데다 범인은 내 이름으로 등록된 방문객 카드로 알렉을 데리고 시설에 들어왔으니까요. 레일라는 방문객 카드를 자기 힘으로 절대 손에 넣을 수 없잖아요."

"매리언 대표님, 당신 말은 혹시…."

매리언은 핸들을 꽉 붙든 채 미간을 잔뜩 찌푸렸다. 마치 극심한 위통을 참는 것 같던 매리언은 이내 낮은 목소리로 읊조렸다. "브라이언…."

참으려 해도 아픔은 쉽게 가시지 않았다. 어쩌면 캠던은 매리언의 아들일 수 있지만 그렇다 해도 그가 FBI 요원이란 건 변하지 않는 사실이다. 브라이언은 그동안 매리언에게 가장 믿을 만한 손발이 되어줬다. 원래의 세계는 아니지만 매리언이 이곳에 온 뒤로도 브라이언은 줄곧 흠 잡을 데 없는 파트너였다. 이런 파트너를 의심한다는 것은 자신의 살을 베어내는 것과 다름없는 아픔일 수밖에 없다.

"브라이언이 방문객 카드를 훔쳤다는 거예요? 방문객 카드는 모두 서랍에 넣고 열쇠로 잠갔다면서요?"

"물론 그 카드들을 내 책상 서랍에 넣고 열쇠로 잠근 건 확실해요. 하지만 정말 하겠다고 마음만 먹는다면 나랑 몇 년이나 일했으니 서랍 열쇠를 복제하는 것쯤은 어려운 일도 아니겠죠."

그녀의 말대로라면 브라이언의 배신은 훨씬 더 오래전부터 시작됐어야 한다.

"만약 알렉을 납치한 뒤 다시 아이를 데리고 2단계에 그렇게 눈에 띄게 등장한 게 정부에 대한 항의나 국가양육부 혹은 카구야 프로젝트를 겨냥한 게 아니라… 나 때문이라면 어때요?"

캠던의 조사대로라면 국가양육부 쪽은 딱히 불리한 단서가 없으며 헨리와 대너리스도 마찬가지다. 그렇다면 매리언은 이 모든 범행이 자신을 겨냥한 행동이 아닐지를 의심할 수밖에 없었다.

매리언은 좀 전에 브라이언이 캠던에게 질문하는 모습을 보며 이 세계의 브라이언은 더 소심하고 의심이 많으며 야심이 있는 사람이란 걸 알 수 있었다. 그도 그럴 것이 이 세계에서는 세 아이를 키우는 일에 마음을 쓸 일이 없으니 당연히 자신의 일과 더 높은 자리에 올라가는 것에 관심을 쏟을 수밖에 없지 않은가.

그렇다면 이 업계에서 굳건히 자리를 잡고 있는 매리언도 브라이언에게는 자연히 장애물이 될 수밖에 없다.

15

"우리 귀염둥이, 뭐 먹고 싶니?" 여자는 메뉴판을 들고 곁에 앉은 남자아이에게 물었다.

"몰라." 초등학생쯤 되어 보이는 남자아이는 테이블에 엎드려 앞에 놓인 휴대전화만 빤히 쳐다보고 있었다. 휴대전화 화면에서는 유튜브의 애니메이션이 방송되고 있었다.

"그럼 미트볼에 스파게티 먹을….."

"미트볼 안 먹고 싶은데."

"그럼 피자는 어때?"

"응." 아이는 어깨만 으쓱거렸다.

옆에는 여자의 남편처럼 보이는 남자가 고등학생쯤 된 딸과 이야기를 나누고 있었다.

"학교는 어떠니?"

"괜찮아요." 여자아이는 고개를 숙인 채 휴대전화만 만지작 거렸다.

"내일 축구팀 경기 있지 않나?"

"예."

"몇 신데?"

"4시요." 여자아이는 문자를 보내며 말했다.

"내가 좀 일찍 퇴근해서 보러 갈 수 있을 거 같은데, 당신은?"

"응?"

"내일 축구 경기 말이야. 당신도 일찍 퇴근해서 보러 갈 수 있어?"

"어, 갈 수 있어." 여자는 다시 메뉴판을 손에 쥐었다. "우리 귀염둥이, 어떤 피자가 좋니?"

"아무거나 다 좋아." 남자아이는 다시 어깨를 으쓱거렸다.

주문을 마친 뒤에야 여자는 한숨을 돌리며 이내 휴대전화를 꺼내 들었다.

그 가족 근처 테이블에 앉아 있던 매리언과 롬은 약속이나 한 듯 서로 눈을 마주치며 작은 웃음을 터뜨렸다.

✳

"걱정할 필요 없어요. 촬영이 끝나면 여기 다 깨끗하게 청소 해드릴 거니까요." 매리언은 웃으며 눈앞에 있는 여자의 얼굴 을 가만히 쳐다봤다. "분장사에게 화장 좀 더 해달라고 해도 될까요?"

"아, 꼭 더 할 필요가 있을까요?" 여자가 의아한 표정을 지었
다. "집이라 자연스러운 게 좋다고 하지 않았나요?"

"실내인 데다 저녁이라 자연광도 없고 촬영할 때 조명을 켜면
짙은 화장이라 해도 그렇게 표가 나지 않아요. 드라마의 주인공
들도 화면으로 보기에는 짙은 화장을 하지 않은 것 같잖아요."

여자는 아무 대꾸 없이 고개만 끄덕이며 가만히 앉아 분장사
의 화장을 받았다.

매리언이 미소를 지으며 고개를 끄덕이자 여자도 안심된 듯
미소를 지어 보였다. 하지만 여자는 손에 쥔 휴대전화를 매리언
이 곁눈질하는 건 미처 보지 못했다.

3단계에는 아이가 '부모'의 집에 와 함께 저녁을 먹고 하룻밤
을 같이 자기로 되어 있었다. 오후에 촬영팀이 먼저 프로젝트
참가자 부부의 집에 찾아와 촬영 준비를 했다. 그들은 촬영 동
선을 점검하는 건 물론이고 아이가 머물 방에 카메라를 설치하
기도 했다. 해가 질 무렵 각각의 아이들은 육아원과 함께 준비
된 차를 타고 '부모'의 집에 도착했으며, 오는 동안에는 형사와
함께했다.

각 부부의 집이 아홉 곳의 다른 동네에 있는 터라 촬영은 인
원을 나눠 이틀에 걸쳐 찍기로 했다. 촬영 첫날 밤, 매리언은 시
청자들이 모두 좋아할 만한 그 부부의 촬영을 보러 왔다. 매리
언이 특별히 이 집에 온 것은 행여 이 부부의 이미지가 깨지는
일을 사전에 막기 위해서였다. 만에 하나 그런 장면이 찍혀 유

출이라도 된다면 매리언도 네티즌들의 자의적 해석은 막을 수 없지 않은가.

"이렇게 하면 될까요? 안전에는 아무 문제 없죠?" 브라이언이 전화를 걸어와 물었다. 브라이언과 회사의 다른 직원은 어떤 일이 일어나든 대비할 수 있도록 집집이 다니며 살폈다.

"어, 이번 촬영은 집이라 들고 나는 사람도 시설보다 훨씬 통제하기 쉽고, 경찰에서도 사람을 보내 집집이 지키고 있잖아. 아이 방에 카메라도 설치돼 있으니까 아이를 납치하긴 쉽지 않을 거야. 게다가…."

"게다가요?"

"캠던 말이 경찰 쪽에서…."

"경찰이 어쨌는데요?"

"캠던 말이… 아, 거기 조명 좀 옆으로 옮겨주세요!"

"경찰에서 무슨 대책이 있대요?"

그때 초인종이 울렸다. "아, 저녁 식사가 배달 왔네. 여기는 촬영 시작해야겠는데 브라이언, 그쪽은 어때?"

"…예, 문제없어요."

안전을 위해 저녁 식사는 모두 피자 배달을 시키기로 했으며, 메뉴판도 육아원이 모두 검사를 했다. 그뿐만 아니라 오후에 촬영팀이 촬영 준비를 할 때 시설에서도 사람을 보내 참가자 부부의 집에 아이에게 위험한 것은 없는지 꼼꼼히 살폈다. 너무 많은 사람이 갑자기 자신들의 집에 들이닥치니 젊은 부부는 지나치게 긴장한 것 같았다. 그래서 화장을 더 하라고 했을 때도 아내는 거부감을 느꼈던 것이다. 매리언은 낯선 사람들이 갑자기 집에 많이 몰려들 때 보통 사람이 얼마나 긴장할지 잘 알고 있었기 때문에 줄곧 아내의 곁을 지켜줬다.

정식으로 촬영이 시작되자 아이와 부부는 이미 낯이 익어서인지 식탁에서의 분위기가 그리 나쁘지 않았다. 아이는 얌전하게 식탁 앞에 앉아 있었다. 아마도 시설에서 집단으로 키운 결과인 듯했다. 매리언은 문득 원래의 세계에서 아이가 학교에서는 제법 규칙을 지키지만 집에만 오면 도로 공주, 왕자가 된다고 했던 친구의 말이 떠올랐다.

"맛있니?" '엄마'가 된 여자가 물었다.

"예, 피자가 제일 맛있어요." 아이는 입가에 케첩까지 묻히고 밝은 목소리로 말했다. 피자는 아이의 기호를 고려한 메뉴였다.

"어떤 토핑을 좋아하니?" '아빠'가 물었다.

"음… 아주 좋아하거나 싫어하는 거 없는데…."

"그, 그렇구나…." '아빠'는 어떻게 대화를 이어가야 할지 알 수 없었다.

"그럼 오늘 유치원에서 뭐 했어?" 여자는 카메라를 의식했지만, 최대한 부드러운 미소를 쥐어짜냈다.

"어… 오늘은 주말이라 안 갔는데요."

"그럼 뭐 했는데?"

"음… 별건 없고 그냥 영화 봤어요."

"아, 무슨 영화 봤는데? 평소에 어떤 영화 좋아하니?" 남자는 마침내 대화거리를 찾았다는 듯 들뜬 목소리로 물었다.

"어… 〈기저귀 슈퍼맨〉요."

아이의 대답에 두 부부는 순간 말문이 탁 막혔다. 그들뿐만 아니라 그 집에 있던 대부분의 사람들은 '대체 그게 뭐야?'라는 듯한 표정을 지었다.

"무슨 이야기인데?" 여자는 웃으며 아이에게 물었다. '그런 영화 제목을 들으니 실컷 웃고라도 싶은가 보지.' 매리언은 생각했다.

"어… 타타는 아기인데 깨끗한 기저귀를 차면 슈퍼맨으로 변신해 시설 안에 있는 다른 아이들을 도와줘요."

간신히 저녁 식사 촬영을 마치고 부부와 아이는 거실에서 휴식을 취했다. 그사이 촬영팀은 잠들기 전의 영상을 잠시 찍으려고 방 안에서 준비했다. 매리언은 감독과 찍은 영상을 다시 돌려 봤다.

"형편없네요." 감독이 낮은 목소리로 말하는데 얼마나 미간을 찌푸렸는지 두 눈썹이 이어질 지경이었다. "서로 소통도 잘 안 되고 벌써 3단계인데 꼭 처음 보는 사람들 같아요."

"이 정도면 그래도 괜찮지. 이보다 더한 경우도 봤는데." 매리언은 혼잣말처럼 중얼거렸다. "식당에서 휴대전화만 만지고 있는 가족들도 많이 봤는데…."

"예? 매리언이 많이 봤다고요?"

"아, 내 말은 그러니까 같은 테이블에 앉아서 밥을 먹는데 각자 휴대전화만 하는 사람들을 많이 봤다는 거예요. 꼭 모르는 사람들처럼 말이죠."

매리언은 컴퓨터 속 영상에 시선을 고정시키고 생각했다. '그러고 보니 이 사람들이야 서로 피붙이가 아니니까 그렇다지만 원래 세계에서는 한가족이라고 하는 부모 자식도 꼭 모르는 사람들처럼 각자 휴대전화만 하고 있잖아. 그렇다면 가족이란 어떤 관계인 거지?'

"감독님, 근데 이 애는 원래 이렇게 내성적이었어요?" 매리언이 낮은 목소리로 감독에게 물었다.

"제가 보기에는 애가 기분이 별로 안 좋아서 풀이 죽은 거 같아요." 그렇다면 아이가 식탁 앞에 얌전히 앉아 있는 건 말을 잘 들어서가 아니라 풀이 죽어서란 말인가?

"작가가 여기 부부한테 이야깃거리도 안 적어줬나요?" 매리언은 사방을 두리번거렸지만 작가의 그림자도 보이지 않았다. 아이는 그렇다 치더라도 어른 둘이 왜 아이와 전혀 어울릴 줄 모른단 말인가.

"이야기 소재만 정해줬죠. 사실 아이랑 함께 식사해본 사람이 없잖아요."

'아, 참. 또 잊을 뻔했다.'

"아, 그리고 〈기저귀 슈퍼맨〉은 애들 사이에서 엄청 인기 있는 영화예요." 감독이 매리언에게 말했다. "제 후배가 그 제작팀에 있었는데요. 어른들 중에는 애들 프로그램 만드는 업계 관계자들이나 시설에서 일하는 사람들 아니면 알기 어려운 작품이라… 아무튼 그냥 편집하죠."

매리언도 고개를 끄덕였다. 본래 정부가 제작하는 영상에는 다른 영화의 이름을 언급할 수 없다.

"큰 상관 없을 거예요. 어차피 그 부부의 반응도 안 좋았으니까요."

"그냥 그 식사 부분은…." 매리언이 입을 뗐다. "화면만 내보내고 사람 목소리를 쓰지 말죠. 대신 따뜻한 음악을 깔고 웃고 있는 장면을 좀 넣어서 슬로 모션 걸어주고 자막 적당히 쓰면 따뜻한 저녁 식사처럼 보일 거예요. 좀 전 같은 뜻밖의 상황이 아니라 말이에요."

"예, 저도 그렇게 생각했습니다." 감독도 공감하는 듯한 미소를 지었다.

"감독님, 방에서 잠들기 전 장면 찍을 준비 다 됐는데요." 촬영기사가 다가와 태블릿 PC를 감독에게 건넸다. 방에서의 촬영은 천장 구석에 소형 카메라를 설치해 몰래 찍는 느낌으로 가기로 했다. 이렇게 하면 아이가 잠들었을 때 촬영팀은 그냥 떠날 수 있다.

촬영팀에서 부부에게 아이를 재워도 된다고 알리자 여자는 갑자기 무슨 생각이 난 듯 목소리를 높였다. "아, 까먹고 있었어!" 그녀는 아이에게 말했다. "너한테 줄 게 있어!" 그러면서 그녀는 아이를 위해 마련해둔 방으로 들어가 옷장을 열었다.

"봐봐! 귀엽지?" 여자는 옷장에서 엄청나게 큰 헝겊 인형 두 개를 꺼내 보였다. 헝겊 인형은 거의 아이의 절반 정도 되는 크기였는데 여자가 두 손으로 안기에도 좀 버거워 보였다. 괴물 모양의 인형들은 약간 만화 속 공룡처럼 보이기도 했는데 하나는 파란색, 다른 하나는 노란색이었다.

"일찍 알았으면 '기저귀 슈퍼맨'을 만들었을 텐데."

두 눈이 휘둥그레진 아이는 금방이라도 달려가 인형들을 안고 싶은 눈치였다. 하지만 아이는 허락을 해달라는 듯 여자를 쳐다보며 꾹 참으며 기다리고 있었다. 여자가 괜찮다며 눈짓을 하자 아이는 바로 인형을 와락 끌어안았다.

"저 아내분이 패브릭 공예 전문 작가라더니." 매리언은 프로젝트 참가자들의 자료를 봤던 기억이 떠올랐다.

"인형을 침대에 놓고 함께 잘래?" 여자는 인형들을 침대 머리맡 베개 양쪽에 놓아줬다. 밖에서 감독이 손에 든 태블릿 PC로 이 모습을 보고 있던 매리언은 미간을 찌푸렸다.

"자, 잠깐만요!" 매리언은 서둘러 방으로 들어갔다. "인형은 베개 옆에 두면 안 돼요!"

"예? 왜요?" 감독은 매리언의 갑작스러운 행동에 깜짝 놀랐다. "인형이 귀엽잖아요. 아이가 인형에 둘러싸여 있는 모습도 화면에 예쁘게 나올 텐데요."

"한두 컷 정도 찍는 건 괜찮지만 다 찍고 나면 인형은 빼야 돼요."

"왜요?" 집에 있던 사람들은 도무지 이유를 알 수 없다는 듯 서로 눈을 마주쳤다.

매리언은 주변의 촬영팀과 감독, 부부, 육아원을 둘러봤다. 맙소사, 이 많은 사람 중에 뭐가 문제인지 아는 사람이 하나도 없단 말인가.

"아이 베개 옆에 이런 인형이 있으면 잠잘 때 잡아당기거나 넘어져서 인형이 아이의 얼굴을 눌러 질식이 일어날 수도 있다고요! 어떻게 이런⋯." 매리언은 더 말을 잇지 않고 그저 한숨만 내쉬며 인형을 가져갔다.

매리언은 생각 같아서는 "이건 상식이잖아요."라고 실컷 퍼붓고 싶었다. 원래의 세계에서는 아이가 없어도 종종 뉴스를 통해 '부주의한 부모의 생일선물로 딸이 인형에 질식사하다', '무더운 여름날 엄마가 차 안에 아들을 두고 내려 더위에 질식사' 같은 사건을 접하지 않던가. 그래서 사람들은 아이가 생활 속에서 사소한 문제로도 위기에 빠질 수 있다는 의식이 있었다. 게다가 주변에 아이가 있는 친구라도 있으면 자주 아이에 관한 이야기를 하기 때문에 저절로 육아에 관한 많은 지식을 얻게 된다. 물론 매리언은 그런 이야기를 듣는 걸 그리 좋아하지는 않았었지만 말이다. 그런데 이 세계의 사람은 이런 '상식'조차 배울 기회가 전혀 없는 모양이었다.

"일리가 있는 말씀이네요." 육아원이 매리언에게 다가와 말했다. "시설에서는 이렇게 큰 인형을 갖고 놀라고 준 적이 없어서 미처 생각을 못 했어요. 앞으로는 주의할게요."

매리언은 고개를 끄덕이며 인형을 다른 촬영팀 팀원에게 건넸다.

촬영이 끝나고 차를 찾으러 가면서 매리언은 휴대전화를 꺼내 들었다. 촬영 중이라 내내 휴대전화를 무음 모드로 해놨었다. 받지 못한 전화 여섯 통이 와 있었는데 모두 브라이언이었으며 메시지도 전혀 남겨져 있지 않았다.

"여보세요? 캠던? 나예요." 차에 시동을 건 뒤 매리언은 캠던에게 전화를 걸었다. "브라이언이… 걸려들었어요."

✳

"내일이랑 모레는 카구야 프로젝트 3단계 촬영이에요." 촬영 이틀 전, 매리언은 캠던과 경찰서의 특별조사팀 사무실에서 만났다. "범인을 잡을 절호의 기회이기도 하죠. 범인이 뭔가를 하려 한다면 이 이틀 동안이 마지막 기회일 테고 우리는 범인이 허점을 드러내도록 뭔가 해야만 해요."

책상 앞에 앉은 캠던은 팔짱을 끼고 말했다. "하지만 레일라는 금지 명령 때문에 효과적으로 감시하기가 쉽지 않아요."

매리언은 캠던에 말에 한숨을 쉬었다. "난 레일라를 말하는 게 아니에요."

"예? 그럼 당신은 정말 브라이언을 의심하고 있는 거예요?"

"한번 생각해봐요. 일단 문의 잠금장치가 망가지지 않은 데다 카드를 사용한 기록이 있잖아요. 물론 지금은 그자들이 어떤 방법을 쓴 건지 잘 모르겠지만 그때 32장의 카드는 모두 시설 안에 있었어요. 그렇다면 반드시 시설에 있던 누군가가 밖에서 알렉을 데리고 있던 그 사람을 방문객 카드로 안에 들어오게 했다고밖에 말할 수 없죠." 이야기하던 매리언은 캠던이 조금 이상한 표정으로 자신을 바라보고 있는 걸 눈치챘다.

"브라이언은 아주 오랫동안 함께 일해 온 부하 직원 아니에요? 게다가 제가 보기에는 브라이언이 이 카구야 프로젝트를 위해 온갖 노력을 다하는 것 같던데….'

"우리 바닥에서 가장 중요한 게 임기응변이에요. 처음의 내 추리가 어땠든지 간에 증거가 다른 방향을 가리킨다면 이전의 추리를 뒤집을 수밖에 없어요."

"레일라가 거기 없었다는 알리바이를 말하는 건가요?" 캠던은 머리를 긁적거리며 말했다. 레일라에게 확실한 알리바이가 있다는 게 그의 머리를 아프게 하는 건 사실이었다. "하지만 브라이언도 알리바이가 있지 않아요? 2단계 때 브라이언은 당신과 계속 있었으니까요."

"당연히 한패가 있겠죠."

"매리언 대표님 말대로라면 레일라도 한패가 있을 수 있잖아요."

"그렇죠." 매리언은 캠던이 그렇게 말할 줄 미리 알았다는 듯 미소를 지었다. "하지만 레일라는 내가 등록한 방문객 카드를 손에 넣을 수 없어요. 레일라가 사직한 뒤 회사의 모든 열쇠를 리셋했거든요. 그러니까 레일라는 범행 전날 우리 회사에 와서 카드를 훔칠 수 없었을 거예요. 게다가 레일라가 회사에 왔다면 건물의 CCTV에 찍혔겠죠."

"그러니까 범인이 레일라라면 당신이 등록한 방문객 카드를 손에 넣을 수 있는 사람이 필요했겠죠. 게다가 그 사람은 2단계의 과정을 자기 손금 보듯 훤히 알고 있어야 하고…." 캠던은 턱을 쓰다듬으며 말했다. "브라이언이 바로 그럴 가능성이 가장 큰 사람이죠. 그리면 혹시… 브라이언이 레일라와 한패일 수도 있지 않을까요?"

"그렇다면 레일라와 브라이언에게는 다시 제3의 인물이 필요하겠죠. 알렉을 데리고 시설에 갈 수 있는 누군가 말이에요." 매리언은 세 손가락을 들어 보이며 말했다. "게다가 브라이언이 단순히 나를 겨냥한 거라면 국가양육부에 밉보이면서까지 레일라를 도울 리 없어요."

캠던이 아무런 말도 없이 고개를 숙인 채 생각에 잠긴 모습을 보며 매리언은 의자 바퀴를 굴려 그에게 더 가까이 다가갔다. "우리 회사 고객 중에 스타들을 관리하는 매니지먼트 회사가 있어요. 그런데 그쪽에서 가장 흔한 일이 뭐냐면 스타가 나타나지 말아야 할 곳에서 사진을 찍히는 거예요."

"그게 이 사건이랑 무슨 관련이 있죠?"

"매니지먼트 회사는 언론에 대응하기 전에 우선 어떤 사진이, 얼마나 찍혔는지 정확히 확인해요. 예를 들어 깨끗하고 순수한 이미지의 남자 스타가 스트립쇼 클럽에서 나오는 사진이 찍혔다고 해볼까요? 단순히 클럽에서 나오는 사진만 찍혔다면 보통 어떤 선배의 생일 파티가 있어서 상대를 존중하는 마음에 잠깐 참석한 거라고 발표하죠. 하지만 그게 아니라 스트리퍼와 놀고 호텔까지 가는 사진이 찍혔다면 대응책은 완전히 달라질 수밖에 없는 거예요."

"스트리퍼 클럽과 브라이언의 연결고리가… 뭐죠?"

"지금 우리가 얻은 단서는 스타가 스트리퍼 클럽에서 나오다 가 찍힌 사진과 같아요." 매리언은 손가락으로 책상을 두드렸 다. "그렇다면 이제 우리에게 필요한 건 스트리퍼가 스타의 허 벅지 위에 앉아 있는 사진이죠. 그게 없다면 브라이언은 자신의 혐의를 완벽하게 부인할 거예요."

"그래서요?"

"그러니까 브라이언의 한패를 잡아야죠." 매리언은 캠던을 빤히 쳐다봤다. "브라이언은 2단계에 알리바이가 있어요. 그럼 분명 한패가 있겠죠. 만약 그 한패를 잡는다면 브라이언의 이름 을 자백할 거예요. 나한테 그 한패를 잡을 좋은 방법이 있는데 그러려면 내일 경찰의 도움이 필요해요."

"당신 기분이 어떨지 알아요." 한참이나 말이 없더니 캠던이 매리언의 손에 자기 손을 얹으며 말했다. "사건을 조사할 때 용 의자의 범죄 증거를 찾기 위해 그의 가장 가까운 사람들에게 도 움을 청할 때가 종종 있죠. 당연히 그건 그 사람들에게 쉬운 일 이 아니기 때문에 수사팀이 설득하려면 많은 힘이 들기도 하고 요. 그러니까 당신이 이렇게 나서서 우리를 돕겠다고 하는 건 정말 대단한 거죠. 지금 당신이 얼마나 힘들지 잘 알고 있어요."

매리언은 캠던의 손을 툭툭 치며 말했다. "고마워요."

사실 매리언은 마음이 그리 편치 않았다. 지금 그녀는 캠던 의 눈에 자신이 어떻게 비칠까 하는 문제만 온통 신경이 쓰였기 때문이다. 브라이언은 이곳에서도 여전히 세 아이를 낳은 아빠 였지만 이미 그녀에게는 그토록 아끼던 부하 직원이 아니었다.

16

'아이를 낳는 게 좋아?'

매리언은 턱을 괴고 눈앞의 브라이언을 보며 생각했다.

셋째 아이를 막 낳은 브라이언은 아내가 출산 휴가로 집에 있기는 했지만, 한밤중에도 아기가 몇 번이나 깨는 통에 제대로 자지 못하고 아기를 달래야 했다. 게다가 다른 두 아들까지 돌봐야하니 브라이언은 요즘 늘 좀비 같은 얼굴로 출근하기 일쑤였다.

그전에는 아내가 산전 검사를 받으러 다닌다고 브라이언이 대신 아이들을 유아원이나 수영반 등에 데려다주느라 눈코 뜰새 없이 바빴고, 쉬는 건 아예 꿈도 꾸지 못했다.

"아이를 낳는 게 좋아?" 매리언은 정말 궁금한 마음에 물어본 적이 있었다. "뭐 때문에 애를 낳는 거야?"

"애가 있으면 집 안이 북적거리잖아요."

"집이 북적거리게 할 방법은 많은데."

"글쎄요, 제 생각에는 아이가 제 인생을 원만하게 만드는 것 같아요."

"그러니까 그건 그냥 동물의 원시적인 종족 번식 본능 같은 건가?"

"꼭 그렇게 말할 수는…." 브라이언은 조금 난처한 눈치였다. 사람은 본래 자신의 동물적 본능을 인정하지 않고 스스로 더 고상하고 주체적인 존재라고 생각하려 하지 않던가. 매리언은 그렇게 생각했다.

"아…." 브라이언은 뭔가 생각난 듯 말했다. "아이는 제가 더 나은 사람이 되고 싶게 해요. 정말로요."

브라이언의 얼굴에 어린 사람 좋은 미소를 보며 매리언은 더 이상 아무 말도 하지 않았다.

더 나은 사람이 되게 한다라….

✳

"그러니까 다들 소홀하게 생각하지 말고. 보기에는 단순한 것도 아이에게는 위험할 수 있으니까."

다음 날 아침 매리원은 직원들과 회사에 모여 회의를 열었다. 그 자리에서 전날 밤 촬영 때 겪었던 일과 문제에 대해 서로 이야기를 나눴다. 매리언은 당연히 인형에 대해 언급했고, 직원들은 하나같이 뜻밖의 사실을 깨달은 듯한 표정을 지었다.

"자, 그럼 일단 여기까지 합시다. 오전에 다른 업무들 보고 오후에 다시 촬영 현장으로 출발하자고! 카구야 프로젝트가 중요하긴 하지만 다른 고객들도 중요하니까 촬영 때문에 다른 업무에 지장이 있으면 안 됩니다!"

매리언은 자기 집무실로 가며 일부러 보란 듯이 휴대전화를 꺼내 시간을 확인했다.

"대표님, 무슨 일 있으세요? 계속 시간을 신경 쓰는 건 같던데요." 브라이언이 따라오며 매리언에게 물었다.

"아, 아니야." 매리언은 주위를 둘러보더니 브라이언에게 집무실로 들어오라고 했다. "어제 전화를 몇 번 했던데, 메시지도 남기지 않고. 내가 밤늦게까지 바빴거든. 무슨 일 있었어?" 매리언이 집무실 문을 닫으며 물었다.

"예." 브라이언이 자리에 앉으며 말했다. "캠던이랑 뭘 하시는지 그냥 궁금해서요. 대표님이 어제 얘기를 반만 하다 말기도 하셨고…."

매리언은 다시 휴대전화로 시간을 확인했다. "난 일단 모든 촬영 현장에 다 들러보고 싶은데 브라이언도 오늘 함께 갑시다." 매리언은 서둘러 핸드백과 서류가방을 들고 브라이언과 집무실을 나와 그의 자리로 향했다. 그녀는 물건을 챙기는 브라이언의 모습을 유심히 지켜봤다.

사실 매리언이 브라이언에게 같이 촬영 현장에 가자고 한 건 경찰의 수사에 협조하기 위해서였다. 여러 가지 외적 요소로 브라이언이 큰 혐의를 받게 된 터라 경찰은 법원으로부터 그의 휴대전화 내역을 조사해도 좋다는 허가를 받았다. 하지만 문제는 그렇게 얻은 데이터 중에 브라이언이 의심스러운 사람과 연락한 기록이 하나도 없다는 것이었다. 모든 통화와 문자를 뒤졌지만 모두 업무상 연락이거나 아내와 통화한 기록밖에 없었다. 심지어 경찰은 휴대전화 위치 추적을 통해 브라이언이 어디에 갔었는지도 조사했지만 별다른 소득을 얻지 못했다.

브라이언이 또 다른 휴대전화를 사용하지 않는 한 그에게는 의심할 만한 증거가 없었다.

그래서 매리언은 이날 촬영을 핑계로 브라이언에게 모든 현장에 함께 가보자고 하면서 정말 그가 다른 휴대전화를 사용하고 있다면 그 번호를 알아내 캠던에게 보낼 작정이었다.

"캠던이 그러는데 경찰이 믿을 만한 증거를 확보해서 범인이 알렉을 숨긴 위치를 파악했다는 거야. 오늘 출동해서 아이를 구할 거라고 하더라고." 차 안에서 매리언은 브라이언에게 말했다. 물론 브라이언이 한패에게 연락하게 하기 위한 거짓 미끼였다. 하지만 그러려면 알렉이 국내에 안전하게 있어야 한다는 전제가 필요했다. 그렇지 않다면 브라이언이 그녀의 말을 듣자마자 거짓말인 걸 바로 알아챌 것이기 때문이었다. 하지만 지금 이 상황에서 캠던과 매리언은 승부를 걸 수밖에 없었다.

"그렇다면 다행이네요." 브라이언은 팔꿈치를 차창에 걸치며 말했다. "빨리 범인을 잡아 알렉을 구해내면 더 이상 이런 일로 걱정하지 않아도 되잖아요."

매리언은 운전하면서도 내내 브라이언을 슬쩍슬쩍 훔쳐보고 있었다. 하지만 브라이언은 그 어떤 의심스러운 행동도 하지 않았으며 휴대전화조차 만지지 않았다.

"당신 생각에는 알렉을 납치한 게 어떤 사람일 거 같아?" 매리언이 불쑥 질문을 던졌다. 물론 그녀는 괜히 섣부른 행동을 해서는 안 된다는 걸 알고 있었지만, 이 세계의 브라이언이 정말 그럴 능력이 있는 사람이라면 어떻게 대답할지 괜히 궁금했다.

"어….." 브라이언은 잠시 생각에 잠긴 듯 창밖을 빤히 쳐다보다 입을 뗐다. "저는 잘 모르겠어요. 하지만 어쩐지 우리가 생각지도 못한 사람일 거 같아요."

∗

오후 촬영을 준비하는 동안 매리언은 자신의 마음이 딴 곳에 가 있다는 걸 인정하지 않을 수 없었다. 좀 전에 브라이언이 했던 말이 계속 떠올랐기 때문이다.

'우리가 생각지도 못한 사람일 거 같아요.'

브라이언은 왜 그렇게 말한 걸까? 생각지도 못한 사람이라면 브라이언 자기 자신을 가리키는 걸까?

매리언은 줄곧 브라이언의 움직임에 신경을 집중하고 있었다. 브라이언이 움직일 때마다 그녀의 모든 신경이 꽉 조여드는 느낌이었다. '브라이언이 휴대전화를 쓰는 거 아니야? 평소에 쓰는 휴대전화일까, 아니면 다른 휴대전화일까?' 매리언은 심지어 브라이언이 영화에서처럼 몰래 모스 부호로 상대에게 소식을 전하는 건 아닐까 하는 생각을 하기도 했다.

하지만 브라이언은 그 어떤 의심스러운 행동도 하지 않았다.

매리언은 속이 갑갑했다. '그럼 정말 브라이언이 아닌가? 하지만 누가 내 방문객 카드를 가져갈 수 있지? 회사의 다른 사람?'

마지막 날 촬영은 이런 불안함과 의혹 속에 끝이 났다. 경찰은 출동해 알렉을 구해내지 않았으며 브라이언도 검은 정체를 드러내지 않았다.

아이가 잠들기 전 카메라를 설치하고 촬영 현장을 떠나려 할 때 매리언은 캠던으로부터 뜻밖의 전화를 받았다. "당신이 도와줄 수 있는 일이 있는데 지금 경찰서로 오실 수 있어요?" 캠던의 목소리는 어쩐지 다급한 것 같았다. 혹시 캠던이 뭘 발견한 걸까? 아니면 매리언이 좀 전까지 브라이언을 감시한 과정을 설명해줘야 하는 걸까?

매리언이 경찰서에 도착했을 때 캠던은 그녀를 어떤 자리로 데려갔다. 거기에는 캠던과 비슷한 또래의 남자가 책상 위에 놓인 컴퓨터 세대의 화면을 바라보고 있었다. 캠던은 의자를 끌어와 매리언에게 줬다.

"매리언 대표님, 당신의 첫 번째 직감이 맞았어요." 캠던이 말했다.

"예? 브라이언은 아무것도 안 했는데…" 매리언은 뭐가 어떻게 된 일인지 아직 정확히 파악할 수 없었다.

"브라이언이 아니라 레일라 말이에요." 캠던은 고갯짓으로 컴퓨터 앞에 앉아 있는 남자를 가리켰다. "당신이 미끼를 던졌는데도 브라이언이 아무런 행동도 취하지 않았잖아요. 그래서 저는 브라이언이 정말 범인이 아닐 수도 있겠다고 의심했어요. 그리고 다시 원점으로 돌아가 레일라를 의심했죠. 때로는 정말 여자들의 직감을 믿을 수밖에 없네요."

"잠깐만… 레일라는 접근 금지 명령을 신청하지 않았어요? 어떻게 레일라를 미행했죠?"

그때 앞에 앉아 있던 남자가 컴퓨터에서 사건 폴더를 열었다. "레일라를 직접 미행하면 안 되지만, 공공장소에 설치된 CCTV 를 이용할 순 있어요. 제가 교통계의 동료에게 정부가 관리하는 CCTV의 녹화 영상을 요청했어요. 이를테면 레일라의 집 건물 밖에서 그녀가 언제 집을 떠나는지, 또 언제 돌아오는지 계속 관찰하는 거죠."

"하지만 그건 레일라가 집을 떠나는지 아닌지만 알 수 있는 거잖아요. 미행할 수 없으면 레일라가 실제로 어딜 가는지 확인할 수 없으니 범행의 증거를 찾을 수 없을 텐데요. 만약 레일라의 뒤를 쫓는다고 해도 법원의 금지 명령에 따라 찾아낸 범행 증거도 불법 증거 수집이라 죄를 물을 수 없잖아요."

캠던은 씩 웃으며 컴퓨터 화면을 가리켰고, 책상 앞의 남자는 영상의 재생 버튼을 눌렀다. "이건 사흘 전 영상이에요."

영상은 신호등에 달린 CCTV인 듯 사거리 하나를 비추고 있었다. 캠던은 화면 밖의 오른쪽 위 구석을 손가락으로 가볍게 치며 원을 그렸다. "여기가 레일라의 집 건물 주차장 출입구예요."

직접 레일라를 감시할 순 없지만, 그녀가 가는 곳에 CCTV가 있으면 도로의 CCTV로 그녀의 행적을 파악할 수 있다.

"이렇게 하면 알렉을 숨겨둔 곳을 대강이라도 파악할 수 있어요."

"그럼… 경찰에서 이미 단서를 찾았나요?" 매리언이 물었다.

"일단 여기를 한번 보세요. 거의 다 됐어요." 그때 영상의 오른쪽 위 구석에서 파란색 차가 나타났다.

"아!" 매리언은 캠던을 보며 고개를 끄덕였다. 그 차는 레일라의 차였다. "레일라가 어디로 가는 거죠?"

"굉장히 흥미로워요. 한번 맞혀보실래요?"

"캠던, 지금이 농담할 때가 아닌 거 같은데요."

"최근 사흘 내내 레일라는 이 대형 마트에 갔어요." 캠던이 말하며 눈짓하자 책상 앞의 남자가 다른 영상 파일을 열었는데 마트 주차장 입구의 CCTV였다. 기록된 시간으로 봤을 때 레일라는 집을 나서면 바로 이 대형 마트로 차를 몰고 온 것 같았다. "근데 문제는 레일라가 이 마트에 오면 온종일 거기 있다가 저녁에나 떠난다는 거예요."

"레일라가 왜… 매일 쇼핑으로 답답함을 푸는 건가?" 매리언은 화면을 빤히 보며 말했다. "남편이랑 이혼하고 아이를 빼앗기기는 했지만, 레일라는 요즘 같은 때에 매일 쇼핑으로 스트레스를 풀 사람이 아닌데."

"저도 처음에는 쇼핑을 하나 생각했어요. 하지만 잊지 마세요. 레일라는 알렉을 납치했을 가능성이 가장 큰 용의자란 걸요." 캠던은 손가락으로 컴퓨터 화면을 톡톡 두드렸다. "레일라가 왜 일부러 차를 몰아 자기 집에서 마트로 오는 것 같아요?"

매리언은 가만히 생각에 잠긴 듯하더니 이내 입을 뗐다. "온종일 마트에 있다는 거짓 알리바이를 만들기 위해서군요. 레일라는 CCTV가 자신의 행적을 좇을 수 있다고 생각한 거예요. 그러니까 일부러 마트를 '환승역'으로 삼은 거고요. 우선 차를 마트에 세워둔 뒤 어딘가로 갔다가 다시 마트로 돌아와 차를 몰고 집에 가는 거죠. 그렇다면 레일라는 알렉을 숨겨둔 곳에 가는 건가요? 어딘지 찾았어요?"

"안타깝게도 아직 못 찾았어요. 레일라가 사흘 동안 이 마트 출입구로 들어가는 영상을 계속 살펴봤는데 그녀의 차가 주차장에 들어가는 시간만 확인할 수 있고 나오는 건 볼 수 없더라고요."

"그럼 레일라가 정말 마트에서 쇼핑을 한 건가요?" 매번 어떤 단서를 찾았다고 생각할 때마다 바로 이렇게 벽에 막히니 매리언은 맥이 빠지는 기분이었다.

"매리언 대표님, 알렉이 시설에 나타났을 때 건물 밖에 있었던 하얀색 차 기억해요?" 캠던이 불쑥 득의만만한 표정을 지으며 씩 웃었다.

"아!"

"레일라의 차가 마트 주차장에 들어왔다가 저녁에 나가는 동안 하얀색 세단 한 대가 사흘 내내 마트를 나갔다가 다시 돌아오는 걸 우리가 발견했어요. 차량 번호판도 시설에서 봤던 거랑 똑같았는데 좀 전에 확인하니 가짜 번호판이더군요. 게다가 그 차가 마트 주차장의 월 주차 자리에 서 있더라고요."

"보통 마트 손님의 차는 먼저 들어갔다가 나중에 나오게 되어 있는데 그 차는 먼저 나갔다가 나중에 들어온다니 진짜 이상하네요. 월 주차를 하는 것도 밤새 거기에 차를 세울 수 있어야 하기 때문이겠군요." 매리언은 이야기하며 자세를 고쳐 앉았다. "어떤 차인 줄 알았다면 도로의 CCTV를 통해 레일라가 어디로 갔는지 추적할 수 있는 거 아닌가요?"

"저기요, 우리가 무슨 슈퍼 히어로가 아니에요." 책상 앞에 앉아 있던 남자가 마침내 입을 떼며 매리언에게 눈을 흘겼다. "오후 내내 이만큼 한 거거든요."

"아, 미안해요."

"사실 이 정도면 돌파구가 생긴 건데 매리언 대표님께선 생각보다 추적이 쉽지 않은 걸 잘 모르니까 그런 거야." 캠던은 어색한 분위기를 수습하려 애썼다. "우리도 지금 CCTV를 통해 레일라가 그 차를 타고 어디로 갔는지 찾으려 하고 있어요. 근데 지금이 바로 가장 중요한 때예요. 왜냐하면…." 캠던이 매리언에게 눈짓했다. "우리가 허벅지 위에 앉은 사진을 찍을 수 있을 거 같거든요."

"웬 허벅지 타령이야?" 책상 앞의 남자는 영문을 모르겠다는 듯한 표정을 지었다.

매리언은 쿡 웃음을 터뜨렸다. 캠던이 자신이 한 말을 기억하고 있었기 때문이다. "그래서 어느 정도인데요?"

그녀의 말에 캠던은 갑자기 표정이 진지해졌다. "당신이 왔을 때 우리는 마침 오늘 영상을 보고 있었어요. 근데 레일라가 오늘 하얀색 차를 타고 해 질 무렵에 마트를 나갔는데 아직 돌아오지 않고 있어요."

캠던의 말이 무슨 뜻인지 바로 알아챈 매리언은 가볍게 숨을 들이쉬었다. 그 말은 즉, 레일라가 아직도 알렉을 숨겨둔 곳에 있을 가능성이 크다는 뜻이었다.

"이건 오늘 오후 3시쯤인데 레일라의 파란색 차가 주차장으로 들어오고 있어요."

"3시…요?"

"예, 왜요?" 캠던이 매리언에게 되물었다.

"아, 미안하지만 어제 영상 좀 볼 수 있나요?" 매리언은 말을 하면서도 뭔가 일이 잘못됐다고 느꼈지만 먼저 확인하고 싶었다. "오늘은 평일이고 마트는 밤 10시면 문을 닫잖아요. 만약 알렉을 보려는 거라면 차를 타는 시간을 빼고 중간에 몇 시간밖에 안 남는데 레일라라면 알렉과 더 오래 시간을 보내고 싶어 할 거 같은데…."

전날 CCTV에 찍힌 레일라의 차는 오전 11시에 마트의 주차장으로 들어섰으며, 그 가짜 번호판의 하얀색 세단은 11시 15분 정도에 주차장을 떠났다.

"이것 봐요, 레일라는 어제 마트 주차장에 들어왔다 나갈 때까지 15분밖에 걸리지 않았어요. 아마도 레일라는 마트에 들어간 뒤 일단 한 바퀴를 쭉 돌겠죠. 일부러 CCTV에 찍혀 자기가 거기 있었다는 걸 증명해야 하니까요. 하지만 오늘은 다른 날

보다 늦게 마트를 나섰을 뿐만 아니라 마트 안에서도 1시간 넘게…."

그녀의 말에 캠던은 눈을 번쩍 뜨더니 바로 휴대전화를 잡고 번호를 눌렀다. "지금 당장 마트로 가서 레일라가 안에서 뭘 했는지 확인해봐! 그래, CCTV 영상을 보면서 이상한 점을 발견했다고! 레일라가 거기서 1시간 넘게…."

"지금 근처의 CCTV 확인하니까 레일라가 1번 고속도로를 탄 게 확인됐어!" 책상 앞의 남자가 키보드를 두드려 고속도로의 조감 화면을 띄웠다. "바로 이 차."

'1번 고속도로…라고?' 매리언은 마음속에 불안감이 퍼져나갔지만, 함부로 입을 뗄 수 없었다. 그녀는 자신의 예측이 틀렸으면 하는 한 줄기 희망을 품고 있었다.

"그다음에는 486번 출구로 빠져나갔는데 교외라 CCTV가 많지 않아서 차를 놓쳤어."

"매리언 대표님, 어떤 거 같아요? 이쪽에 혹시 레일라가 갈 만한 데가 있을까요? 매…리언? 왜 그래요?" 캠던이 고개를 돌려 쳐다보니 매리언의 낯빛이 매우 어두웠다.

매리언은 숨을 깊게 내쉬며 말했다. "어딘지 알 것 같아요. 486번 출구라면 레일라가 갈 곳은 오직 하나…."

바로 그때 캠던의 휴대전화 벨이 울리며 매리언의 말을 끊었다. 그는 전화를 받으며 스피커폰 기능을 켰다.

"캠던, 알아냈어요. 레일라는 마트에서 여행용 캐리어를 샀어요." 상대가 말했다.

여행용 캐리어?

"크기가 얼마나 되는 캐리어인데요?" 매리언이 저도 모르게 먼저 질문을 던졌다.

"대형 캐리어요. 공항에서 꼭 짐으로 부쳐야 하는 그런…. 직원 말로는 대형과 중형 캐리어 중에서 뭘 살지 한참 고민했다더군요. 디자인도 여러 개를 봤는데 캐리어를 닫았을 때 완전히 꽉 닫히는지 무척 신경 쓰는 거 같더라고…."

"출국이라도 하려는 건가?" 캠던이 중얼거렸다.

'여행용 캐리어… 설마….'

매리언은 비명을 지르고 싶었지만 아무런 소리도 낼 수 없었다. 아마도 정신적 충격이 너무 커서인지 그녀는 사지가 말을 듣지 않고 온몸에 식은땀이 흐르는 데다 숨도 제대로 쉴 수 없었다. 매리언은 한 번도 공황증을 겪어본 적이 없었지만, 이것이 돌발적인 공황증의 발작 증세란 걸 알 수 있었다.

"매리언 대표님! 일단 침착하게 숨을 깊이 들이쉬어요. 천천히… 천천히… 그래요…." 매리언이 뭔가 잘못됐다는 걸 알아챈 캠던은 연신 그녀를 안심시켰다. 책상 앞에 앉아 있던 남자도 도움을 줄 사람을 찾아 밖으로 뛰어나갔다.

"빨리… 레일라…."

"괜찮아요. 너무 서두르지 마요. 천천히… 숨을 좀 고르고…."

"가야 돼… 우리… 빨리…."

여행용 캐리어를 사서 거기에 갔는데 이렇게 날이 어두워지도록 돌아오고 있지 않다면 바로…. 매리언은 캠던의 두 손을 꽉 붙들고 애원하는 듯한 눈으로 그를 바라봤다. "왜 아무도 모르는 거예요? 캐리어는, 캐리어는 바로…."

원래의 세계라면 이는 영화나 드라마에서 흔히 보던 줄거리가 아니던가!

"캠던! 레일라는 지금 내 별장에 있어요. 거기 바로 알렉이 숨겨져 있다고요!"

캠던을 비롯해 휴대전화 너머에 있던 사람까지 모두 매리언의 말을 들은 순간 약속이나 한 듯 가벼운 비명을 질렀다. 캠던은 휴대전화를 매리언에게 건네주며 말했다. "이 친구에게 별장의 주소 알려주고 증원 요청해요." 그러면서 그는 다른 손으로 매리언의 손목을 잡고 경찰서 밖의 주차장으로 달리기 시작했다.

"내 차로 가요, 빨리!" 매리언은 자기 차의 키를 캠던에게 던졌다.

차 안에서 매리언은 다시 깊이 숨을 들이쉬며 스스로 침착해야 한다고 되뇌었지만, 줄곧 가슴이 뭔가에 눌린 것처럼 숨을 제대로 쉬기 힘들었다. 그녀는 자신이 생각한 것이 실제가 아니기를, 아무 일도 일어나지 않았기를, 아직 늦지 않았기를 기도하고 또 기도했다.

매리언의 별장은 시내에서 차로 40분 거리에 있었다. 캠던이 경광등을 켜고 막힘없이 날듯이 고속도로를 달렸지만, 별장에 도착하기까지 25분이 걸렸다. 두 사람이 도착했을 때 현장에는 지역 경찰서에서 보낸 경찰들이 먼저 와 있었다.

"세상에…." 매리언은 차에서 천천히 내렸다. 별장 앞 공터에는 이미 경찰차와 구급차 여러 대가 붉은색, 푸른색, 흰색 불빛을 번갈아 반짝이고 있었다. 그래서 저녁이면 불빛 한 점 없던 휴양촌은 마치 클럽처럼 눈이 부셨다.

매리언은 차에서 내리고 얼마 되지 않아 별장 주위로 노란 테이프가 둘러져 있는 걸 발견했다. 경찰이 이미 범죄 현장으로 확인한 곳이라는 뜻이었다.

"매리언 대표님, 여기요!" 캠던이 매리언을 향해 손을 흔들었다. 매리언이 그쪽으로 뛰어가니 그의 곁에 경찰 하나가 땅바닥에 앉아 있었다.

"빌리와 그의 동료 샘이 이 현장에 제일 먼저 도착한 사람이라네요." 캠던은 멀지 않은 곳에서 구급대원과 이야기를 나누고 있는 다른 경찰을 가리켰다. 매리언은 빌리라는 이름의 젊은 남자를 쳐다봤다. 그는 전형적인 경찰 스타일로 건장한 체격을 가졌지만, 지금은 얼이 빠진 데다 낯빛도 몹시 창백해 보였다.

"우리…." 빌리가 마침내 입을 열었지만 그의 떨리는 목소리는 어쩐지 서늘한 느낌을 줬다. "우리는 경찰서로부터 여기에 실종된 남자아이가 있다는 무선 호출을 받았는데… 우리 차가 여기서 가장 가까운 곳에 있어서 오게 됐습니다. 집 2층에 있는 방에 불이 켜져 있어서 먼저 벨을 누르고 고함도 몇 번 쳤는데 아무 소리도 나지 않더군요. 그래서 저랑 샘은 집 뒤편으로 돌아갔습니다. 집에서 뒷마당으로 이어지는 유리문으로 안쪽의 상황을 볼 수 있을까 해서요. 주방에 불이 켜 있지 않아서 손전등으로 안을 비춰봤어요. 하지만 1층에 사람이 보이지 않고 유리문을 두드리며 몇 번이나 외쳐도 대답이 없어서 유리문을 깨고 안으로 들어가기로 했죠." 그때 또 다른 경찰 샘이 다가왔다. "저희가 주방을 통해 집 안으로 들어섰을 때 표백제 냄새가 강하게 나더군요. 조심스럽게 식탁과 거실을 지나갔지만 사람 그림자는 보이지도…."

"아, 거실을 지날 때 저는 순간적으로 거기 사람이 있는 줄 알았어요. 벽난로에서 타는 냄새가 났거든요."

매리언은 캠던이 자신의 작은 노트에 뭔가를 적고 있는 모습을 봤다. 분명 잊지 말고 벽난로를 조사해야 한다고 적는 것이리라. "그다음에는요?"

"계단을 따라 2층으로 올라갔는데… 안방에 불이 켜져 있는 게 보였어요."

"하지만 그쪽으로 걸어가서야 그게 안방 안에 있는 욕실에서 나오는 불빛이란 걸 알았죠." 빌리가 말했다. "근데… 거기에…."

"어떤 여자가 벌거벗은 채로 샤워실에 쪼그려 앉아 있더라고요. 아마 그 안에 있어서 우리가 밑에서 소리 지르는 걸 듣지 못했던 모양이에요. 그 여자가 우리를 등지고 있어서 우리는 총을 뽑으려 할 수밖에 없었…."

"우리는 경찰 신분을 밝히고 그 여자에게 손을 들고 돌아서라고 했습니다." 빌리의 목소리는 점점 작아졌다.

"그 여자는… 우리 때문에 깜짝 놀란 거 같더군요. 여자의 손에서 바닥으로 뭔가 떨어지는 소리를 들었거든요. 그 소리를 들고 칼 같은 종류라고 생각했죠. 그런데… 그런데… 그건….” 빌리는 갑자기 구석으로 뛰어가 구역질을 하기 시작했다.

“빌리가 운이 억세게 없었던 거죠. 이 동네는 이런 사건이 거의 일어나지 않는데 마침 우리 차가 가장 가까이 있어서… 게다가 그 정도일 줄은….”

“무슨 뜻이죠?” 매리언은 그렇게 묻긴 했지만 사실 어떤 상황일지 이미 짐작이 됐다. 별장의 샤워실은 천장 가운데에 커다란 샤워기가 달려 있고 샤워실 벽면의 한쪽 전체가 유리로 설계되어 있는데 안에 네 사람이 설 수 있을 정도로 컸다.

매리언은 또다시 가슴이 짓눌리는 듯한 느낌을 받았다. 그녀는 가슴을 손으로 누르며 최대한 아무렇지 않은 척 숨을 고르려고 애썼다.

“그 여자가 돌아섰을 때 몸에… 온몸에 피가….” 샘은 한숨을 훅 내쉬었다. 그는 침착한 척하고 있었지만 이런 사건에 경험이 많지 않은 것 같았다.

그때 별장의 정문이 열리더니 두 사람이 모습을 드러냈다. 한 사람은 여자 경찰이었고, 다른 한 사람은 샤워가운을 입고 슬리퍼를 신은 여자, 바로 레일라였다.

매리언은 뛰어가고 싶었지만 걸음이 떼어지지 않았다. 그런데 마침 레일라가 자신을 쳐다보는 게 아닌가.

‘저건 무슨 눈빛이지?’

레일라는 매리언을 본 순간 마치 귀신이라도 본 듯한 표정을 지었다. 그녀는 아무런 말도 없이 눈을 부릅뜨고 매리언을 쳐다보기만 했다. 하지만 그녀의 표정은 어두웠고, 매리언이 한 번도 본 적이 없는 눈빛이었다. 이미 쓰러져 모든 걸 포기한 듯한 슬픈 눈빛이랄까.

매리언은 레일라를 그토록 오래 알고 지냈지만 단 한 번도 이렇게 절망하는 모습을 본 적이 없었다. 레일라는 수갑을 차고 있는 것 같았지만, 손목에 수건을 감고 있었다. 레일라가 걸친 샤워가운은 매리언의 별장에 있던 것으로 길이가 레일라의 무릎을 딱 가릴 정도였다. 레일라가 경찰차에 타는 순간 매리언은 그녀의 종아리와 발목에 묻어 있는 핏자국을 봤다. 아마도 증거라 씻지도 못하게 한 모양이었다. 얼핏 보면 레일라의 다리에 짙은 붉은색 꽃무늬가 수 놓인 스타킹이 신겨져 있는 것 같았다.

"저 피는….' 캠던이 막 떠나는 경찰차를 보며 샘에게 말했다. "레일라의 피가 아닌 것 같은데요."

"예… 제가 갔을 때 샤워실 안에 어린아이의 시체가 있었어요. 아이도 벌거벗고 있었는데 남자아이였고….'

"샤워실 바닥에 피로 물든 식칼이 있었습니다." 빌리가 입가를 닦으며 다가왔지만 얼굴은 좀 전보다 더 창백해 보였다. 매리언은 점점 더 숨을 쉬기가 어려워졌고 크게 숨을 들이쉬었다가 내쉬면서 캠던의 팔을 꽉 붙들었다.

"거기에 어린 남자아이의 머리가 잘려나가….' 매리언은 기절하기 전에 빌리의 말을 들었다. 그 순간, 매리언의 머릿속에 숨이 끊어져 핏기가 사라진 채 두 눈을 꼭 감은 알렉의… 머리가 떠올랐다!

17

"와…." 이미 상상은 했지만 레일라는 도착했을 때 감탄을 금치 못했다. "정말 예쁜 별장이네요."

"고마워." 매리언은 차 뒤 트렁크에서 여행용 캐리어를 꺼내며 다른 손으로 술 두 병을 집어 들었다. 레일라는 매리언 대신 얼른 트렁크를 닫았다.

두 여자는 함께 술을 마시며 저녁으로 먹을 스파게티와 샐러드를 만들었다. 그들은 마치 여고생들이 밤샘 파티를 하는 것처럼 시끌벅적하게 2시간을 보냈다.

"가끔 이렇게 남자들 없이 노는 것도 좋네." 저녁 식사를 한 뒤 레일라와 매리언은 뒷마당의 테라스에서 샴페인을 마셨다.

"대표님, 난 이 별장이 굉장히 마음에 들어요. 시내에서 그리 멀지도 않고 풍경도 아름답잖아요. 아, 계속 여기 앉아 있으면 좋겠다."

"기억해, 이건 회사의 주주인 나와 레일라의 피크닉이란 걸. 내일부터는 열심히 일해야 한다고. 언제든 쉬고 싶으면 다음에 남편이랑 놀러 와도 돼." 매리언은 레일라의 술잔에 샴페인을 더 따라줬다. "회사도 어느 정도 궤도에 올랐고, 바쁠 때는 바쁘더라도 남편이랑 바람 좀 쐴 때도 있어야 하잖아. 레일라가 오고 싶으면 아무 때나 나한테 말해. 내가 마음대로 쓸 수 있는 방문객용 예비 열쇠를 줄 테니까."

"안방이랑 그 안의 샤워실 열쇠도요?" 레일라가 샴페인을 홀짝거렸다. "거기 샤워기는 꼭 스파숍에 있는 것 같아요."

"물론이지. 하지만 남편이랑 거기서 진하게 놀고 난 뒤에는 꼭 샤워실 안을 깨끗이 씻어놓으라고." 매리언은 씩 웃었다.

"그 샤워기는 제가 안에서 시체를 토막 내도 깨끗이 씻을 수 있을걸요. 아무튼 고마워요."

"우리 사이에 예의 차릴 게 뭐 있나." 두 사람은 가볍게 잔을 부딪치며 샴페인을 끝까지 비웠다.

＊

캠던이 병실에 들어섰을 때 경찰은 마침 매리언의 신문을 마친 뒤였다. 캠던과 매리언은 나름 친분이 있는 사이라 다른 형사가 신문을 맡았다.

"어때요?" 캠던이 병상 옆에 앉으며 물었다. "남편한테는 연락하셨어요?"

"예, 많이 좋아졌어요. 근데 의사 선생님이 하룻밤 더 입원하면 좋겠다고 하네요. 롬은 오늘 밤 시설에서 당직이라 안 와도 된다고 했어요."

"아, 그래요."

두 사람은 더 이상 아무 말도 하지 않았다.

"알렉은요?" 매리언이 먼저 입을 열었다.

"예." 캠던이 고개를 끄덕였다. "DNA 확인했어요."

매리언은 한숨을 내쉬며 손바닥에 얼굴을 묻었다. "그럼 별장은요?"

캠던은 이내 고개를 저었다. "감식과에서 1차 감식을 했는데 별장을 다 깨끗이 청소한 것 같대요. 빌리와 샘이 별장 안에 처음 들어갔을 때 맡았다던 짙은 표백제 냄새가 그것 때문이었나 봐요. 아이가 거기서 지낸 흔적은 없었대요. 하지만 우리는 아직 포기하지 않았어요. 벽난로에서 완전히 타지 않은 물건을 발견했거든요. 거기서 어떤 단서를 찾을 수 있을지도 몰라요."

'그래서… 레일라는 시체를 토막 내기 전에 별장을 먼저 청소한 건가? 자신이 알렉을 죽였으니까 현장을 청소해야 해서?' 하지만 뭔가 석연치 않은 점이 있었다. 별장은 본래 매리언의 것이다. 만약 레일라가 별장에서 알렉을 죽였다면 무엇 때문에 굳이 힘들게 여행용 캐리어를 사서 시체를 넣으려 한 걸까? 차라리 시체를 그대로 별장 안에 놔뒀으면 되지 않았을까? 시체가 발견된다 해도 가장 큰 용의자는 별장의 주인인 매리언일 테니 말이다.

게다가 매리언은 카구야 프로젝트의 책임자가 아니던가. 그래서 경찰도 이렇게 바로 매리언을 신문한 것이리라. 하지만 그녀는 앞선 몇 가지 사건에 대한 알리바이가 있으니 잠시 동안은 혐의를 벗을 수 있을 것이다. 그래서인지 형사들이 에둘러 묻는 것도 레일라가 언제 어떻게 별장의 열쇠를 손에 넣었을지, 또한 어떤 방법으로 별장의 보안 시스템을 해제했을지 하는 문제였다.

사실 별장 정문의 자물쇠는 특수 제작한 것으로 다른 사람이 와서 별장을 청소하고 보수하기 편리하도록 방문객용 열쇠를 설정할 수 있게 해놓았다. 용무를 본 뒤에 자물쇠 잠금장치를 리셋하면 상대가 열쇠를 돌려주지 않고 다시 쓰려 해도 문을 열 수 없으며 자물쇠를 교환할 필요도 없었다. 매리언은 여름에 종종 별장을 레일라 부부에게 빌려주곤 했다. 당시 그들은 아주 가까운 사이였기에 매리언은 굳이 자물쇠를 리셋하고 보안 시스템의 비밀번호를 바꿀 이유가 없었다. 그런데 레일라가 매리언의 별장을 알렉을 숨겨둘 장소로 이용하다니 정말 '가장 위험한 곳이 가장 안전한 곳이다.'라는 말은 괜히 나온 말이 아니었던 모양이다.

하지만 매리언이 가장 이해할 수 없는 것은 레일라가 왜 알렉을 살해했는가 하는 문제였다.

원래 세계에서든 이곳에서든 레일라는 모성애가 차고도 넘치는 여자였다. 게다가 레일라는 이곳에서 국가양육법에 반격을 가하고자 정부와 소송을 벌이면서까지 자신의 아이를 키울 권리를 찾으려 하고 있었다. 그런 여자가 왜 살인을 하고 그 시체를 토막까지 냈단 말인가?

그날 밤, 매리언은 좀처럼 잠이 들지 못했다.

'내가 도대체 뭘 한 거지?'

매리언은 자신에게 물었다. 내가 너무 자만했던 걸까? 어쩌면 그녀는 알렉이 납치당한 걸 안 뒤 바로 카구야 프로젝트를 중단시키고 경찰의 수색에 적극적으로 협조했어야 했다. 좀 더 일찍 레일라를 감시했다면 알렉이 자신의 별장에 숨겨져 있다는 사실을 눈치챘을지 모른다. 아니, 프로젝트의 진행을 고집하지 않았다면 이렇게 많은 일이 벌어지지 않을 수도 있지 않았을까?

물론 매리언이 2단계를 진행하기로 결정했을 때만 해도 레일라는 주요 용의자가 아니었다. 게다가 여전히 레일라가 어떻게 시설의 방문객 카드를 손에 넣었는지는 의문이다.

하지만 매리언이 지금 이토록 괴로운 것은 여전히 자신의 머릿속에 경찰과 국가양육부에 알렉의 일을 외부에 어떻게 공개하라고 할 것인지에 대한 고민으로 꽉 차 있었기 때문이다. '우선 프로젝트에 참가한 부부들, 특히 헨리와 대너리스에게 이 사실을 알려 그들 모두 함부로 외부에 이야기하지 못하도록 다짐을 받아야 한다. 발표의 형식과 장소, 누가 발표할 것인지도 생각해봐야 하고, 레일라가 잡혀갈 때의 상황도 정확히 확인해야겠지. 만약 시체의 사진이 찍혔다면 절대로 유출되게 해서는 안 돼.' 원래의 세계에서는 아이의 시체 사진을 언론에 공개함에 있어 공인된 도덕적 규범이 있다. 하지만 이 세계에서는 어떨지 매리언은 함부로 확신할 수 없었다. 어쨌든 이 모든 일은 가능한 한 빨리 진행돼야 하며 대중에게 발표를 미룰수록 불리할 수밖에 없다.

'내가 도대체 뭘 하고 있는 거지?'

＊

다음 날 이른 아침부터 매리언은 의사를 찾아가 검사를 받고 퇴원에 큰 무리가 없다는 허락을 받았다. 이미 점심에 국가양육부의 회의에 참석하기로 일정을 짜놨었기 때문이다.

전날 밤에 차를 병원에 미리 가져다 놓으라고 한 터라 매리언은 직접 차를 몰고 집으로 돌아가다가 자신이 습격을 당했던 공원을 지나게 됐다. 이 도로는 바로 그날 원래의 세계에서 매리언이 유모차를 피하려다 길가의 가게로 돌진했던 그곳이었다. 모든 건… 그녀 스스로 참아낼 수 없었던 그놈의 부모란 작자들 때문이었다. 만약 그때 액셀을 밟지 않았다면….

만약… 다시 들이박는다면 원래의 세계로 돌아갈 수 있을까?

매리언은 이런 생각을 하며 이미 천천히 액셀을 밟기 시작했고 낮은 엔진 소리가 들려왔다.

'난 이 세계에서 아이를 죽게 만들 생각은 없었다고….'

차의 속도를 가리키는 바늘이 가파르게 오르고 오른쪽 발에 점점 더 힘이 들어갔으며 엔진 소리도 갈수록 커졌다.

'난 그냥 항상 내 할 일을 잘하고 싶었을 뿐이야. 여기에서는 누구도 아이에 대한 책임과 속박 없이 모든 힘을 자신이 하고 싶은 일에 쏟을 수 있으니 좋은 거 아니야? 아이도 부모의 경제적 능력이나 성격의 차이에 상관없이 전문적인 보살핌을 받으며 자랄 수 있으니까 좋은 거 아니냐고!'

지난번과 똑같이 차로 박는다면 원래의 세계로 돌아가지 않을까? 매리언은 생각했다. 차라리 돌아가는 게 나을지도 모르겠다. 이 세계를 포기하고, 이 세계의 갖가지 황당한 상황들을 저버리고 원래의 세계로 돌아가면 거기에는 롬도 있고, 질투심이 별로 없는 브라이언도 있고, 살인 용의자가 아닌 레일라도 있지 않은가.

하지만 매리언은 이내 브레이크를 밟고 말았다.

원래의 세계로 돌아간다면… 캠던은?

돌아간 뒤 캠던을 확실히 다시 만날 수 있을까? 양쪽 세계의 인간관계는 똑같은 것 같지만, 만약 돌아갔을 때 캠던을 다시 볼 수 없다면… 나 스스로 아쉽지 않을까?

이런 생각을 하고 있을 때 매리언의 백미러에 뒤에서 차 한 대가 빠른 속도로 달려오는 게 보였다. 다른 차의 주행에 방해되지 않도록 매리언은 차를 길가로 대 뒤쪽의 차가 자신을 추월해 가게 했다.

하지만 어쩐 일인지 뒤의 차는 그녀의 차를 따라 속도를 늦추더니 뒤쪽에 멈춰 섰다.

'강도인가? 이런 대낮에?' 매리언은 정신을 바짝 차리고 뒤쪽의 차 문이 열릴 때 휴대전화를 손에 꼭 쥐었다. 그런데 백미러로 보니 차에서 내린 사람은 캠던이 아닌가.

"매리언 대표님! 여기서 뭐 해요?" 매리언은 저도 모르게 차에서 뛰어내렸다. 그녀는 눈앞의 캠던을 보며 꼭 한 번밖에 보지 못했던 아기의 모습이 떠올랐다. 다 잊었다고 생각했는데 간호사가 데리고 가기 전 아픔과 허탈함 사이에서 얼핏 보았던 그 아기 말이다. 피와 양수인지 땀인지 모를 것으로 젖어 있던 작은 몸에, 금빛인지 갈색인지 모를 머리칼과 축축이 젖어 헤어크림으로 떡이 된 것 같은 이상한 머리에, 있는 힘껏 울어대던 가늘게 뜬 두 눈까지…. 하지만 아빠의 맑고 푸른 눈을 물려받았는지는 보지 못했던 그 아기….

피로 이어져서일까? 뼈와 살을 나눈 인연 때문에 캠던이 이 평행세계에서, 지금 이 순간에 매리언을 찾아낸 걸까?

매리언은 달려가 캠던의 섬세한 얼굴을 바라봤다. 한번 보면 시선을 뗄 수 없는 푸른 눈을 매리언은 애써 내내 보지 않으려 했다. 하지만 지금 이렇게 그의 눈을 보니 매리언은 그 안으로 빠져들 것 같았다. 그가 캠던인지 루이인지 구분할 수 없었던 매리언은 그를 꽉 끌어안았다.

"대표님?" 캠던은 매리언의 갑작스러운 행동에 깜짝 놀란 것 같았다. 하지만 그는 이내 가만히 매리언의 등을 토닥여줬다.

'이건 사랑이 아니야.' 매리언은 속으로 자신에게 말했다. 눈앞의 이 사람에 대해 이성이 말하길 캠던은 능력이 출중한 사람은 아니었다. 하지만 그녀의 눈에는 누구보다 빛나는 존재였다. 매리언이 보기에 캠던은 일을 함에 있어 과감한 사람이며, 완벽한 수사 파트너였다. 게다가 그녀가 약한 모습을 보일 때면 캠던은 이렇게 따뜻한 품을 내줬다. 하지만 만약 캠던이 그녀의 아들이 아니라면 지금 그녀가 느끼는 감정은 무엇일까?

"매리언!" 앞쪽에서 익숙한 목소리가 들려왔다. 그 목소리는 캠던의 것이 아니었다. 캠던은 그녀의 귓가에 있지 않은가. 반면 그 목소리는 조금 떨어진 곳에서 들려왔다.

매리언이 고개를 드니 롬이 가까이 다가오고 있었다. 롬은 표정이 굳어지고 얼굴도 붉어져 있었지만, 여전히 신사같이 말했다. "의사한테 연락이 왔어. 당신이 퇴원하겠다고 했다고….."

"롬….." 이 남자도 그녀를 찾고 있었던 것이다. 다만 캠던보다 한발 늦었을 뿐이다.

그렇다. 캠던이 롬보다 매리언의 앞에 먼저 나타난 것이다. 하지만 만약 캠던이 매리언의 아들이 아니라면?

이건 사랑이 아니다. 이건 사랑이 아니야. 이건 사랑이 아닐까?

"아, 대표님….." 캠던은 매리언에게서 몇 걸음 물러나며 그녀가 롬에게 갈 수 있게 했다.

"매리언." 롬은 가볍게 매리언의 팔을 잡았지만, 그녀는 롬이 떨고 있는 걸 알아챘다.

"괜찮아, 내가 있잖아. 나 먼저 시설로 갈 테니까 무슨 일 있으면 전화해." 그렇게 말하며 롬은 매리언의 이마에 키스했다.

"좀 이따 국가양육부 회의에 갈 거죠?" 롬의 차가 떠나는 걸 보며 캠던이 물었다.

"난… 집에 먼저 가서 세수 좀 하려고요."

"그럼 제가 함께 갈 테니까 나중에 제 차 타고 국가양육부로 가요. 지금 운전하면 안 되겠어요."

캠던은 매리언이 차로 자살하려 한다고 생각한 모양이었다. 매리언은 일단 자신의 차로 돌아와 휴대전화를 꺼냈다. 그녀는 롬에게 '날 믿어줘'라든지 '사랑해' 같은 문자를 보내려 했다. 하지만 그녀는 그것이 롬이 바라는 문자임을 알면서도 결국 보내지 못했다.

만약 캠던에 대한 애정이 그가 자신의 아들이기 때문이라면 매리언은 원래의 세계에서도 모성애 따위는 대단치 않게 생각하던 여자였다. 또한 그것이 다른 감정이라면 매리언은 자신이 우습게 느껴질 것 같았다. 자신이 고작 젊은 남자에게 넘어간 늙은 아줌마가 되는 게 아닌가.

매리언은 휴대전화를 내려놓고 한숨을 내신 뒤, 차를 몰아 집으로 돌아갔다.

✴

집에서 세수한 뒤 매리언은 건물 아래서 기다리고 있던 캠던과 다시 만났다. 캠던이 모는 차를 타고 국가양육부에 도착했을 때 관할서 형사와 오웬 차관, 그리고 다른 몇 명의 정부 관리들이 벌써부터 기다리고 있었다. 사람들은 하나같이 낯빛이 좋지 않았다. 매리언도 이번에는 지난번처럼 대충 생각나는 대로 떠들어댈 수 없음을 알고 있었다. 그녀는 관리들이 아무 의미도 없는 추궁을 하기 전에 선수를 쳐 후속 대책에 대해 쉬지 않고 이야기함으로써 회의의 초점을 바꿔야겠다고 마음먹었다.

"관할 경찰서에서 좀 전에 부검 보고서를 받았다면서요?" 뜻밖에도 매리언이 말을 하기도 전에 캠던이 먼저 부검 보고서 이야기를 꺼내 회의에 참석한 사람들의 주의를 끌었다.

"아, 예. 이건 제가 좀 전에 부검의에게서 받은 부검 보고서이고, 해부 사진도 있습니다. 일단 지금 보실 영상이 불편하실 수도 있단 걸 말씀드립니다." 강력계 형사는 태블릿 PC를 회의실의 스크린에 연결했다. 알렉이 죽었기 때문에 납치 사건의 수사에 협조하던 FBI는 더 이상 자신들의 일이 아니게 됐다. 앞으로는 관할서의 강력계에서 사건의 조사를 맡아야 한다. 하지만 캠던은 납치 사건에 참여했기 때문에 남아서 조사에 협조해달라는 요청을 받았다.

영상이 스크린에 떴을 때 자리에 있던 모든 사람들 사이에서 낮은 탄성이 터졌다. 화면에 뜬 것은 알렉의 시체가 발견된 현장 사진이었다.

아니, 정확히 말해서 그것은 '시체 토막'의 사진이었다. 샤워실 안에 놓인 피에 젖은 시체 토막 말이다.

"왜 이렇게 된 거죠?" 매리언은 멍한 얼굴로 사진을 바라봤다. 알렉의 시체가 설마 이 정도이리라고는 생각지 못했다. 그녀는 캠던을 쳐다봤고, 캠던도 그녀의 시선을 느낀 것 같았다. 사진을 본 사람들은 모두 표정이 굳었다.

"어, 사진에서 보시는 것처럼 시체의 머리는 잘려나갔는데 샤워실에서 식칼로 내려친 겁니다. 부검의도 잘린 부분이 꼭 들어

맞는다고 확인해줬습니다. 하지만 부검의 말로는 사망 시간이 그저께 오후라고 합니다. 그러니까 사망자는 죽은 뒤에 머리가 잘려나간 것이지 머리를 잘라 죽인 게 아닙니다. 그리고 모두 여기를 봐주십시오." 형사는 사진 속 시체의 몸 옆에 놓인 피와 살이 뒤엉킨 듯한 뭔가를 가리켰다.

"여기 이 작은 토막은 이미 심각하게 훼손된 신체의 일부분입니다. 부검의의 확인에 따르면 이건 사망자의 목인데 근육조직과 연결된 목뼈가 매우 심하게 훼손됐습니다. 반면 시체의 몸에서는 얼굴을 비롯해 매우 여러 곳에 알 수 없는 상흔이 남아 있는데요. 사진에서 보다시피 칼로 피부를 난자한 것 같습니다. 심지어 같은 부위를 여러 번 칼로 벤 곳도 있습니다. 다시 말해 사망자의 몸에는 멀쩡한 피부가 하나도 없다고 하겠습니다. 하지만 이런 상흔들 역시 죽은 뒤에 생긴 것입니다. 부검의는 시체의 다른 특징들을 종합한 결과 사망자의 사인을 질식이라고 판단했습니다. 경찰에게 발견됐을 당시 상황을 살펴봤을 때 살인범은 시체를 절단하고 있었던 게 분명합니다."

매리언은 형사의 이야기를 들을수록 가슴이 서늘해졌다. 왜 레일라가 이런 짓을 했단 말인가? 게다가 아이가 죽은 지 하루 뒤에 시체를 이렇게 훼손한 이유는 뭐지?

"머리를 베고… 연결된 목 부위를 따로 쳐냈다고 했는데 그렇게 한 이유가 있소?"

"저희 경찰도 그 점을 이상하게 여겼는데요." 형사는 바로 대답을 했다. "1차 추정에 따르면 살인범은 범행을 벌일 때 사용

한 흉기를 속이려고 그런 것 같습니다. 예를 들어 범인이 범행 도구로 어떤 가는 줄을 사용했는데 저희가 레일라를 잡지 못하고 일정 기간이 흐른 뒤에야 모처에서 시체가 발견됐다면 부검의는 목에 난 상흔을 통해서만 흉기를 추측해 범인의 범위를 줄일 수 있을 겁니다. 목 부위를 벤 이유는 훼손하기에 특히 편리하기 때문이었던 것 같습니다. 하지만 실제로는 그 정도로밖에 목 부위를 훼손하지 못한 거죠."

"그럼 시체의 몸에 있는 상처들은요?"

"그 역시 범인의 정체를 감추기 위해서였을 겁니다. 지금은… 아직 추측의 단계고요." 캠던은 진지하게 말했다. 매리언은 이 사건을 겪으며 캠던이 많이 성숙했다는 생각이 들었다. 처음 봤을 때의 건방졌던 젊은이의 모습은 이미 사라진 지 오래였다.

"그래요, 알렉의 죽음은 우리도 안타깝게 생각합니다." 또 다른 국가양육부 관리가 입을 뗐다. "레일라를 이미 체포했으니 이후의 일은 경찰과 검사 쪽에서 알아서 하겠죠. 우리가 지금 이야기해야 할 건 카구야 프로젝트를 앞으로 어떻게 해야 하느냐 하는 문제입니다. 대중에게 이 영상을 어떻게 발표할지도 논의해봐야겠죠."

'뭔가 잘못됐어.' 매리언은 태블릿 PC의 터치펜으로 가만히 책상을 두드렸다. 너무 힘을 줄 순 없지만 이렇게라도 하지 않으면 마음이 가라앉지 않을 것 같았다.

'레일라에게 한패가 있어.'

국가양육부에서는 이 사건이 이미 일단락된 것처럼 말했지만, 레일라의 한패는 아직 잡히지 않았다. 프로젝트 2단계가 진행될 때 레일라는 시설에 가지 않았다. 사건의 진상이 완벽히 밝혀지기 전까지 대외에 발표하는 것은 극도로 조심해야 한다.

문제는 2단계에 알렉을 데리고 다시 나타난 이유가 무엇인가 하는 것이다. 또한 왜 알렉을 살해했을까? 대체 무엇 때문에 그렇게 잔인한 방법으로 시신을 훼손했을까?

"매리언 대표님?" 캠던이 가볍게 매리언의 어깨를 흔들었다. 그제야 그녀는 자리에 있는 모든 사람이 자신을 주목하고 있다는 걸 알아챘다.

"제가 카구야 프로젝트를 앞으로 어떻게 할 작정인지 묻지 않았습니까!" 국가양육부 관리가 목소리를 높였다.

"아, 사실 리얼리티 쇼의 3단계는 이미 촬영이 끝나서 후반 작업만 진행하면 됩니다. 프로젝트에 참여한 부부들에게 보충 촬영을 좀 더 요구할 수도 있고요. 영상은 계속 제작할 수 있지만 현재 상황에 비춰봤을 때 바로 방송을 하는 건 좋지 않다고 생각합니다. 우선 상황이 어떻게 될지 살펴보며 대책을 세운 뒤에 영상의 발표를 하도록 하죠." 매리언이 말했다.

"경찰 입장에서는 아직 사건의 전반적인 진상을 밝히지 못했기 때문에 잠시 알렉의 일을 발표하지 않는 게 좋을 것 같습니다. 다만 매리언 대표께서 헨리와 대너리스에게는 따로 사건 소식을 알려줄 수도 있지 않을까요? 물론 비밀을 지켜달라고 요구해야겠죠."

"동의합니다. 지금 단계에서는 테러리스트가 사건에 관여했을 가능성을 완전히 배제할 수 없으므로 제가 FBI를 대표해 이 사건의 조사에 계속 협조하고 있는 것 아니겠습니까?" 캠던이 말했다. 매리언은 캠던이 정말 자신의 말처럼 생각하진 않을 거라고 생각했지만, 행여 그녀가 또다시 자살을 기도할까 봐 걱정하고 있는 것 같았다.

"그러니까 저희 회사의 제안은…." 매리언이 입을 열었다. "경찰 쪽에서 살인 혐의가 있는 사람을 체포했다는 소식만 발표하고 많은 정보는 알리지 않았으면 합니다. 대신 저희가 따로 언론과 접촉할 수 있으니 잠시 동안 함부로 발표하지 않도록 이야기해볼까 생각 중입니다. 물론 비주류 언론은 상대하기가 어려운 편이지만 대부분 언론사마다 저희가 아는 사람들이 있으니까 필요하면 연예인들의 가십으로 소식을 대체할 수 있을 겁니다."

"제가 제대로 이해하고 있는 거라면…." 오웬 차관이 말했다. "카구야 프로젝트의 진행은 줄곧 매리언 대표의 회사에서 책임졌고 사건의 조사는 경찰에서 책임졌으니, 이렇게 말하고 싶지는 않지만, 지금 단계에서 국가양육부가 할 일은 없는 거 아닙니까?"

"일단은 그렇습니다." 캠던이 대답했다. "하지만 앞으로 시설과 국가양육부에 관련된 자료를 조사할 수도 있으니 그때 협조해주시면 좋겠습니다."

"만일의 경우를 대비해 내부적으로 무슨 문제가 있으면 저희에게 연락을 주십시오." 매리언이 말했다.

국가양육부 관리들은 이미 하나둘 자리에서 일어나고 있었다. "좋습니다. 새로운 소식이 있으면 제일 먼저 우리에게 통지해주세요. 우리가 개입할 일이 있어도 알려주시고."

오웬 차관은 마지막으로 회의실을 떠나며 매리언에게 말했다. "매리언 대표님, 카구야 프로젝트의 목적이 뭔지 잊지 마세요. 하지만 국가양육부가 불필요한 부정적 이미지에 연루되지 않으면 좋겠군요."

"물론이죠." 매리언은 오웬 차관과 악수를 했지만, 마음이 절대 편치 않았다. 지금 한 아이가 죽었는데 사람들은 마치 아무 일도 없는 것처럼 리얼리티 쇼의 후속 조치나 사건의 조사, 국가양육부의 이미지에만 신경 쓰고 있지 않은가.

"아, 그리고⋯." 이번에는 오웬 차관이 캠던에게 돌아서며 말했다. "가능한 한 빨리 모든 일을 깨끗이 마무리해주게. 보험회사에서 경찰의 보고를 기다리고 있으니까."

진심으로 하는 말일까? 이 세계에서 시설의 아이는 외양간이나 닭장 속 동물들이나 다름없는 사육자의 '자산'이란 뜻이 아닌가. 재산을 도둑맞거나 손해를 입었을 때 가장 중요한 게 보험금을 청구하는 일인 것처럼 말이다.

"레일라는 살인범이 아니에요." 다른 사람들이 떠난 뒤 회의실에 남은 매리언은 혼잣말처럼 중얼거렸다.

"왜 그렇게 확신하는데요?" 캠던은 레일라에 대한 매리언의 신뢰를 좀처럼 이해할 수 없었다. "전에는 레일라가 알렉을 납치했을 거라고 하셨잖아요?"

"납치와 살인은 완전히 다른 일이에요!" 매리언은 두 손을 번쩍 들었다. "레일라가 알렉을 납치한 건 사실이에요. 하지만 알렉을 죽인 살인범은 아니라고요. 내 생각에는 이 사건 배후에 사람들이 모르는 뭔가가 있는 게 확실해요."

"어떻게 그렇게 확신할 수 있죠?" 캠던은 매리언을 빤히 쳐다봤다. "당신도 알겠지만 아무리 작은 일이라 해도…."

"잘 모르겠어요. 하지만 난 레일라를 믿어요." 매리언은 이 세계에서 이렇게 레일라를 믿을 수 있는 사람은 자신 하나뿐이며 그녀를 도울 수 있는 사람도 자신뿐임을 알았다.

18

집으로 돌아오는 길에 대너리스와 헨리는 아무런 말도 하지 않았다.

카구야 프로젝트를 책임지고 있는 홍보회사의 매리언 대표가 불쑥 자신의 회사로 오라고 하며 두 사람에게 할 말이 있다고 했었다. 본래 그들은 알렉을 찾은 줄 알았다. 하지만 만약 좋은 소식이라면 전화를 걸었을 때 첫머리로 알려주지 않았겠는가. 그래서 두 사람은 제작진이 그들을 리얼리티 쇼에서 빼려고 하는가 보다 생각했다.

하지만 두 사람은 전혀 생각지도 못한 훨씬 나쁜 소식을 듣게 됐다.

알렉의 시체가 발견됐다는 소식을 들은 순간 헨리는 주체할 수 없는 눈물을 쏟아내기 시작했다. 대너리스는 행여 남편이 무너질까 봐 그의 손을 꽉 붙들었다.

"아직 경찰에서 조사 중이라 언론에는 많은 내용을 발표할 수가 없습니다. 다만, 저는 두 분이 언론을 통해 알렉의 소식을 듣지 않길 바랐어요. 그래서 이렇게 직접 알려드리는 거고요. 하지만 두 분께서 언론에 이 사실을 알리지 말아주시길 부탁드립니다. 모든 소식은 저희가 정리해 공식적으로 발표하려고 하니까요."

"그 애가… 어떻게 죽었나요?" 대너리스가 매리언에게 물었다. 그녀의 말에 헨리는 눈을 흘겼다. "왜? 아이가 어떻게 죽었는지 우리가 알고 싶은 게 정상 아니야?" 대너리스가 낮은 목소리로 말했다.

"죄송하지만 아직 조사 중인 단계라서요." 매리언은 그렇게밖에 말할 수 없었다. 대너리스는 매리언이 적지 않은 압력을 받고 있는 걸 눈치챘다.

집으로 돌아온 뒤 헨리는 소파에 털썩 앉았다. 그러자 대너리스가 소파 뒤로 가서 헨리를 감싸 안으며 그의 목과 귓불에 입을 맞췄다.

"하지 마." 헨리가 대너리스를 밀어냈다.

"싫어?" 대너리스가 한숨을 내쉬었다. "어차피 알렉은 죽었어. 하지만 우린 아이를 낳아서 걔를 대신할 수 있는 거잖아." 그 말에 헨리는 벌떡 일어났다.

"당신 어떻게 그렇게 말할 수 있어?"

대너리스는 헨리가 왜 이런 눈빛으로 자신을 보는지 도무지 이해할 수 없었다. 아이가 죽었으니 자신들이 다시 아이를 낳자는 게 뭐가 문제란 말인가? 그들에게는 국민으로서의 책임이 있지 않은가. 이 남자는 대체 왜 이러는 걸까?

헨리는 축 처진 모습으로 방으로 들어가 고개를 숙인 채 휴대전화에 저장해둔 알렉의 사진만 보고 또 봤다. 그날 뮤지컬에서 찍었던 사진들 말이다.

왜? 왜 알렉이 아니면 안 되는 거지? 대너리스는 아무리 생각해도 이해할 수 없었다. 왜 헨리는 이 '아들'에게 이런 특별한 감정이 생긴 걸까?

'우리는 아이를 갖지 않는 게 낫겠어.' 대너리스는 주먹을 꽉 쥐고 생각했다. '만약 그 괴상한 리얼리티 쇼인지 뭐인지에만 참여하지 않았어도 헨리가 이렇게 됐을 리 없어. 게다가 정부가 나중에 부부들에게 아이를 키우라고 하면 어떻게 해? 그건 정말 웃기지도 않는 얘기야. 아이는 사람의 감정을 얽매이게 할 뿐, 아무런 장점도 없는 존재라고. 우리 부부에게는 아이 같은 건 필요 없어.'

19

"감식과의 조사 보고가 나왔어요. 별장의 벽난로에서 찾아
낸 건 온라인 슈퍼마켓의 배송 영수증이더라고요. 조사를 해보
니 레일라의 신용카드로 물건들을 샀는데 빵이랑 냉동 피자, 우
유, 아몬드 초콜릿, 과일맛 사탕, 버터 비스킷 같은 식품이었어
요. 레일라가 인터넷으로 주문해 별장까지 배달해달라고 한 거
죠." 캠던은 레일라가 물건을 주문했다는 온라인 사이트의 이름
을 말해주기도 했다. 매리언은 캠던에게 함께 들를 곳이 있다
며 경찰서에 찾아가 그를 차에 태우고 가는 길이었다. 캠던은
그 김에 매리언에게 사건의 조사가 어디까지 이뤄졌는지 알려
줬다. "그런데 물건을 산 날짜가 바로 매리언이 습격을 당한 그
날이더라고요."

"응? 유기농 식품만 전문으로 파는 사이트가 아니고요?" 매

리언은 운전하며 캠던에게 물었다. "내가 알기에 레일라는 거기 식품을 좋아하는데. 캠던이 말한 그 사이트는 전국에서 가장 큰 데잖아요. 나도 평소에 거기서 장을 보는데."

"아, 저도 거기 ID 있어요. 근데 이상한 게 레일라의 ID는 얼마 전에 만든 거더라고요." 캠던은 휴대전화의 메모를 보며 말했다.

"입맛이… 변했나?"

"그리고 레일라가 마트에서 별장까지 몰고 간 그 차 말이에요. 차 번호판이 프로젝트 2단계가 있던 날 CCTV에 찍힌 거랑은 달랐지만, 아무튼 그 차에 대한 감식 보고서도 나왔어요. 차 뒷자리에서 알렉의 머리카락과 잔디용 영양제 성분이 발견됐다더라고요."

"잔디용 영양제라고요?"

"혹시 기억나요? 그날 알렉이 시설 밖에 있는 잔디밭에서 뛰었던 거요."

맞다, 알렉은 갑자기 바깥의 잔디밭에서 나타나 처음에는 조심스럽게 걷더니 이내 빠르게 그곳을 뛰어다녔다. 잠시 후, 모자가 달린 외투를 입고 마스크를 낀 사람이 뒤에서 알렉을 안고 나가더니 문밖에 세워둔 하얀색 차를 타고 도망가지 않았던가.

"그때 알렉의 몸에 잔디용 영양제 성분이 묻었고, 다시 차에도 묻게 된 거예요."

"하지만 잔디용 영양제는 어디서든 묻을 수 있잖아요."

"그건 전문 원예용 영양제였어요. 일반 소매점에서는 팔지 않는 데다 특별한 처방으로 인체에 해가 없어 시설에서 잔디밭 영양제로 쓴다더군요."

"그렇다 해도 어느 시설에서나 쓸 수 있잖아요."

"지금이 원예를 하는 계절이라 시설에서 잔디를 정비하기 시작했대요. 경찰이 원예를 책임진 회사의 시간표를 비교해봤는데 프로젝트 2단계가 있던 그 주에는 다섯 개 시설에서만 그 영양제를 뿌렸어요. 게다가 알렉의 사건 이후에는 국가양육부에서 안전 문제를 고려해 시설의 정비 작업을 연기해 다음 주에나 다시 시작되고요."

그렇다면 레일라가 사용한 그 하얀색 차에 묻은 영양제 성분은 다섯 개 시설에서만 올 수 있다.

"그리고 경찰에서 다른 시설 네 곳을 조사했는데 영양제를 뿌리고 며칠 동안 의심스러운 하얀색 차는 나타난 적이 없었다더라고요."

"그러니까 알렉이 나타난 시설만… 그래요, 그럼 레일라가 쓴 차와 그날 알렉을 데려간 차는 같은 차로군요." 매리언은 웃으며 말했다. "다 왔어요."

매리언의 차는 부드럽게 주차장 안으로 들어섰고, 타이어는 바닥의 돌에 밀려 지지직 소리를 냈다. 매리언이 캠던을 데리고 온 곳은 중고차 판매점과 자동차 정비소를 겸하고 있는 곳 같았다. 야외의 주차장에는 번호판이 없는 차가 여러 대 서 있었다.

"여기는 왜 온 거죠?" 캠던은 바람막이용 창문으로 주차장을 둘러봤다.

"레일라가 사용한 하얀색 차의 번호판 두 개 모두 가짜라고 했죠?"

 "예, 흔히 볼 수 있는 하얀색 세단이었는데 번호판의 진짜 차주는 찾았지만 같은 차가 아니더라고요. 차주도 혐의가 없어서 단서가 끊겨버렸고요." 캠던은 답답한 표정이었다.

 "여기 왜 왔느냐고 했죠?" 매리언은 다시 씩 웃으며 말했다. "여기서 차를 조사해봐요."

 "난 또 매리언 대표님께 무슨 특별한 루트가 있는 줄 알았더니…. 우리도 일찌감치 자동차 중개상들 조사해봤어요. 하지만 다들 아무…."

 "그 사람들이 경찰에게 순순히 알려줄 리 없죠." 매리언은 사무실로 개조한 컨테이너로 다가갔다. "가짜 번호판을 만들긴 쉽지만 '깨끗한' 차를 찾긴 어려워요."

 매리언이 말하는 '깨끗하다'는 것은 추적이 잘 안 된다는 의미였다. 물론 업계에 중고차를 매매하는 중개상은 적지 않지만, 그들 대부분은 정당한 장사로 모든 거래 기록을 명확히 남긴다.

 "여기 주인 션은 보통 사람들이 고칠 수 없다고 생각하는 차를 싼값에 고치는 능력자예요. 그래서 여기 들어온 많은 폐차들은 분해해 부품만 따로 팔거나 고철이 되지 않고, 수리해서 외국에 팔아먹거나 특수한 용도의 차로 변신하곤 해요. 이미 폐차 신고가 됐으니 경찰이 추적하기 쉽지 않겠죠." 매리언은 의미 있는 미소를 지었다. "하지만 이런 일을 하는 사람은 많지 않아서 이런 쪽에 연줄이 있는 사람은 오히려 어디서 찾아야 할지 훨씬 쉽게 알아요."

"그렇게 비밀스럽게 움직인다면서 션은 왜 매리언 대표님에게 정보를 알려주려 하는 거죠?" 캠던이 고개를 갸웃거렸다.

"저한테 마음의 빚을 좀 졌거든요." 매리언도 그렇게 말하긴 했지만 사실 여기에 찾아온 것은 도박이나 다름없었다. 이 세계에서도 션이 여전히 자신에게 도움을 받은 적이 있는지는 알 수 없었기 때문이다. 하지만 주차장이 있고 션이 아직 살아 있다면 모든 게 원래의 세계와 같지 않겠는가. 다만 매리언은 이런 상황에서 인정에 호소하는 카드를 쓰게 될 줄은 미처 몰랐다.

"션이 대표님에게 마음의 빚을 졌는지는 모르겠지만, 사람은 없는 거 같은데요." 캠던이 컨테이너의 문을 잡아당겼지만, 열쇠로 잠겨 있고 안도 칠흑같이 까맸다.

"이상하네…." 매리언은 션에게 전화를 걸었다. "이 친구는 1년 내내 쉬지를 않는데… 먹고 자고 다 여기서 하거든요."

"매리언 대표님?" 이웃 가게의 자동차 매니저가 사람 소리를 듣고 다가왔다. "션은 외국으로 나갔어요."

"외국요? 션이 휴가를 간다는 말은 들어본 적이 없는데…. 언제요? 어디로요? 전화를 걸어도 안 받던데요." 매리언은 놀란 표정을 쉽게 감추지 못했다.

"어… 2, 3주 정도 된 거 같은데요. 어디 간다는 말은 없었고 월말에 돌아온다고만 했어요. 션한테 무슨 볼일 있어요?"

"아니요, 션한테 부탁해서 영화 찍을 차를 한 대 찾으려고요. 션이 없다면 이 건은 물 건너가겠네요."

"흔한 일이 아닌데…." 매니저가 돌아간 걸 확인한 뒤 매리언은 작은 소리로 말했다. "여러 해를 봤지만, 션이 외국에 나가는 걸 본 적이 없는데 지금 전화도 연결되지 않고요. 아무래도 잠깐 뭔가를 피해서 나간 것 같은데요."

"레일라가 외국으로 좀 나가 있으라고 한 걸까요?"

매리언은 캠턴의 말에 코웃음을 쳤다. "당신이 션을 몰라서 하는 소리예요. 션은 아무나 움직일 수 있는 사람이 아니라고요. 레일라는 션과 그리 가깝지도 않았고, 나도 그 사람을 크게 도와주지 않았다면 이렇게 와서 정보를 캐볼 생각도 하지 못했을 거예요."

션을 한동안 빼돌릴 수 있는 능력을 가진 레일라의 한패는 대체 누구일까? 매리언은 여러 해 동안 션을 알아왔고 이곳이 비록 평행세계지만 지금까지 그녀의 인간관계는 부모대의 관계 외에는 큰 변화가 없었다. 그러므로 가까운 가족 외에는 션이 아는 사람들도 원래의 세계와 큰 차이가 없을 것이다. 게다가 그녀는 예전부터 션에게 딱히 가족이 없다는 걸 알고 있었다.

"어, 난데." 매리언이 생각에 잠긴 사이 캠턴은 어딘가로 전화를 걸고 있었다. "전화 통화 기록을 조사하고 싶은데. 전화번호는…." 매리언은 얼른 휴대전화 속 션의 전화번호를 보여줬다.

"통화 기록은 금방 손에 넣을 수 있을 거예요." 캠턴은 전화를 끊으며 매리언에게 말했다.

일단 두 사람은 별 소득 없이 션의 가게를 떠날 수밖에 없었다. 하지만 캠턴이 갑자기 걸음을 멈췄다.

"왜 그래요?" 질문하던 매리언은 캠던의 시선이 멈춘 곳을 쳐다본 순간 그 답을 바로 알아차렸다. 션의 가게 맞은편 자동차 매니저가 자신의 가게 입구에 설치해둔 CCTV가 눈에 띄었기 때문이다. 션의 가게에 가는 사람은 누구나 자동차 매니저가 일하는 가게의 입구를 지나쳐야 했다. 캠던은 그 매니저에게 FBI 신분을 밝히고 CCTV의 녹화 영상을 빌릴 수 있는지 물었다.

"원래 압수 수색 영장을 갖고 오셔야 하지만 매리언 대표님 친구라니 잠깐 기다려보시죠." 매니저는 컴퓨터 앞에서 몇 분을 보내더니 자신의 명함 뒤에 뭔가를 적었다. "운 좋은 줄 아세요. 제가 녹화 영상 지우는 걸 별로 안 좋아하거든요. 션이 떠나기 전 한 달 동안의 녹화 영상이 여기 클라우드 파일 폴더에 저장돼 있어요. 이건 비밀번호고요. 파일 폴더 다운받은 뒤에 알려주세요. 파일 폴더 옮길 거니까요."

"고마워요." 매리언은 웃으며 가볍게 매니저의 팔을 토닥였다.

"별말씀을요. 명함에 제 연락처 있으니까 차 사고파실 일 있으면 언제든 오세요." 매니저는 캠던을 보며 눈을 찡긋거렸다.

"한 달 분량의 녹화 영상이라면 시간이 좀 걸리겠군요. 무슨 단서가 나오면 알려줄게요." 매리언의 차를 타고 경찰서에 도착한 캠던이 말했다. "대표님은… 먼저 가서 좀 쉬세요."

"예, 안 그래도 한 군데 더 갈 데가 있었어요." 매리언은 캠던과 함께 그 영상들을 확인하고 싶었지만 아쉬운 표정을 얼굴에 드러내지 않으려 애썼다.

＊

그 길로 매리언은 구치소로 찾아갔다. 레일라를 만나 정확히 물어보고 싶은 것이 있었다. 벌써 하룻밤을 보냈으니 레일라는 경찰이 없는 곳에서라면 자신의 공범이 누구인지 매리언에게 말해줄지도 모를 일이었다.

"만나고 싶지 않답니다." 구치소의 교도관이 차가운 말투로 매리언에게 말했다.

"제 이름을 정확히 전해주셨나요? 매리언이라고요. 부탁이에요. 한 번만 더 물어봐주세요."

"여기는 호텔 프런트가 아닙니다. 레일라 씨는 매리언 씨를 만나고 싶지 않다고 했습니다."

"그럼… 여기서 기다릴게요." 매리언이 대기실에 주저앉았지만, 교도관은 신경도 쓰지 않았다.

매리언이 거기서 기다린 지 2시간이 지났지만, 레일라는 여전히 그녀를 만나려 하지 않았다. 그런데 잠시 후, 레일라의 변호사가 나타났다.

"부탁 좀 할게요. 레일라 좀 함께 만나게 해주세요." 매리언이 변호사를 붙들며 말했다.

"매리언 대표님." 변호사는 면회자 등록을 마친 뒤 매리언을 향해 돌아섰다. "제가 저희 소송 당사자께 말씀은 전해드리겠습니다. 하지만 레일라 씨의 변호사로서 카구야 프로젝트의 책임자인 매리언 대표님과 만나는 걸 추천하고 싶진 않군요. 제 이런 뜻은 저희 소송 당사자께도 말씀드릴 거고요."

매리언은 더 이상 아무 말도 하지 않고 조용히 자리에 앉았다. 지금 그녀가 할 수 있는 건 기다림뿐이었다. 그녀는 변호사가 단순히 의식적인 절차 때문에 왔다고 생각했는데 뜻밖에도 그는 2시간 가까이 레일라를 접견했다.

"저는 매리언 대표님과 저희 소송 당사자 사이에 어떤 일이 있었는지 모릅니다." 레일라를 만나고 나온 변호사가 말했다. "하지만 레일라 씨가 이렇게 전해달라고 하더군요. 아직도 여기 매리언 대표님이 있다면 보고 싶지 않으니 돌아가라고 말입니다." 그 말을 남기고 변호사는 바삐 구치소를 떠났다.

바로 그때 캠던에게서 전화가 왔다. "매리언 대표님, 1차 조사 결과가 나왔어요. 션의 휴대전화 통화 기록은 모두 선불카드 회사에 연락한 거더라고요. 그 자동차 매니저 가게의 CCTV 녹화 영상은 아직 단서를 찾지 못했어요. 아, 그리고… 좀 전에 레일라가 죄를 인정했다고 하던데요."

'뭐라고?' 매리언은 깜짝 놀라 대기실 밖으로 뛰쳐나갔지만, 레일라의 변호사는 이미 사라진 뒤였다.

"레일라 말로는 알렉을 납치한 뒤 살해하고 시체를 훼손한 것 모두 자신의 단독 범행이었다고, 다른 공범은 없다고 했대요."

매리언은 가슴이 답답했다. "그럴 리가 없어요. 레일라에게 어떻게 한패가 없을 수 있어요? 만약 한패가 없다면 2단계 때의 일은 어떻게 설명할 건데요?"

"아무튼… 일단 제 사무실로 오셔야 할 것 같은데요."

이 도시는 FBI의 사무실이 있는 곳 중의 하나였다. 알렉의 사건이 납치에서 살해 사건으로 바뀌며 사건 자체는 관할서의 강력계로 넘어갔다. 캠던은 테러리스트와의 연관성을 들어 경찰과 사건 조사 결과를 공유하고 있었지만, 경찰서 안에 있던 임시 사무실에서 다시 FBI 사무실로 돌아와야 했다.

"이건 제가 강력계에서 얻은 거예요." 캠던은 매리언을 창문도 없는 작은 방으로 데려가더니 경찰이 레일라를 신문한 녹화 영상을 노트북으로 보여줬다. "사실 매리언 대표님께 보여드리면 안 되는 거긴 해요."

영상 속의 레일라는 좀 전에 봤던 변호사와 함께 앉아 있었다. 초췌하기 짝이 없는 레일라의 얼굴은 법원의 금지 명령을 들고 왔을 때와는 전혀 딴판이었다. 창백한 데다 전보다 마른 얼굴 때문인지 눈이 좀 더 불거진 것 같았다.

처음부터 그 애를 죽일 작정이었어요. 그… 복수를 위해서요. 정부가 대대적으로 리얼리티 쇼를 만들어서 아이를 낳기를 격려한답시고 3부작이 어쩌고 아이와 '부모'를 매칭시키고 그런 건 난 잘 모르겠어요. 하지만 자기 아이를 직접 키우지도 못하게 하면서 아이를 낳으라니 앞뒤가 안 맞는 거 아닌가요.

카구야 프로젝트 1단계가 있던 날 저는 복도의 옆문 밖에서 기다렸어요. 저는… 언론에 있는 친구를 통해 그날 뮤지컬이 어떻게 진행될 건지 정보를 얻었어요. 아니, 누구라고 말할 순 없어요. 그 사람도 매리언 회사에서 나눠준 자료를 제게 준 것뿐이니까요. 아무튼, 그날 취재를 할 언론들은 다 모였죠. 전에 같은 극장에서 행사를 진행해본 적이 있어서 거기 통로나 출입구는 손금 보듯이 잘 알고 있었어요.

제가 측면에 있는 문을 열었는데 마침 어린 양 옷을 입은 아이가 보였어요. 그래서 그 아이를 납치해야겠다고 마음먹었어요. 걔가 하필 거기 서 있었던 게 운이 안 좋았던 거죠. 저한테 매리언 대표 별장의 열쇠가 있어서 아이를 거기 데려다 놓아야겠다고 생각했어요. 이런 계절에, 게다가 카구야 프로젝트 때문에 바쁜 걸 아니까 매리언 대표가 절대 별장에 올 리 없을 거 같았어요.

며칠이나 생각했어요. 복수할 다른 방법이 없을지 말이에요. 하지만 경찰이 절 감시하고 있다는 걸 알게 되고 함부로 움직일 수 없더라고요. 법원에서 접근 금지 명령을 받고 나서야 마트에서 차를 바꿔 타는 방식으로 별장에 갔어요. 드디어 아이를 목 졸라 죽이기로 결심했고, 이틀 뒤에 마트에서 시체를 담을 여행용 캐리어를 샀어요. 그 뒤의 일은… 다 알고 계시잖아요.

그래요, 아이를 죽이는 것만으로는 제 원한을 갚기 부족하다고 생각했어요. 그래서 시체를 심하게 훼손시킨….

2단계 때 알렉을 데리고… 간 거요? 저는… 퇴사하기 전에 시설에서 회의한 적이 있어서 그때 방문객 카드를 반납하지 않고 갖고 있다가 나중에 써먹으면 되겠다고 생각한 거예요. 2단계가 있던 날 변장을 하고 출근하는 사람들 틈에 끼어 아파트를 나갔고요. 미리 준비해둔 차를 근처에 세워뒀었는데 주위에 아무도 없다는 걸 확인한 뒤에 차를 몰고 별장에 가서 알렉을 태우고 다시 시설에 갔어요.

"이런 자백이 있는 데다 레일라는 시체를 토막을 내고 있을 때 잡혔기 때문에⋯." 캠던은 한숨을 내쉬었다. "경찰은 사건을 이대로 종결할 가능성이 커요."

"어떻게 그럴 수가 있어요?" 본래 매리언은 언성을 높이며 자리에서 벌떡 일어섰다. "아직 확인하지 못한 의문점이 많지 않아요? 레일라는 알렉이 마침 거기 서 있었다고 했지만 거기 있었던 아이들이 범인의 알렉의 이름을 불렀다고 했어요. 아이들 이름은 언론에 배부한 자료에 들어 있지 않았다고요! 처음부터 알렉을 죽이려고 했다면 왜 별장에 숨겼죠? 왜 아이를 납치한 뒤 바로 죽이지 않은 거냐고요. 그리고 방문객 카드도 그래요! 시간이 전혀 맞지 않아요. 레일라는 카구야 프로젝트에 참여해본 적이 없는데 어떻게 시설에서 회의를 하겠어요? 이건 지나치게 무리한 수사예요. 아직 풀리지 않은 미스터리가 하나둘이 아닌데 이대로 사건을 종결할 순 없어요! 당신은 대체 뭘 하고 있는 거예요?"

"매리언 대표님, 좀 침착하세요. 경찰과 검사의 결정에는 FBI도 관여할 수 없어요." 캠던은 매리언의 양쪽 어깨를 잡아 자리에 앉혔다. "경찰이나 검사는 살인 사건을 해결하려는 것뿐이지 완벽한 진상을 알고 싶어 하는 게 아니에요. 게다가 레일라가 죄를 인정한다면 그녀의 변호사도 굳이 의문점을 찾아 그녀의 죄를 벗겨주려 하지 않을 거고요."

"그럼 이렇게 레일라를 살인범으로 만들자는 거예요?" 매리언은 그대로 캠던을 뿌리치고 FBI 사무실을 떠났다.

자신의 집무실로 돌아온 매리언은 처음부터 다시 사건을 살펴보기로 마음먹었다. 자세히 살피다 보면 분명 빈틈을 발견할 수 있을 것이다. 그 빈틈만 찾아내면 사건의 진상을 알 수 있지 않겠는가.

레일라가 같은 차로 별장에 간 걸 보면 사건과 관련이 있는 것은 분명했다. 엄격히 말하자면 레일라는 시체를 토막 내고 있었던 일에 대한 현행범으로 체포된 것이다. 알렉의 납치나 살해에 대해서는 레일라의 자백 외에는 명확한 증거가 없었다.

2단계 때의 소동은 변태적인 범인의 소행 같아 보이지만 사실 진짜 목적은 레일라의 알리바이를 만들어주기 위함일 것이다. 이 일련의 범죄를 완성하려면 반드시 공범이 있어야 한다. 공범은 매리언이 등록한 방문객 카드를 손에 넣어 2단계 때 레일라가 그곳에 없었다는 알리바이를 만들어줬다. 그래야 레일라가 접근 금지 명령을 얻어 그 뒤 자유롭게 별장에 갈 수 있지 않겠는가.

하지만 레일라의 자백은 여러 허점을 드러냈다. 아이를 납치한 사건은 어느 정도 말이 되지만 1단계에서 2단계 사이의 일은 횡설수설이었다. 그렇다면 혹시….

레일라는 정말 무슨 일이 일어났는지 모르거나, 자신의 공범을 보호하려는 것인지도 모른다.

대체 누구일까? 왜 레일라는 그 사람을 그토록 보호하려는 걸까?

그때 휴대전화의 벨이 울렸고 화면을 보던 매리언은 미간을 찌푸렸다. 자신이 별로 좋아하지 않는 인터넷 신문의 기자였다.

"매리언 대표님, 접니다." 상대는 한껏 친한 척 말했다.

"웬일이에요?"

"카구야 프로젝트에 참여한 알렉이라는 아이가 그렇게 죽었는데 대표님께선 어떻게 생각하시죠?"

"무슨 말인지 모르겠는데요." 매리언은 반사적으로 대답한 뒤 애써 침착한 척했다. '왜 이 기자가 알렉이 죽은 걸 알고 있지? 게다가 알렉이 어떻게 죽었는지도 알고 있는 거 같잖아. 경찰이 아직 아무것도 발표하지 않았는데 이 기자는 어디서 이 소식을 안 거지?' 상대가 뭘 쥐고 있는지 알 수 없으니 매리언은 상대의 유도 신문에 넘어가지 않으려고 모른다고 말할 수밖에 없었다.

"매리언 대표님, 적당히 하세요."

"기자님이야말로 나한테 말 좀 해봐요. 전화 건 사람은 기자님이잖아요."

"대표님… 정말 아직 모르세요?" 상대는 여전히 미심쩍어하는 목소리였다. "저는… 대표님께서 그냥 일관된 대답을 하시는 건 줄 알았는데… 정말… 모르시는 거 같기도…."

그 순간, 매리언은 자신이 우주복 헬멧이 깨진 우주 비행사처럼 진공 상태인 우주의 고요함 속으로 빠져드는 것 같았다.

20

"그럼 현재 시행하고 있는 출산 허가증 제도에 문제가 있는 거 아닌가요?" 화면 속 정장을 입은 여자 진행자가 진지한 얼굴로 물었다.

"사실 현재 시행하고 있는 출산 허가증 제도는 부모가 생리적으로 아이를 낳기에 적합한지에 초점이 맞춰져 있습니다. 이를테면 유전병 같은 게 없는지 살피는 거죠. 반면 부모의 정신 상태가 아이를 낳기에 적합한지는 깊이 있게 평가하지 않습니다. 국가양육법에 따르면 모든 아이는 전문적이고도 각자에게 맞는 보살핌을 받으니까요. 그러니까 부모의 정신 상태는 아이의 성장에 영향을 미치지 않는다고 할 수 있죠." 진행자의 옆자리에 앉은 양복을 입은 남자는 구구절절 옳은 말만 했다. 그의 옆으로 화면에는 어느 대학의 공공정책과 교수라는 자막이 떴다.

"레일라가 피해자의 시체를 훼손한 건 정신병이 있다는 뜻이 아니겠습니까? 그렇다면 레일라가 낳은 아기도 정신병을 물려받을 가능성은 없습니까?" 여자 진행자는 숨도 쉬지 않고 바로 교수의 옆에 앉아 있는 여자에게 물었다. 화면에는 시립 제1병원 정신과 부주임이라는 자막이 떴다.

"의학적인 측면에서 봤을 때 단순히 '정신병'이라고 말할 순 없습니다. 넓은 의미에서 도시인들의 정신적 긴장 상태도 일종의 정신병이라고 할 수 있으니까요. 게다가 의학계에서는 정신병이 걸리게 되는 원인에 대해 아직 연구 중이고, 정신병이 반드시 유전된다고 딱 잘라 말할 수 없습니다."

매리언은 영상을 띄웠던 창을 닫았다. 이후에 어떤 토론이 이어질지 대강 짐작이 됐다. '아무런 결론도 없는 토론이 되겠지.'

한밤중에 언론에서는 알렉의 살해 사건을 보도하면서 범인이 레일라이고, 시체가 토막 나고 훼손돼 온전한 피부가 없다는 사실까지 일일이 밝혔다. 곧이어 레일라가 죄를 인정했다는 뉴스가 각종 매체에 올라왔다. 반면 아무런 준비도 안 된 상황에서 기자의 전화를 받았던 매리언은 이렇다 할 대응을 하지 못했다. 레일라와 공범의 문제를 고민하느라 주변의 일을 완전히 잊어버린 자신을 탓할 수밖에 없었다. 그렇게 몇 시간 동안 손을 놓고 있는 사이에 일이 터져버린 것이다.

"여기! 국가양육부에 넘겨줄 성명서 다 썼어?" 매리언이 집무실 밖을 향해 소리쳤다.

이른 아침부터 매리언의 회사는 일대 혼란에 빠졌다. 경찰과 국가양육부의 대응에 협조해야 할 뿐만 아니라 각종 매체와 다른 카구야 프로젝트 참가자들의 문의에도 대처해야 했다. 게다가 마침 프로젝트의 일원인 애비게일이 휴가 중이라 일손이 하나 줄어든 터였다.

"빨리빨리! 2분 남았어!" 브라이언은 손을 들며 목소리를 높였다.

"우리 쪽 성명은? 국가양육부와 동시에 올려야 돼!"

"다 됐어요. 지금 메일로 보내드렸어요!" 트레이시가 외쳤다.

"대표님, 찾았어요." 소피가 매리언의 집무실로 뛰어들어 왔다. "여기서 소식을 폭로했어요. 가장 먼저 보도한 곳이 바로 여기라고요!" 소피는 매리언에게 휴대전화 화면을 보여줬다.

매리언은 화면을 흘깃 보며 혀를 찼다. "쳇, 그럴 줄 알았지. 소피, 카구야 프로젝트에 참가했던 아홉 커플한테 연락해서 위로해주고, 무엇보다 언론에 함부로 떠들지 말라고 철저히 단속시켜. 어떤 매체에서 연락이 오든 모두 우리한테 돌리라고 해."

소피가 집무실을 나간 뒤 매리언은 직접 문을 닫았다. 그녀는 태블릿 PC의 터치펜을 들고 쉼 없이 책상 위를 두드렸다.

"아, 나예요." 매리언은 전화를 걸었다. "기자님이 이 전화를 받지 않길 바랐는데."

"매리언 대표님, 무슨 일이에요?" 전화 반대편 남자의 목소리는 웃고 있는 것 같았다.

"입 닥쳐요, 내가 전화한 이유를 알 텐데요." 매리언은 여전히 터치펜으로 책상을 두드리고 있었다. "아이가 죽은 소식, 거기서 단독 보도했잖아요."

"이봐요, 어디서 정보를 얻었는지 말씀드릴 수 없다는 거 잘 아시잖아요."

"적당히 해요. 몇 명이 이 정보를 알고 있는지 내가 모르겠어요? 내가 묻고 싶은 건 언제 이 정보를 얻었느냐는 거예요."

"….." 매리언은 상대의 깊은 한숨 소리를 들은 것 같았다. "바로 어젯밤에 매우 믿을 만한 정보원으로부터 아이가 살해된 뒤 시체가 토막 났다는 소식을 들었어요. 경찰 쪽에서 아무런 발표가 없었기 때문에 우리도 좀 망설였어요. 게다가….."

"게다가 뭐요?" 매리언은 상대방의 침묵이 무슨 뜻인지 알 것 같았다. 정보는 레일라에게서 나온 것이리라. 아마도 레일라는 변호사를 통해 자신의 소식을 전했을 것이다. 이토록 상세한 정보를 전할 수 있는 사람이 레일라가 아니면 누구겠는가. 게다가 이 기자는 레일라와 오랫동안 알고 지낸 언론사 소속이었다.

상대는 마른기침을 하며 말했다. "기본적으로는 서로 조건이 맞았어요."

매리언은 기자의 말이 무슨 뜻인지 바로 알아차렸다. 레일라는 그에게 독점 정보를 주는 대신 자신이 원하는 방향으로 보도해달라며 프레임을 짠 것이다. 홍보 일을 하다 보면 종종 언론매체와 알고 지내야 할 때가 있다. 하지만 어느 홍보회사나 한두 곳의 언론사와 특별한 신뢰 관계를 맺게 마련이다. 그런 언론사는 홍보회사에서 제공한 정보를 함부로 퍼뜨리지 않으며 적극적으로 협력하기 때문에 서로 보탬이 될 수 있는 것이다. "그러니까 레일라에게 정신병이 있다고 한 건 거기서 결정한 거예요? 아니면 '매우 믿을 만한' 정보원이 은근히 그런 식으로 보도하라고 한 거예요?"

사실 보도에서는 직접적으로 정신병을 언급하지 않았다. 하지만 관련 보도에서 정신과 의사와 인터뷰함으로써 레일라의 정신 상태에 문제가 있는 것이 아닌가 하는 암시를 줬다.

상대는 아무런 대답도 하지 않았다.

"그러니까 그 믿을 만한 정보원이 범인의 정신 상태에 대해 정신과 의사에게 의견을 구해보라고 제안한 겁니까?"

역시나 상대는 아무 말도 하지 않았다.

"그 시립 병원 부주임인가 하는 의사는 기자님 회사에서 쭉 쓰던 전문가예요?" 매리언은 컴퓨터 화면에 뜬 보도를 보며 말했다. 첫 보도에서 레일라의 정신 상태를 평가한 의사가 바로 조금 전 영상 속에 패널로 나온 의사였기 때문이다. 이는 일찌감치 이 사건을 정신질환자의 범행으로 몰고 가겠다는 의도가 정해져 있었다는 뜻이다.

하지만 매리언은 전화기 너머 상대의 숨소리만 들을 수밖에 없었다.

"좋아요, 이 문제는 더 이상 묻지 않을게요." 매리언은 피식 웃으며 말했다. "사진은 있어요, 없어요?"

"없어요. 우리가 이 소식을 며칠이나 나눠서 보도할 것 같아요? 제가 맹세하는데 보도한 내용이 전부예요. 우리를 너무 막 돼먹은 매체로 보지 마세요. 정보를 얻고 우리도 경찰 쪽에 조사를 한 뒤에 보도한 거라고요."

물론 그 언론사는 막돼먹은 그런 매체가 아니었다. 그렇기에 그들의 보도에 그만큼 무게감이 있었던 것이며 그런 폭넓은 토론까지 벌어지게 된 것이다.

상대방 기자와 전화를 끊은 뒤 매리언은 다시 몇 곳에 전화를 걸었다. "선생님, 좀 전에 아주 근사하시던데요." 그녀가 전화를 건 상대는 영상 속 정신과 의사였다. "'넓은 의미에서 도시인들의 정신적 긴장 상태도 일종의 정신병이라고 할 수 있다.'고요. 저도 선생님 한번 뵈러 가야겠네요."

"매리언 대표님, 무슨 일이에요?" 상대는 언짢은 목소리로 물었다. "난 좀 전에 스튜디오에서 나와 병원으로 운전해서 가는 중이에요. 용건 있으시면 내가 병원에 가서 전화 드리죠."

"잠깐만요. 몇 마디면 돼요." 매리언은 의사가 전화를 끊지 못하게 했다. "처음 사건을 폭로한 그 신문 말이에요. 평소에 잘 알던 곳인가요?"

"그다지요. 알다시피 내가 언론을 타는 일이 많잖아요. 게다가 늘 중립적인 입장이고요."

'정말 뭔가 이상한데.' 전화를 끊은 뒤 매리언은 생각했다. 첫 번째 보도에서 레일라와 관련된 소식은 그녀가 알렉을 살해했다는 것 외에는 아무것도 없었다. 알렉이 살해된 원인에 대해 더 많은 추측을 할 수 있었을 텐데도 그들은 그런 입장에서 출발하지 않고 레일라의 정신 상태와 아이를 낳기에 적합한지만을 겨냥했다. 또한 출산 허가증을 얻는 자격을 걸고넘어져 국가양육제도의 허점을 공격했다. 그 신문사의 입장에서는 현재 정부를 공격할 기회를 놓칠 리 없었다. 좀 전에 기자와 대화를 하며 매리언은 그들의 정보와 기사의 교환 조건이 정신과 의사와 연락하는 것이었으리라고 확신하게 됐다. 하지만 레일라는 이 프레임을 짜기 전에, 아까 매리언이 통화한 인터넷 신문 같은 친집권당 성향의 언론을 끌어들였다. 그래서 정부에 대한 비판 수위도 그리 높지 않았다. 알렉의 소식을 대대적으로 보도한 몇몇 매체도 레일라가 잘 알고 신뢰하는 곳들이었으며, 뉴스 프로그램에 나온 교수와 의사도 레일라와 잘 아는 사이였다.

하지만 정말 뭔가 이상했다.

이렇게 하면 레일라에게 불리하지 않은가. 그들은 하나같이 레일라 같은 '미치광이'에게 아이를 낳아도 된다고 허락한 국가양육부의 출산 허가 기준이 너무 느슨했던 것은 아닌지를 비판했다. 매리언은 레일라의 수락이 없었다면 그들이 그렇게 글을 쓰거나 말할 리 없다는 것을 잘 알고 있었다. 아니, 이것은 레일라가 다분히 의도한 작전이었다. '변태 같은 여자의 난도질로 성한 곳이 없는 아이의 피부와 잘려나간 목'이라니, 세상에 이렇게 자극적인 제목이 어디 있겠는가. 본래 여자, 살인, 시체 절단 같은 소재의 뉴스는 모든 사람의 이목을 끌 수밖에 없는 이야깃거리다.

그렇다면 레일라가 정말 정신이 나간 것일까? 아니, 절대 그럴 리 없다. 매리언은 레일라가 지금 여론을 조작하고 있음을 누구보다 잘 알고 있었다. 레일라가 정말 미치광이라면 이런 일

272

을 벌일 수 없다. 그럼 레일라가 이런 프레임을 짜고 있는 건 자신의 정신에 문제가 있다고 사람들에게 인식시켜 나중에 처벌을 벗어나려는 수작일까? 매리언이 이런 생각에 잠겨 있을 때 브라이언이 그녀의 사무실로 들어왔다. "신문사랑 방송국에 사진 없는 거 확인했어요. 그리고 앞으로도 만약에 사진을 손에 넣게 되면 저희가 준비할 수 있게 미리 알려달라고 단단히 얘기해놨어요."

"잘했어. 인터넷이랑 큰 소셜 미디어들을 잘 주시하고 있어. 그런 데는 아무 사진이나 다 올라오니까." 매리언은 간신히 한숨을 돌렸다. 브라이언의 이야기는 요즘 들은 소식 중에 그나마 좋은 일이었다. 물론 언론에서는 알렉의 시체가 토막이 난 상황에 대한 묘사를 바탕으로, 그림을 그려냈지만 말이다. 이는 사실 매리언을 매우 불안하게 만드는 일이었다.

원래의 세계에서는 아이가 피해자인 사건일 경우 일반적으로 정통 매체들이 암묵적으로 피해자의 사진을 올리지 않으며 이렇게 추측에 의지해 그린 시체의 토막 난 그림도 절대 올리지 않는다. 그뿐만 아니라 사건 자체를 대대적으로 보도하지 않기도 한다. 물론 새로운 매체들은 '선을 넘는' 경우가 종종 있지만, 도가 지나치면 오히려 여론의 압박을 받기 쉽다. 그들 역시 피해자 가족의 감정을 고려해야 하기 때문이다.

하지만 이 세계에서 아이는 가족이 없다. 피해자의 나이도 고려의 대상이 아니다. 여기서는 아이의 시체를 보여주는 것이 큰 문제가 된다고 생각하는 사람이 없다. 다만 아이의 시체가 어른의 것보다 조금 작을 뿐이다.

그렇다 해도 뭔가 잘못됐다.

여론을 조작하려는 레일라가 왜 사진 한 장 남겨놓지 않았단 말인가? 지금 이 순간 백 마디 말보다 효과적인 것이 바로 사진일 텐데 말이다. 레일라가 사진을 찍지 못한 걸까? 그렇다면 이 모든 것은 레일라의 임기응변이란 말인가? 그렇다, 레일라는 본래 알렉의 시체를 몰래 버리려 했다. 그렇다면 시체를 토막 내는 동안 갑자기 체포되는 바람에 사진을 미처 찍지 못한 걸까? 하지만 만약 레일라 본인이 잡힐 걸 예상하지 않았다면 왜 시체를 그토록 심하게 훼손한 거지?

얼마 전 형사는 레일라가 알렉의 목 부위를 훼손한 게 흉기를 숨기기 위해서라고 했지만 그건 다 헛소리다. 그렇다면 사실은 혹시 시체가 발견될까 봐 레일라 스스로 냉혹한 변태 짓을 한 걸까?

현재 상황에서 레일라는 변태 살인마의 역할을 담당할 수밖에 없는 걸까?

하지만 만약 한패가 있어서 레일라의 모든 행동이 그 한패를 보호하기 위함이라면? 다만 지금까지 레일라의 한패가 누구인지에 대한 단서는 단 하나도 나오지 않았다.

오전 내내 눈코 뜰 새 없이 바쁘게 보낸 뒤 이제 조용히 점심을 먹을 수 있겠다고 매리언이 생각했을 때 오웬 차관에게서 전화가 걸려왔다. '이 사람이 왜 지금 전화를 한 거지?' 매리언은 생각했다. 1시간 전 국가양육부는 성명을 발표해 알렉의 사건과 레일라의 체포가 사실임을 확인시켜줬다. 또한 사건이 아직 조사 중이라 언론이 사건의 조사와 판결에 영향을 주지 않으면 좋겠다는 뜻을 밝히기도 했다. 매리언의 회사도 비슷한 내용의 성명을 발표했다. 다만 체포된 살인범 레일라는 회사의 일원이었으나 카구야 프로젝트가 시작되기 전에 회사를 떠났고, 프로젝트와 관련된 어떤 업무에도 참여하지 않았다고 밝히며 사건과 관련된 조사에 최선을 다해 협조하겠다고 약속했다.

성명이 발표된 뒤 떠들썩하던 언론의 분위기도 다소 가라앉았으며, 대세에 큰 지장이 없는 사소한 보도들만 남았다. 이런 상황에서 오웬 차관은 무엇 때문에 전화를 한 걸까?

같은 시각, 매리언은 회사에 이상한 분위기가 퍼지고 있음을 알아차렸다. 자신의 집무실 밖에서 부하 직원들 사이에 작은 소동이 일어나고 있는 것처럼 보였다.

"안녕하세요, 오웬 차관님." 매리언은 전화를 받으면서도 밖에서 휴대전화를 보며 당황한 표정을 짓고 있는 직원들을 빤히 쳐다봤다.

"매리언 대표! 대체 그 빌어먹을 레일라는 무슨 짓을 하는 겁니까?" 매리언은 순간 정신이 멍해졌다. 카구야 프로젝트를 시작한 뒤 오웬 차관이 자신에게 이렇게 화를 내는 걸 처음 봤기 때문이었다.

"좀 침착하시죠. 아니면 제가 5분 뒤에 다시 전화를 드리면 어떨까요?"

"아니요, 내가 알고 싶은 건 그 영상이 어떻게 된 거냐는 겁니다. 그 영상이 뜨고 언론이 또 시끄러워져서 나한테 묻는 사람이 한둘이 아닙니다. 당신 회사에서 나 대신 대응 안 할 겁니까? 내가 걸려오는 전화들 다 상대해야 됩니까?"

"영상…." 마침 브라이언이 들어와 아무 소리 없이 휴대전화로 영상을 틀어 보여줬다.

"오웬 차관님, 제가 좀 이따 다시 연락드릴게요. 만약 언론에서 귀찮게 하면 무조건 저희 쪽에서 대응하도록 돌려주세요." 차관의 전화를 끊은 뒤 매리언은 브라이언의 손에 있는 휴대전화를 낚아채듯 가져왔다. "이게 대체 뭔데?"

✳

매리언은 옅은 청회색의 벽에 낯익은 무늬를 보고 그것이 자신의 별장 벽지란 걸 바로 알아차렸다. 레일라는 알렉을 자신의 허벅지에 앉힌 채 그 벽지 앞에 앉아 있었다.

살인 사건이 일어나기 불과 몇 시간 전의 레일라는 지금과 전혀 다른 모습이었다. 영상 속 레일라는 알렉을 잔인하게 죽이고 시체를 훼손한 변태 살인마가 아니라 알렉과 함께 놀아주고, 노래하며, 춤을 추는 따뜻한 표정의 천생 엄마였다.

'똑같네.' 매리언은 레일라의 그런 표정을 어디서 봤는지 기억이 떠올랐다. 원래의 세계에서 아직 출산 휴가 중이던 레일라가 이든을 데리고 잠시 회사에 들렀을 때, 아이를 안고 있던 그녀의 표정이 영상 속 그것과 똑같았다. 서로 다른 세계에 있지만 두 레일라는 내면만은 같은 사람이었던 것이다.

브라이언은 이 영상이 1시간 전에 유튜브에 먼저 올라왔으며 다시 여러 소셜 미디어에서 퍼지며 금세 주요 언론에서 뉴스로 보도됐다고 말했다. 알렉의 죽음에 대해 추적 보도를 마쳤던 언론매체들은 이 영상 때문에 다시 떠들썩해졌다. 그래서 매리언과 직원들은 오전 내내 했던 일을 오후에 다시 한 번 반복할 수밖에 없었다.

'이건 일반적인 홈비디오가 아니야.' 매리언은 몇 번이고 영상을 돌려 봤지만 처음 봤을 때 이미 속으로 이런 결론을 내렸다. 보통 사람들은 잘 모르겠지만, 카메라의 위치며, 빛과 색까지 전문가의 수준에 가까웠다. '가깝다'라고 한 것은 이쪽 분야에서 오래 일한 사람의 솜씨란 걸 매리언이 알아차렸기 때문이다.

'이런 정도라면 나도 찍을 수 있을 것 같은데.' 매리언은 생각했다. 레일라가 촬영 기기를 빌렸다는 소식을 들은 뒤부터 매리언은 어떤 것이든 영상이 존재할 줄 알고 있었다. 다만 레일라가 죄를 자백한 뒤 언론매체에 대응하느라 영상을 찾는 걸 완전히 잊어버렸을 뿐이었다. 게다가 매리언은 레일라가 자신에게 유리한 여론을 만들고자 영상을 만들 수도 있겠다고는 생각했다. 하지만 알렉과 함께 영상을 찍을 줄은 미처 몰랐다.

그런데 왜 지금 이 시점에 영상을 유출한 걸까? 이 영상은 대체 누구의 손에 있던 거지? 혹시 알렉을 데리고 나타났던 그 사람인가? 레일라의 한패?

매리언은 태블릿 PC의 터치펜을 잡고 빠르게 책상 위를 계속 두드렸다. 마치 생각하는 데에 그 소리가 배경음악으로 필요한 것처럼 말이다. 터치펜으로 책상을 두드리기 시작하니 모든 생각도 마치 댐의 문이 열린 것처럼 일순간에 쏟아져 나왔다.

레일라는 아직 구치소에 있어서 영상을 직접 인터넷에 올릴 수는 없지만….

바깥의 누군가가 돕는다면 어떨까? 레일라의 변호사는 직업 윤리상 그런 일을 할 리 없다. 경찰이 레일라의 컴퓨터도 압수했을 테니 레일라는 일찌감치 영상을 클라우드 서버에 저장해놓았을지도 모른다. 아니, 영화에서 나온 것처럼 지하철역 사물함에 하드 디스크 같은 걸 보관해놓은 뒤 일이 터지면 한패에게 영상을 인터넷에 올리라고 했을 수도 있다.

그것도 아니면 레일라가 영상을 미리 올린 뒤 원하는 때 공개하는 기능을 썼을지도 모른다. 그럼 레일라는 잡혀가도 영상은 발표할 수 있지 않은가. 이를테면 비장의 카드처럼 갖고 있다가 레일라가 일정 시간 안에 영상을 삭제하지 않으면 그 영상이 공개되는 것이다.

아니, 이것도 아니다.

만약 레일라가 정말 영상을 늦게 공개하는 기능을 썼다면 왜 알렉의 죽음에 대해 먼저 언론에 알렸단 말인가? 이 영상이 정반대의 효과를 불러일으킬 걸 분명히 알면서 말이다.

그렇다면 영상을 올린 사람은 레일라가 아닐 것이다.

레일라는 언론매체를 이용해 단번에 변태 아동 살인마의 이미지를 만들어냈다. 하지만 지금 유출된 영상 속 레일라는 오히려 따뜻한 어머니, 아이의 양육에 온 힘을 쏟는 어머니처럼 보이지 않는가. 이 영상은 레일라가 알린 소식에 맞서려고 일부러 만들어진 것 같았다. 그렇다면 이 영상을 올린 사람은 레일라와 한패가 아닐 수 있다. 아니면 반대로 레일라와 그녀의 한패가 사건의 수사에 혼란을 주려고 속임수를 쓴 걸까?

레일라의 상대라면 국가양육부를 꼽을 수밖에 없다. 하지만 국가양육부는 사건의 수위를 희석시키고 싶어 할 뿐, 이 시점에 이 영상을 유출해 자신을 공격하는 일 따위를 할 이유가 전혀 없다. 게다가 국가양육부가 어떻게 이 영상을 손에 넣는단 말인가? 혹시 경찰이 건네줬을까?

이 영상은 알렉이 죽기 전에 찍은 것이다. 그렇다면 레일라가 촬영 기기를 빌린 것도 이런 영상을 찍기 위해서였으리라. 하지만… 당시 이런 영상을 찍은 게 자신의 모성애를 드러내기 위해서였다면 왜 지금은 언론을 통해 전혀 상반되는 이미지를 만들어낸 걸까? 만약 이 영상이 레일라가 잡혀가기 전에 먼저 공개돼 대중에게 동정을 샀다면 누구도 그녀가 살인범이라고 믿지 않았을 것이다. 하지만 지금 이 시점에 누군가가 이 영상을 공개했다는 건 레일라에 대한 대중의 생각을 바꾸려는 시도라고 볼 수밖에 없다. 지금까지 사람들은 언론매체와 경찰을 통해서만 레일라가 살인범이라는 사실과 그 사건에 관한 정보를 얻었다. 하지만 그렇게 단편적으로 얻은 정보를 영상 속의 레일라와 비교할 경우 대중은 자기 눈으로 직접 본 영상 속 이미지를 믿기 쉽다. 게다가 대중은 음모론을 좋아하기 때문에 레일라가 억울한 누명을 썼을 수도 있다고 더욱 믿게 된다.

그렇다면 대체 레일라의 배후에 있는 사람은 누구란 말인가?

매리언은 생각을 할수록 손에 쥔 터치펜을 더 빨리 두드렸고, 그녀의 손이 자기 생각을 따라잡지 못하는 지경에 이르렀다. 그녀는 집무실 밖의 바삐 돌아가는 긴장된 직원들의 분위기를 무시한 채 자신만의 생각 속으로 깊이 빠져들었다.

레일라는 인터넷에 영상을 올릴 수 없는데….

레일라는 인터넷에 영상을 올릴 수 없다. 하지만 바깥의 누군가가 도와줄 수 있다. 레일라는 언론매체를 이용해 변태 아동 살인마의 이미지를 만들어냈다. 그러나 지금 유출된 영상 속의 레일라는 따뜻한 어머니의 모습이다. 하지만 영상을 올린 사람은 레일라에 맞서려고 한다. 그렇다면 그는 레일라와 한패가 아니다. 만약 레일라의 상대라면 국가양육부를 꼽을 수밖에 없다. 하지만 레일라는 왜 지금 언론을 통해 완전히 상반된 이미지를 만들고 싶어 하는 걸까? 레일라는 인터넷에 영상을 올릴 수 없다. 하지만 바깥의 누군가가 도와줄 수 있다. 레일라는 언론매체를 이용해 변태 아동 살인마의 이미지를 만들어냈다. 그러나 지금 유출된 영상 속의 레일라는 따뜻한 어머니의 모습이다. 하지만 영상을 올린 사람은 레일라에 맞서려고 한다. 그렇다면 그는 레일라와 한패가 아니다. 만약 레일라의 상대라면 국가양육부를 꼽을 수밖에 없다. 하지만 레일라는 왜 지금 언론을 통해 완전히 상반된 이미지를 만들고 싶어 하는 걸까? 레일라는 인터넷에 영상을 올릴 수 없다. 하지만 바깥의 누군가가 도와줄 수 있다. 레일라는 언론매체를 이용해 변태 아동 살인마의 이미지를 만들어냈다. 그러나 지금 유출된 영상 속의 레일라는 따뜻한 어머니의 모습이다. 하지만 영상을 올린 사람은 레일라에 맞서려고 한다. 그렇다면 그는 레일라와 한패가 아니다. 만약 레일라의 상대라면 국가양육부를 꼽을 수밖에 없다. 하지만 레일라는 왜 지금 언론을 통해 완전히 상반된 이미지를 만들고 싶어 하는 걸까? 레일라는 인터넷에 영상을 올릴 수 없다. 하지만 바깥의 누군가가 도와줄 수 있다. 레일라는 언론매체를 이용해 변태 아동 살인마의 이미지를 만들어냈다. 그러나 지금 유출된 영상 속의 레일라는 따뜻한 어머니의 모습이다. 하지만 영상을 올린 사람은 레일라에 맞서려고 한다. 그렇다면 그는 레일라와 한패가 아니다. 만약 레일라의 상대라면 국가양육부를 꼽을 수밖에 없다. 하지만 레일라는 왜 지금 언론을 통해 완전히 상반된 이미지를 만들고 싶어 하는 걸까? 레일라는 인터넷에 영상을 올릴 수 없다. 하지만 바깥의 누군가가 도와줄 수 있다. 레일라는 언론매체를 이용해 변태 아동 살인마의 이미지를 만들어냈다. 그러나 지금 유출된 영상 속의 레일라는 따뜻한 어머니의 모습이다. 하지만 영상을 올린 사람은 레일라에 맞서려고 한다. 그렇다면 그는 레일라와 한패가 아니다. 만약 레일라의 상대라면 국가양육부를 꼽을 수밖에 없다. 하지만 레일라는 왜 지금 언론을 통해 완전히 상반된 이미지를 만들고 싶어 하는 걸까? 레일라는 인터넷에 영상을 올릴 수 없다. 하지만 바깥의 누군가가 도와줄 수 있다. 레일라는 언론매체를 이용해 변태 아동 살인마의 이미지를 만들어냈다. 그러나 지금 유출된 영상 속의 레일라는 따뜻한 어머니의 모습이다. 하지만 영상을 올린 사람은 레일라에 맞서려고 한다. 그렇다면 그는 레일라와 한패가 아니다. 만약 레일라의 상대라면 국가양육부를 꼽을 수밖에 없다. 하지만 레일라는 왜 지금 언론을 통해 완전히 상반된 이미지를 만들고 싶어 하는 걸까…?

매리언은 왼손으로 턱을 받친 채 스스로 머리카락을 헝클어뜨리고 있는 걸 알아채지 못했다. 휴대전화 벨소리가 울리고 전화를 받으면서 비로소 그녀는 다섯 손가락 사이에 자신이 쥐어뜯은 머리가 적잖이 엉켜 있다는 걸 알아챘다.

21

전화를 건 사람은 데이비드 형사였다. "여보세요, 매리언 씨? 당신이 습격당했던 사건과 관련해서 하고 싶은 이야기가 있는 데요. 예, 뉴스에서 봤습니다. 바쁘실 테니까 제가 매리언 씨 회 사로 가도 상관없고요." 매리언도 하마터면 자신의 사건을 잊을 뻔했다. 너무 여러 날이 지나 매리언은 데이비드 형사가 어떤 돌 파구를 찾으리라고 기대하지 못했다.

그런데 뜻밖에도 데이비드 형사는 캠던과 함께 그녀의 집무 실로 찾아왔다.

"매리언 씨…." 형사의 표정은 유별나게 엄숙했다. "전에 캠 던과 이야기하다 레일라가 체포된 과정에 대해 듣게 됐는데요. 그때 같은 방법으로 매리언 씨를 습격한 사건을 해결할 수 있을 것 같다는 생각이 들더군요."

"그러니까⋯ CCTV를 말씀하시는 건가요?"

"예, 매리언 씨가 습격당하기 전의 일에 대해 기억이 없으니까 저희가⋯." 데이비드는 캠던을 슬쩍 쳐다봤다. "도로를 따라 설치된 CCTV를 통해 당신이 습격을 당하기 전에 어디를 갔는지 확인해봤는데⋯."

"그런데요?" 매리언은 어쩐지 불안한 예감이 들었다.

"매리언 씨가 사건 현장에 도착하기 전에 어디를 갔었는지 저희가 CCTV로 확인해보니⋯ 1번 고속도로를 타고⋯."

'1번 고속도로⋯.'

매리언은 캠던을 빤히 쳐다봤고, 그의 표정에서 그가 어떤 생각을 하고 있을지 알아챘다.

"매리언 씨, 그날 정말 별장에 갔던 기억이 없습니까?" 데이비드 형사는 살짝 자세를 고쳐 앉으며 앞으로 몸을 기울였다. 매리언은 그것이 용의자를 신문하는 말투란 걸 알 수 있었다.

매리언은 고개를 절레절레 흔들었다. 그녀는 정말 알지 못했기 때문에 뭐라고 이야기해야 좋을지 알 수 없었다.

매리언이 습격을 당하기 하루 전날 알렉의 납치 사건이 일어났고, 레일라는 아이를 별장에 숨겼다. 레일라는 돌려주지 않은 열쇠를 범행에 사용했다고 했지만 사실 그 점은 매리언도 몹시 의심스러웠다. 만약 본래의 자신이라면 레일라가 회사를 떠나고 국가양육부를 상대로 소송을 냈을 때, 카구야 프로젝트에 관한 혐의를 피하려고 사적인 교집합마저 없애려 바로 별장의 열쇠를 돌려받거나 자물쇠 잠금장치를 리셋했을 것이다. 게다가 레일라는 왜 매리언이 알 리 없으리라고 확신하며 그렇게 편하게 별장을 이용했던 걸까?

그건….

"매리언 씨, 당신이 만약 알렉의 납치 사건과 관련이 있는 거라면…." 데이비드 형사는 계속 말을 이어갔다. 매리언은 캠던을 쳐다봤지만, 그는 매리언의 시선을 피했다. 어쩌면 CCTV를 조사하자고 한 건 캠던의 아이디어였는지도 모른다. "경찰서로 함께 가주셔야 할 것 같은데요."

"제 변호사에게 전화해야겠어요."

데이비드 형사의 차를 타고 경찰서로 가는 길에 뒷자리에 앉은 매리언은 몇 번이나 백미러로 캠던과 눈을 마주쳤다. 그녀는 그 푸른 눈을 오래 보고 있을 수 없어 그 뒤로 계속 눈을 감고 있었다. 그녀는 앞으로 어떻게 해야 할지 냉정하게 생각해야만 했다.

'내가 바로 레일라를 도운 그 사람이다.'

그게 사실이라면 레일라가 어떻게 그리 쉽게 알렉을 납치할 수 있었는지 이해할 수 있었다. 극장의 지도며, 프로젝트에 참여하는 아이들의 이름, 뮤지컬 공연 뒤 아이들이 옆문이 있는 복도를 지나갈 거라는 정보까지 레일라는 모두 자신에게서 얻은 것이다. 이런 가정이 레일라가 언론매체를 통해 공연 정보를 알았다는 것보다 훨씬 합리적이었다.

그러고 보니 브라이언도 말하지 않았던가. 레일라가 회사를 떠난 뒤 자신이 낯익은 사람과 마주치기 힘든 커피숍에서 레일라와 만나고 있는 걸 봤다고 말이다. 분명 그때 자신은 레일라와 알렉을 납치하는 일에 대해 상의하고 있었을 것이다. 그리고 뮤지컬 공연이 있던 날, 레일라는 알렉을 납치해 자신의 별장에 데려다 놨으리라.

만약 자신이 레일라를 도운 그 사람이라면 별장 열쇠 문제도 한 방에 해결이 된다.

하지만 자신이 왜 레일라의 범행을 돕는단 말인가? 카구야 프로젝트의 책임자로서 그렇게 하는 게 자신에게 무슨 이익이 되겠는가?

자신이 습격을 당한 일도 그렇다.

습격을 당하기 전 자신은 별장에 있었고, 1번 고속도로를 탔다는 건 별장에서 시내로 돌아와 집으로 가거나 회사로 가려던 길이었으리라. 그런데 어떤 이유에서인지 자신은 중간에 차를 세우고 공원에 들어가 습격을 당했으며, 상대는 자신의 차에 놔둔 외투를 입은 채 공원을 나가 차를 몰고 떠났다.

범인이 제스퍼의 외투를 입고 공원을 나간 것이 목격된 걸 보면 그 사람은 본래 자신의 차에 탔던 손님일 가능성이 컸다. 이미 차에서 그 외투를 입고 자신과 공원까지 갔다가 습격을 한 다음 차를 훔쳐 도망친 것이다.

만약 자신이 별장에서 나온 거라면 차 안에 있었던 다른 사람은 레일라였을 가능성이 컸다.

경찰서에 도착한 매리언은 신문실로 향했고 강력계에서 조사를 맡았다. 그녀는 캠던이 매리언을 너무 힘들게 하지 말라는 듯 신문을 맡은 형사와 눈빛을 마주치는 걸 봤다. 하지만 매리언도 바보는 아니기에 자신의 변호사가 온 뒤에야 입을 열었다.

"매리언 씨, 3월 10일 토요일의 행적을 말씀해주실 수 있습니까?"

"제 플래너와 다른 사람들의 말에 따르면 그날은 카구야 프로젝트의 1단계 촬영이 있던 날이었으니까 저는 이른 아침부터 극장에서 준비했겠죠. 3월 11일에 제가 습격을 당하면서 머리를 다친 바람에 그 전에 있었던 일은 정말 기억이 안 나니 이해해주세요."

형사는 다른 어떤 반응도 보이지 않았다. "그럼 3월 24일, 아니, 3월 23일은요?"

"평소처럼 아침 8시에 회사에 도착했고, 점심을 먹은 뒤 시설에 회의하러 갔어요. 오후 2시부터 3시 30분까지겠네요."

"그러니까 그날 회의를 마치고 시설에서 등록한 32장의 방문객 카드를 갖고 가셨다는 겁니까?"

"예."

"그러고 나서는요?"

"그러고 난 뒤에는 회사로 돌아왔고, 6시쯤 회사를 나와 시내에 있는 호텔에서 열린 모임에 갔어요. 거기서 밤 10시쯤 떠났고… 이건 전에 다른 형사님께도 말씀드렸어요." 매리언은 슬슬 짜증이 났다. 마음속에 어떤 생각 하나가 떠올라 어떻게든 빨리 집으로 돌아가고 싶었다.

"그 형사의 조사 기록은 저도 봤습니다. 하지만 그 친구는 강력계가 아니라서요." 형사는 여전히 얼굴에 아무런 표정이 없었다. "그럼 방문객 카드는 전부 계속 몸에 지니고 있었습니까?"

"아니요, 다음 날 회사에 먼저 들렀다가 시설에 갈 예정이었기 때문에 방문객 카드를 제 집무실의 서랍에 넣어놨었어요."

"그럼 24일에는….."

"아침 8시쯤 회사에 도착해 방문객 카드와 다른 필요한 것들을 챙긴 뒤, 차를 몰고 시설에 가서 촬영할 준비를 했죠."

"회사를 떠나기 전에 카드의 숫자를 세어봤습니까?"

"아니요, 뭉치로 쌓아서 서랍에 그대로 넣어놨었으니까요. 하지만 숫자가 맞지 않았다면 직원들과 프로젝트 참가 부부들에게 카드를 나눠줄 때 알았을 거예요."

"그럼 알렉의 사건이 일어났을 때 뭘 하고 계셨습니까?"

"그때 보안실에 있다가 사건이 터지고 상황을 보며 쫓아 나갔어요. 그런 다음 바로 캠던에게 전화했고, 촬영 중인 다른 부부들의 상황은 어떤지도 살펴봤어요. 부부들이 사건 상황을 전혀 모른다는 걸 확인한 뒤 촬영 진도에 영향을 주지 않으려고 그분들에게는 상황을 알리지 않았어요. 나중에 경찰이 온 뒤 관련된 사람들을 신문했고, 다른 사람들이 모두 떠난 다음 저는 국가양육부 간부들, 캠던과 함께 회의를….."

"시설 건물을 떠난 적이 없습니까?"

"당시에는 워낙 혼란했기 때문에 장담할 수가 없네요."

형사는 한숨을 내쉬었다. "매리언 씨, 당신이 레일라의 공범이라면 이전의 미스터리들을 모두 납득할 수 있게 됩니다."

"이를테면요?"

"이를테면 레일라가 어떻게 매리언 씨의 이름으로 등록된 방문객 카드를 손에 넣었는지 같은 거죠. 당신이 등록하고 돌려줄 때 제3자가 숫자를 센 것 외에는 다른 시간에 당신이 유효한 방문객 카드들을 갖고 있었는지 증명할 수 없잖아요. 그러니까 당신은 카드를 등록한 뒤 모종의 방법으로 그중 한 장을 레일라에게 건네줬을지 모르죠. 그런 다음 나중에 다시 카드를 돌려받을 방법을 미리 약속했을 테고요. 알렉이 시설에 나타난 소동이 있은 뒤 당신은 혼란한 틈을 타 약속해둔 곳으로 가서 레일라가 숨겨둔 카드를 찾아내…."

"하지만 레일라는 그때 시설에 없었다는 알리바이가 있잖아요."

"하지만 레일라 본인도 이미 인정했잖아요. 경찰이 부주의한 틈에 감시를 벗어났다고요."

경찰은 레일라가 모든 사건의 범인이라는 이 결과에 무척 만족하고 있는 눈치였다. 과연 레일라가 어떻게 방문객 카드를 손에 넣었는지 하는 문제만 해명되면 사건을 온전히 검찰에게 넘겨 기소할 수 있을 테니 말이다. 경찰은 계속해서 같은 일에 대해 매리언에게 묻고 또 물었다. 상대는 매리언의 말에 앞뒤가 안 맞는 부분이 있으면 바로 약점을 잡아낼 참이었다. 하지만 경찰의 의도를 눈치챈 매리언은 곁에 있는 변호사에게 슬쩍 눈길을 줬다.

"형사님, 잠시만요." 변호사는 몸을 앞으로 기울였다. "조금 전에 형사님이 말씀하신 건 추론에 불과합니다. 형사님도 아시겠지만, 본인의 추론을 밑받침해줄 증거가 있지 않은 한 저희 의뢰인이 범죄에 참여했다는 건 증명할 수 없습니다. 그뿐만 아니라 저희 의뢰인은 카구야 프로젝트의 책임자로 레일라의 범죄에 협조할 동기가 전혀 없습니다. 그리고 레일라가 자신의 별장에 숨었을지 모른다는 단서를 제공한 사람이 바로 저희 의뢰인이란 걸 잊지 마십시오. 저는 현재의 단계에서 경찰이 저희 의뢰인에게 조사에 협조해달라고 요청한 것으로 믿고 있습니다. 만약 다른 문제가 없다면 저희 의뢰인이 업무로 매우 바쁘다는 사실을 알아주시면 좋겠습니다. 만약 이후로 새로운 단서가 생기거나 저희 의뢰인이 새롭게 어떤 기억을 떠올린다면 기꺼이 경찰의 조사에 협조하겠습니다."

형사는 변호사를 보다가 다시 매리언을 쳐다봤다. 매리언은 형사의 시선을 피하지 않았고, 두 사람은 한동안 서로를 빤히 바라봤다. "물론이죠." 잠시 후, 형사가 입을 뗐다. "다시 필요한 일이 있으면 통지를 드리겠습니다." 형사는 마침내 처음으로 얼굴에 미소를 지었지만 매리언은 그가 차라리 웃지 않는 게 낫겠다고 생각했다.

＊

"너무 걱정하지 마세요. 그런 CCTV 영상은 죄를 지었다는 증거가 되지 않으니까요." 경찰서를 나서며 변호사는 자신 있다는 듯 미소를 지었다.

"무슨 말인지 알겠어요. CCTV 영상에는 제가 1번 고속도로를 탄 것만 찍혔으니 별장에 갔다는 증명이 될 순 없군요?"

"하하, 법대 가시려고요? 제 일자리가 떨어지겠는데요."

"아니요, 저는 전문 분야는 전문가가 맡아야 한다고 생각해요." 매리언은 웃으며 말했다. "여행 제한은 없는 거죠?"

"없어요. 하지만 출국은 하지 않으시는 게 좋겠어요."

"예, 그럼 앞으로의 일은 변호사님께 맡길게요." 매리언은 밖에서 기다리고 있는 캠던을 발견했다. 그녀는 변호사와 인사를 나눈 뒤 캠던의 차로 걸어갔다.

"아, 매리언 대표님." 그때 변호사가 매리언을 불러 세웠다. "제가 레일라의 변호사를 만나봐야 할 거 같아요. 경찰은 지금 당신을 기소할 수 없어요. 레일라가 지금까지 단독 범행을 인정했으니까요. 하지만 이 상태로 두는 건 지나친 모험이에요. 변호사로서 저는 이 사건을 그 한 사람에게 의존하고 싶지 않네요. 사실 레일라가 무슨 꿍꿍이인지도 모르겠고요."

매리언은 고개를 끄덕인 뒤 캠던의 차로 다가갔다. 만약 레일라가 갑자기 자백을 뒤집는다면 자신에게 얼마나 불리할지 매리언도 잘 알고 있었다.

"이걸 보여주려고요." 캠던은 한 손으로 핸들을 잡고, 다른 손으로 태블릿 PC를 매리언에게 건넸다. 태블릿 PC에서는 션의 가게 앞을 찍은 영상이 나오고 있었다.

"이 영상은 3주 전에 찍은 거예요." 캠던이 말했다.

CCTV에는 션의 가게로 들어가는 매리언이 찍혀 있었다.

"나네요." 매리언은 쓴웃음을 지었다.

"대표님… 정말 기억이 안 나요?"

"캠던, 날 믿어요?" 매리언은 한숨을 내쉬었다. 그녀는 캠던의 대답을 들으면 어떤 반응을 보여야 할지, 또한 자신이 대답을 들을 준비가 됐는지 알 수 없었다.

캠던은 아무런 말이 없었다.

"그래요, 캠던이 날 믿지 않았다면 이걸 나한테 보여주지 않았겠죠." 이렇게라도 말해야 위로가 될까?

"예." 캠던은 짧게 대답했다.

"내가 전에도 말했지만, 우리에게는 레일라 외에도 또 다른 '적'이 하나 더 있어요." 매리언은 태블릿 PC의 케이스 덮개를 덮으며 말했다. "내 생각에 레일라의 이번 계획은 사실 세 사람의 계획이에요. 레일라와 나, 그리고 또 다른 누군가 말이에요. 다만 그 누군가는 나쁜 목적을 갖고 이 계획에 참여한 거 같아요. 내가 부상을 입고 기억 상실증에 걸린 뒤 그 사람은 나와 레일라 사이의 중간자가 됐죠. 그 사람은 원래의 계획대로 알렉을 데리고 시설에 나타나 레일라에게 알리바이를 만들어줬어요. 그 사람은… 어쩌면 알렉을 살해한 뒤 모든 죄를 레일라에게 뒤집어 씌웠는지도 몰라요. 그리고 날 습격한 사람은 레일라일 수도 있고, 이 어둠 속의 공범일 수도 있죠."

"하지만 그렇다 해도 방문객 카드의 미스터리는 아직 풀리지…." 캠던은 더 이상 말을 잇지 못했다.

캠던은 매리언을 집에 데려다준 뒤 사무실로 돌아갔다. 매리언은 롬이 집에 왔다가 갈아입을 옷만 가져간 흔적을 발견했다. '차라리 잘됐네.' 매리언은 생각했다. 이렇게 혼자 있으면 온전히 생각에 몰두할 수 있지 않겠는가.

매리언은 회사 인트라넷에서 국가양육부와 함께 작성한 카구야 프로젝트 계약서를 다시 불러냈다. 모든 표준 계약서에는 '범위 외 서비스'가 포함되어 있지만 이렇게 상세히 조건이 적혀 있는 경우는 거의 보지 못했다.

'매리언, 잘 생각해봐. 너라면 이렇게 쓴 목적이 뭐일 것 같아?'

레일라는 국가양육부를 상대로 소송을 벌이고 있다. 만약 레일라의 홍보쇼를 돕는 거라면 '범위 외 서비스'가 가능한 방법일 수 있다. 이를테면 한편으로는 레일라에게 그녀를 위한 영상을 제작하고 발표해 대중들의 마음을 흔들 수 있다고 하는 것이다. 하지만 다른 한편으로는 국가양육부에 레일라를 이용하자고 하면서 국가양육부를 상대로 소송을 낸 사람이 카구야 프로젝트에 참여한다면 국가양육법의 이미지에 큰 도움이 될 거라고 하는 것이다.

하지만 이건 말이 되지 않는다.

레일라는 자신이 이용당한다는 걸 모를 만큼 바보가 아니다. 만약 레일라가 카구야 프로젝트에 참여하겠다고 했다면 충분히 고려한 뒤에 내린 결정일 것이다.

'딩동!'

잠깐! 매리언은 퍼뜩 어떤 생각이 떠올라 회사 인트라넷에 있는 카구야 프로젝트의 파일 폴더를 열었다. 계약서가 저장된 파일 폴더에는 워드 파일과 PDF 파일이 있다. 하지만 대외적으로 주고받는 문서는 모두 편집 권한이 제한된 PDF 파일을 쓴다. 그런데 이 계약서의 PDF 파일은 작성한 날이 카구야 프로젝트가 시작된 뒤가 아닌가.

'딩동! 딩동!'

설마… 지금 인트라넷에 있는 계약서가 수정된 버전이란 말인가? 말하자면 어떤 돌발적인 사건이 벌어지면서 원래의 계약서 조항이 부족해 수정을 하게 된 걸까?

그래, 그게 확실해! 매리언은 제자리에서 펄쩍 뛰었다. 지금까지 그녀의 추리는 순서가 잘못되어 있었던 것이다! '범위 외 서비스'로 레일라가 알렉을 납치하도록 도운 게 아니라 레일라가 알렉을 납치했기 때문에 매리언 자신이 국가양육부와 교섭을 벌여 계약서에 특별히 '범위 외 서비스' 조항을 넣음으로써 몰래 레일라를 도운 것이다.

'딩동! 딩동! 딩동!'

그제야 매리언은 누군가가 자신의 집 초인종을 계속 누르고 있는 걸 알아차렸다.

'딩동! 딩동! 딩동! 딩동! 딩동! 딩동!'

매리언의 집 초인종은 카메라와 연결되어 있는데, 화면에 좀 전에 경찰서에서 그녀를 신문했던 형사의 모습이 보였다.

"형사님, 또 무슨 일이시죠?" 매리언이 문을 열었을 때 그의 뒤로 몇 명의 사람이 더 있었다.

"매리언 씨." 형사는 손에 든 서류를 들어 보였다. "지금 저희는 알렉의 살인을 모의한 혐의로 당신을 체포하려고 합니다. 당신은 묵비권을 행사할 권리가 있으며, 당신이 한 모든 말은 법정에서 불리하게 작용할 수 있습니다. 또한 당신은 변호사의 입회를 요구할 수 있으며, 변호사를 고용할 수 없다면 국선 변호사를 신청할 수 있습니다."

　형사의 말이 무슨 뜻인지 몰라 매리언이 멍하니 넋을 놓고 있을 때 어느새 여자 경찰이 나타나 그녀의 양손에 수갑을 채웠다.

22

프랑스에서 교환학생단 활동을 하고 돌아온 지 2개월 만에 매리언은 시설의 육아원에 임신했다는 사실을 들켰다. 시설의 지도교사는 상담을 통해 매리언이 프랑스에 갔을 때 니스의 대학생과 관계를 맺어 아이를 갖게 됐다는 걸 알았다. 매리언은 열여섯 살이 넘긴 했지만, 아직 신체검사를 통해 출산 허가증을 받지 않은 데다 아이의 아버지도 다른 나라 사람이라 국가에서 남자에게 건강 자료를 요구할 수 없었다. 게다가 매리언은 남자에게 속아 성관계를 맺은 상황이었기에 이를 안 지도교사는 하루라도 빨리 시설의 출산 대기소로 옮기는 게 좋겠다고 했다.

하지만 학업에 영향을 주고 싶지 않았던 매리언은 학기가 끝난 뒤 출산 대기소로 옮기겠다며 의사의 동의까지 얻었다. 하지만 그 기간 동안 매리언은 괴롭힘을 당하게 됐다. 누군가가 교실에서 매리언의 자리에 모욕적인 내용이 담긴 낙서를 남긴 것이다. 조사 결과 매리언과 같은 프랑스 교환학생단으로 갔던 친구들이 벌인 짓으로 밝혀졌다. 익명의 소식통에 따르면 이 사건을 주도한 아이는 매리언과 관계를 맺은 대학생의 여자 친구라고 했다. 어쨌든 이 사건 때문에 육아 주임은 매리언에게 서둘러 출산 대기소로 옮길 것을 결정했다. 하지만 매리언은 출산 대기소로 옮기기 하루 전에 짐을 챙겨 시설을 나선 뒤 종적을 감췄다.

당시 만 16세가 넘었던 매리언은 시스템이 허락한 시간에 시설을 빠져나간 것이다. 경찰은 매리언의 몸 상태를 고려해 이 일에 관여하기로 했다.

그로부터 4개월 뒤, 웨스트코스트주의 거리에서 임신한 소녀를 봤다는 신고가 들어왔다. 거리에서 임산부를 보는 것은 이상한 일인 데다 임신한 여자는 나이가 어려 보이고 같이 있는 사람은 중년 여자라 신고자의 이목을 끈 것이다.

결국, 경찰은 과거 육아원이었던 보어의 집에서 매리언을 찾아냈다. 보어는 육아원으로서 부당한 행동을 했다는 죄목으로 체포됐고, 매리언은 바로 웨스트코스트주에 있는 출산 대기 시설로 보내졌다.

보어는 퇴직한 뒤 5년 정도 매리언이 있는 시설에서 육아원으로 일했었다. 들리는 바에 따르면 매리언은 아이들의 괴롭힘을 피하려고 자신과 정이 깊었던 육아원 보어를 찾아 웨스트코스트주로 왔다고 했다. 하지만 매리언이 찾아왔을 때 육아원 출신인 보어가 관련 기관에 통보하지 않고 사적으로 숨겨준 것은 국가양육법 위반이었다. 하지만 보어의 행동이 선의에서 비롯됐으며 매리언과 아기에게 상해를 입힐 의도가 없었음을 고려해 법원은 결국 보어에게 가벼운 처벌만 내렸다.

형사는 23년 전 사건의 요약본을 읽어 내려갔다. 듣고 있던 매리언은 익숙하면서도 낯선 이야기를 듣는 것 같은 기분을 느꼈다. 이야기가 낯선 건 그녀에게 이 사건에 대한 기억이 전혀 없었기 때문이며, 그러면서도 익숙한 건 그때 만약 그녀가 이 세계에 있었다 해도 똑같이 행동했으리란 상상이 됐기 때문이었다.

이 세계에서도 어리고 무지했던 그녀는 루이에게 속고 말았다. 친척은 아니었지만, 그녀는 여전히 웨스트코스트주에 사는 보어를 찾아갔다. 이런 생각을 하고 있으려니 매리언은 저도 모르게 쓴웃음을 지을 수밖에 없었다.

"지금 웃음이 납니까? 매리언 씨, 당신에게 범행을 저지를 동기가 없다고요? 이게 바로 그 동기입니다!" 눈앞의 형사는 매리언을 다시 현실로 데려왔다. 그는 사건 요약본이 담긴 파일을 있는 힘껏 책상 위에 집어 던졌다. "23년 전, 당신과 가깝게 지냈던 전 육아원이 체포된 일에 앙심을 품고 지금까지 기다렸다가 국가양육부에 복수한 거 아닙니까!"

매리언은 여전히 침묵을 지키고 있었다.

"동기도 있겠다, 당신은 레일라를 이용하기로 마음먹고 프로젝트 1단계 때 레일라가 알렉을 납치하게 하고, 2단계 하루 전날 방문객 카드를 레일라에게 건넸겠죠. 레일라는 사용한 카드를 시설의 어딘가에 숨겼고요. 당신은 사건의 조사를 핑계로 시설을 다니며 방문객 카드를 회수했을 테죠. 그런 다음 당신은 레일라가 집에 있는 사이에 별장에 가서 알렉을 살해했고요. 나중에 레일라가 시체를 발견하고 사건을 숨기려고 시체를 토막 내려 할 때 당신은 일부러 경찰을 별장으로 인도해 레일라가 현행범으로 체포되게 한 겁니다!"

"형사님, 단어 사용에 좀 주의해주십시오." 매리언의 변호사가 입을 열었다. "우선 저희 의뢰인이 별장을 떠올린 건 순전히 FBI가 CCTV 영상으로 레일라의 행적을 역으로 추적했기 때문이었습니다."

"흥." 형사는 차가운 코웃음을 쳤다. "그게 아니었다 해도 캠던이 사건의 조사 결과에 대해 말하기를 기다렸다가 적당한 때에 갑자기 생각난 것처럼 레일라가 알렉을 별장에 숨겼다고 말하려 했겠죠."

경찰은 매리언이 도주의 위험이 있다며 보석을 허가하지 않았다. 하지만 매리언의 변호사는 최선을 다해 그녀를 보석으로 풀려나게 해주겠다고 약속했다. 구치소에 갇힌 매리언은 마음이 급해질 수밖에 없었다. 경찰이 어떻게 해서든 자신이 유죄라는 증거를 찾아내 검찰을 통해 기소하려는 걸 알고 있었기 때문이다. 하지만 매리언은 마음 한구석에 정말 자신이 범인이 아닐까 하는 의심이 들었다.

살인을 한 건 분명 자신이 아니지만 다른 일들은? 정말 자신이 했을 가능성이 있을까? 과거에 정말 그런 일을 겪었다면 자신도 그렇게 국가양육부에 복수해야겠다고 마음먹었을까? 그렇게 자신과 레일라의 목표가 일치해 이번 범행을 함께 모의한 걸까? 그렇다면 카구야 프로젝트는 단순한 국가양육부의 홍보 프로젝트가 아니라 남들은 모르는 레일라와 자신만의 복수 프로젝트였단 말인가?

만약 매리언 자신이라면 정말 그렇게 할 수 있을까?

아니, 그럴 리 없다.

매리언은 오른손으로 펜대를 잡은 척하며 계속 허벅지를 두드렸다.

정말 국가양육부에 복수할 생각이었다면 굳이 알렉을 살해할 필요가 없지 않은가. 게다가 정부의 한 부처가 엄청난 실수를 저지를 경우 국민들은 다음 선거에서 집권당을 바꾸면 그만이다. 23년이 흐르는 동안 집권당은 벌써 몇 번이나 주인이 달라졌다. 다시 말해 지금 국가양육부를 움직이는 사람들은 보어 아주머니를 잡아간 그 사람들이 아니었다. 만약 복수하려 한다면 그 옛날의 사람들에게 해야지, 지금의 국가양육부에 할 이유가 전혀 없었다.

이 사건의 핵심은 제3의 인물이었다.

그 사람은 이 계획에 대해 알고 있었을 뿐만 아니라 함께 참여했다. 하지만 지금 이 시각 그 사람은 여전히 어둠 속에서 알 수 없는 꿍꿍이를 꾸미고 있다.

매리언은 다음 날 변호사에게 그 사람을 찾아달라고 부탁하며 우선 레일라 쪽에서부터 손을 대보라고 할 작정이었다. 레일라는 그 사람이 누구인지 알고 있을 게 분명했기 때문이다.

하지만 다음 날 이른 아침, 매리언이 변호사에게 전화도 하기 전에 뜻밖에도 형사가 납빛이 된 얼굴로 구치소에 나타났다.

"매리언 대표님, 가셔도 됩니다." 형사가 말했다. "밖에 나가서 수속 밟으시죠."

매리언이 어떻게 된 상황인지 몰라 얼떨떨하고 있을 때 멀지 않은 곳에 낯익은 얼굴, 롬이 서 있는 게 보였다. 두 사람이 처음 만났던 날 입었던 외투를 입고 예전과 다름없는 그 따뜻하고 바보 같은 미소를 지으면서 말이다. 그 모습은 마치 자신은 왓슨이고 매리언은 셜록 홈즈라고 했던 때와 똑같았다.

매리언은 달려가 롬을 꽉 끌어안았다. 평행세계지만 롬은 역시 롬이었던 것이다.

"당신 도대체 무슨 수를 쓴 거야?" 매리언이 웃으며 롬에게 물었다.

"하, 아쉽네. 난 그냥 당신을 데리러 온 거야. 감사해야 할 사람은 저기 있어." 롬이 살짝 비켜나니 그 뒤에 서 있던 사람이 보였다.

캠던은 팔짱을 낀 채 벽에 기대어 서 있었다. 그의 짓궂은 미소를 보니 지금 얼마나 우쭐해하고 있는지 알 것 같았다. "흠, 저한테 고마우면 아침이나 한 끼 푸짐하게 사주세요."

그렇게 롬이 운전해 세 사람은 시내의 고급 호텔로 가서 아침 식사를 함께했다.

"회사 대표님은 역시 다르네요. 아침 식사도 이렇게 으리으리하게 하다니." 캠던은 커피를 마시며 말했다.

"적당히 해요. 아침 한 끼 푸짐하게 먹고 싶다면서요. 막상 많이 먹지도 않네." 매리언은 토스트에 땅콩잼을 바르며 말했다. "이제 얘기해봐요. 뭘 어떻게 했기에 그 형사가 날 풀어준 거예요?" 고압적인 자세로 매리언을 체포했던 형사가 그렇게 풀이 죽은 얼굴로 그녀를 풀어준 걸 보면 어쩔 수 없이 동의했을 가능성이 컸다.

"제가 그 제3자를 찾았거든요." 캠던은 토스트를 더 먹으려고 하다가 그냥 손을 거뒀다. "조사해보니까 레일라가 나왔던 그 영상은 웨스트코스트주의 어떤 인터넷 카페에서 올린 거더라고요. 하지만 거긴 CCTV가 없었어요. 만약 매리언 대표님이 범인이 아니고, 알렉을 데리고 시설에 나타난 사람이 정말 레일라가 아니라면 대체 진짜 범인은 어떻게 방문객 카드를 손에 넣은 거죠? 그래서 저는 시설에 다시 찾아가 접수처에 있던 직원에게 그날 무슨 일이 있었는지 물어봤어요. 그런데 거기서 아주 뜻밖의 이야기를 들었어요. 원래 거기는 저녁에도 직원이 당직을 서는데 그날 밤에 당직을 섰던 직원이 마침 휴가를 얻어 최근에 외국에 나가 있다는 거예요. 그 직원은 시설을 한바탕 조사했던 걸 전혀 모른다더라고요. 그래서 제가 그 직원에게 연락했는데 그날 밤에 누군가가 당신 이름으로 방문객 카드 한 장을 더 등록해달라며 찾아왔다는 거예요. 그 사람 말이 오후에 등록한 카드 중에 한 장이 문제가 있어서 한 장을 더 발급받고 싶다면서 다음 날 카드를 반환할 때 일괄적으로 카드들을 돌려줄 테니 문제가 있는 카드는 취소해도 된다고 했다더라고요."

"그래서 내가 카드를 반환할 때 시스템에는 그냥 32장 카드가 등록된 거로 나왔던 거군요." 매리언은 손에 들고 있던 커피를 내려놓았다. "그 사람 정말 대담하네요. 부부들이 각자 카드를 한 장씩 갖고 있지만, 촬영 때문에 혼자 시설을 떠날 일이 적을 테니 그중에 하나가 이미 취소된 카드라 해도 들킬 위험이 적다고 판단한 거잖아요. 게다가 시설을 들고날 때 마침 취소된 카드를 쓴다 해도 옆에 있는 배우자가 '내 걸로 해볼게.'라고 할 테니 큰 문제가 없을 거라고 생각한 거죠. 실제로 그 취소된 카드를 쓴 사람이 있다 해도 대수롭지 않은 일이라 여겨 우리에게 알려야 한다고 생각하지 않을 테고요." 매리언은 카드를 긁는 척하며 말했다.

"제가 시설 로비에 있는 CCTV를 뒤져보니까 정말 어떤 여자가 등록처에 갔더라고요. 하지만 얼굴은 찍히지 않았어요. 그래도 그 영상만으로도 당신이 레일라의 공범이란 가설을 뒤집을 수 있는 증거가 되죠. 왜냐하면 그 시각에 매리언 대표님은 확실한 알리바이가 있으니까요. 당연히 시설에 카드를 받으러 올 수도 없고요."

"그럼 그 등록처 직원은 당시의 구체적인 상황에 대해서 뭐라고 얘기하던가요?"

캠던은 절레절레 고개를 저었다. "그 직원이 있는 데가 인터넷 연결이 잘 안 돼서 자세히 이야기하지는 못했어요. 하지만 그 직원이 내일모레 돌아온다고 해서 몽타주 그릴 사람을 미리 약속해놨어요. 오면 바로 몽타주를 그리려고요. 하지만… 이틀 동안 기다리고 있을 수만은 없잖아요."

캠던은 휴대전화를 꺼내 음성 파일을 열었다.

"사실, 경찰의 창끝이 대표님에게 향했던 건 제보가 있었기 때문이에요. 제보자 말이 23년 전 '육아원이 미성년자를 숨겼던 사건'의 주인공이 당신이고, 국가양육부에 복수하려 작전을 꾸민 거라고 했다는 거예요."

"맞아, 나도 이상하더라고." 롬이 입을 뗐다. "그 사건은 웨스트코스트주에서 일어났고, 이미 23년이나 흘러 당신이랑 가까운 사람들 외에는 아는 사람이 거의 없는데 경찰이 그렇게 빨리 조사를 했다는 게 이상하잖아. 어쩐지 누군가 제보를 했던….."

"방문객 카드를 등록한 사람이 따로 있다는 걸 알고 나니 경찰에 걸려온 제보 전화가 굉장히 의심스럽더라고요." 캠던은 드디어 토스트와 땅콩잼을 집어 들었다. "그 제보자는 연락처를 남기지 않았지만 처음 전화를 받고 돌린 팀에서 사건에 관한 정보라고 하니까 나중에 전화 받은 형사가 신중을 기하려고 통화를 녹음했었다고 해요. 그 형사는 팀장 눈치가 보이니까 제대로 조사도 하지 않고 매리언 대표님을 체포한 거고요. 그게 미안했던지 저한테 제보자의 녹음 파일을 주더라고요."

캠던은 재생 버튼을 눌렀다.

'여보세요? 아이가 살해된 사건을 맡고 있는 팀인가요? 제가 제보할 정보가 있는데요. 카구야 프로젝트의 책임자인 홍보회사의 대표 매리언을 한번 조사해보세요.' 그냥 듣기에는 여자의 목소리 같았다.

'매리언은… 바로 23년 전 육아원이 소녀를 숨겼던 사건의 그 소녀였어요. 매리언은 당시 체포됐던 육아원과 사이가 각별했기 때문에 그 일에 대해 내내 양심을 품고 있었고요. 오랫동안 계획을 꾸민 끝에 매리언은 드디어 국가양육부에 복수할 기회를 얻게 된 거예요.'

"전화가 어디에서 걸려왔는지 추적할 수 없나요?" 롬이 캠던에게 물었다.

"그게… 휴대전화 선불카드를 써서… 매리언 대표님?"

캠던은 매리언의 낯빛이 좋지 않은 걸 알아챘다. 게다가 매리언은 입술을 옴짝거리며 뭔가 혼잣말을 하고 있었다.

"그 애가…?" 매리언의 목소리가 너무 작아 캠던은 하마터면 무슨 말인지 알아듣지 못할 뻔했다. "어떻게 그 애가 알고 있지…?"

※

매리언은 캠던과 함께 어느 아파트를 찾았다. 롬은 시설에서 당직을 서야 해서 같이 오지 못했다. 두 사람이 엘리베이터 쪽으로 걸어가자 아파트 로비의 경비실에 앉아 있던 제복을 입은 경비원 남자가 그들을 불러 세웠다. "저기요, 여기 사시는 분들 아니죠? 누굴 찾아오셨습니까?"

"아, 안녕하세요." 매리언은 웃는 얼굴로 경비실로 다가갔다. "저는 이 아파트 19층에 사는 애비게일의 직장 상사인데요. 급한 일이 있어서 부득이하게 집까지 찾으러 왔습니다."

녹음 파일의 목소리를 듣자마자 매리언은 그 주인공이 애비게일이란 걸 알았다. 그녀는 매리언 회사의 젊은 직원이었다. 원래의 세계에서는 젊은 스타 제스퍼의 홍보 활동 중에 레일라가 이든을 데리러 어린이집에 가는 바람에 애비게일이 어쩔 수 없이 매리언에게 전화했던 적이 있었다.

'사실 회사에는 저 말고도 능력 있는 사람이 많이 있잖아요. 애비게일도 그렇고. 게다가 애비게일의 고향도 웨스트코스트주고요.' 웨스트코스트주의 사무소를 책임질 사람을 뽑으려 할 때 브라이언이 말하기도 했다.

그런데 경찰에게 제보 전화를 한 사람이 바로 애비게일이었다. 매리언은 대체 무슨 이유로 애비게일이 자신을 미워하게 됐는지 알 수 없었다. 이럴 정도로 자신을 비난하다니 매리언은 회사에서 자신이 애비게일을 섭섭하게 대했던 건 아닌지 스스로에게 되물었다.

캠던은 육아원이 미성년자를 숨긴 사건이 당시에는 큰 뉴스였고, 사람들 사이에서 가십거리였지만 다른 뉴스가 그러하듯 얼마 지나지 않아 새로운 뉴스에 묻혀버렸었다고 했다. 또한 캠던은 자신의 나이에 그 일을 알고 있는 것은 오로지 FBI에서 교육을 받을 때 납치 사건의 사례로 배운 적이 있었기 때문이라고도 했다.

그렇다면 애비게일의 나이에 매리언이 23년 전에 겪은 일을 알고 밀고를 했다는 건….

애비게일이 바로 그때 태어난 그 아이란 뜻이 아닐까.

그러고 보니 매리언은 그때 태어난 아이가 남자아이였는지 여자아이였는지 전혀 알지 못했다.

"시설에서 일하는 사람들의 자질이 다 좋은 편이긴 하지만 소문이란 게 돌고 도는 거니까요." 애비게일의 집으로 가는 중에 캠던이 말했다. 애비게일은 아직 휴가 중이라 매리언과 캠던은 그녀의 집을 바로 찾아가기로 한 터였다. "게다가 어렸을 때는 내 부모님은 어떤 사람일까 궁금해하는 시기가 있잖아요. 일단 그런 정보가 유출됐다면, 특히 애비게일은 일반적이지 않은 상황에서 태어난 거니까 어렸을 때 괴롭힘을 당했을 가능성이 크죠. 본래 부모의 자료는 비밀에 부쳐지지만 조사하려고만 한다면 생각만큼 어렵지도 않을 거예요."

매리언은 차창 밖을 쳐다보면 원래 세계의 애비게일을 떠올렸다. '그 애도 일찌감치 알고 있었을까? 우리 회사에 들어오기 전부터?'

"애비게일 씨의 상사라고요?" 아파트의 경비원은 의심의 눈빛으로 매리언을 쳐다봤다. 매리언은 고개를 끄덕이며 명함을 꺼내 경비원에게 건넸다.

"그쪽에서 오시는 걸 애비게일 씨가 알고 있습니까?" 경비원이 물었다. "차라리 애비게일 씨더러 내려오시라고 하시죠. 무작정 올라가시면 제가 곤란하거든요."

"하지만 정말 급한 일이라서요. 제가 진짜 애비게일의 상사가 맞는데요."

"죄송하지만 저희 관리 규정상 이러시면 안 됩니다." 경비원은 어쩔 수 없다는 듯 미소를 지었지만, 말투는 매우 단호했다.

"그럼 이렇게 하죠. 제가 제 신분증을 맡길게요." 매리언이 자신의 가방을 열려고 하자 경비원이 손사래를 쳤다.

"이러게 하셔봐야 소용없습니다. 그쪽에서 오시는 걸 애비게일 씨가 알고 있는 거면 직접 내려오시라고 하십시오. 아니면 애비게일 씨에게 먼저 전화를 하시죠."

"함부로 들여보내주실 수 없다는 거 잘 압니다." 캠던이 앞으로 나서더니 경비원에게 FBI 신분증을 보여줬다. "정말 급한 일이 있어서 그러니까 융통성 있게 좀 해주시죠."

그러자 경비원의 얼굴은 삽시간에 더 차가워졌다. "요원 양반, 나보다 더 잘 아실 테지만 수사를 하려면 개인의 공간에 들어갈 때 수색 영장이 필요한 거 아닙니까? 수색 영장이 없으면 함부로 안에 들여보내드릴 수 없습니다. 두 분은 대체 회사 일로 오신 겁니까, 아니면 수사를 하러 오신 겁니까?"

"아니요, 이분은 그런 뜻이 아니에요." 매리언은 분위기를 풀어보려고 애썼다. 이제 막 구치소에서 나왔는데 행여 경비원이 경찰에 신고라도 하면 어쩐단 말인가. "알겠습니다. 제가 애비게일에게 전화를 해볼게요."

매리언은 본래 애비게일 앞에 갑자기 나타나 그녀와 대질을 할 생각이었다. 괜히 먼저 전화를 걸어 애비게일이 경계심을 갖게 하고 싶지 않았다. 하지만 지금은 어쩔 도리가 없었다.

'안녕하세요! 저는 애비게일입니다. 죄송하지만 지금은 전화를 받을 수 없습니다. 메시지를 남겨주시면 제가 빨리 전화 드리겠습니다. 즐거운 하루 되세요!' 전화가 채 연결되기도 전에 사서함으로 넘어가는 걸 보니 애비게일이 전화를 꺼둔 것 같았다.

애비게일도 알고 있으리라. 이 정도까지 왔으면 이미 돌이킬 수 없다는 걸 말이다.

애비게일의 아파트에 들어갈 수 없었던 매리언은 캠던과 그곳을 떠날 수밖에 없었다. 그런데 그때 마침 롬에게서 문자가 왔다.

'어떻게 됐어?' 롬이 물었다. '애비게일은 찾았어?'

매리언은 바로 롬에게 전화를 걸었다. "아니, 못 찾았어. 애비게일이 어디로 갔는지 모르겠네."

"제보한 사람이 애비게일인 줄 알았으니까 경찰이 금방 찾아낼 수 있겠지. 집에 갈 거야?"

매리언은 시간을 확인하며 말했다. "응, 오늘은 집에서 일해야겠네. 당신은 얼른 점심이나 먹어. 아까 보니까 많이 먹지도 않던데."

매리언은 롬의 웃음소리를 들었다. "그게 당신이 할 말인가? 당신이 내내 땅콩잼 바른 칼로 다른 음식들을 건드렸잖아. 난 오늘 당직이라 땅콩은 먹으면 안 될 거 같더라고."

"어머, 왜 나한테 말 안 했어? 토스트에 땅콩잼 바르지 말라고 하지." 매리언은 롬의 말이 무슨 뜻인지 바로 알아차렸다. 시설에서 일하는 롬은 아이들과 항상 마주하기 때문에 알레르기를 일으킬 수도 있는 땅콩을 가능한 한 피하는 게 당연했다.

"당신이 좋아하잖아. 어젯밤에 구치소에서 고생했을 텐데 난 아침 한 끼 덜 먹는다고 안 죽어."

"당신도, 참." 캠던이 옆에 있는 터라 매리언은 지나치게 꿀 떨어지는 미소를 짓고 싶지는 않았다.

'그런데 잠깐… 땅콩이라고?'

매리언은 다급하게 회사에 있는 브라이언에게 전화를 걸었다. "브라이언, 카구야 프로젝트에 참여한 아이들 자료 찾아서 나한테 메일로 보내줘."

'만약 정말 그렇다면 그게 바로 카구야 프로젝트에 숨겨진 목적일까?' 불과 5분이었지만 기다리는 동안 매리언은 속이 까맣게 타들어갔다.

매리언은 휴대전화 화면으로 아이들의 자료를 본 뒤 깊고 깊은 한숨을 내쉬었다. '정말 그런 악의가 있었던 거야.'

"혹시 경찰이에요?" 어떤 중년 여자가 불쑥 매리언과 캠던의 뒤에서 나타나 물었다. "그… 무슨 신분증 보여주는 거 봤는데." 알고 보니 여자는 경비실 앞에서 있었던 일을 모두 본 모양이었다.

"FBI입니다." 캠던은 자신의 신분증을 아주머니에게 보여줬다. "누구신지?"

"여기 아파트의 청소부예요. 19층 아가씨 조사하는 건가요?"

"아주머니 혹시 뭔가 아시는 게 있습니까?"

"내가 그 아가씨 뭔가 이상한 줄 알았다니까! 역시! 멀쩡한 사람이면 어떻게 FBI가 찾아오겠어요? 이틀 전에 그 아가씨가 집 안 대청소를 했는지 뭘 엄청 많이 갖다버렸는데 평소에 워낙 잘 차려입고 다니는 아가씨라 뭐 쓸 만한 게 없나 살펴봤거든요. 그런 젊은 아가씨들이… 고생이란 걸 못 해봐서 멀쩡한 것도 잘 갖다버리고 하잖아요. 근데 내가 세상에 별 희한한 걸 보게 됐잖아요. 이걸 경찰에 신고해야 하나 말아야 하나 고민하고 있었는데….”

“그게 뭔데요?” 매리언이 물었다. 그렇다면 애비게일은 이틀 전에 이미 이곳을 떠날 준비를 한 것이다. 여자는 아무 말 없이 묘한 미소만 짓더니 잠시 후 입을 뗐다.

“휴게실에 있어요. 같이 가요! 내가 보여줄 테니까.”

매리언과 캠던은 여자를 따라 지하에 있는 휴게실로 향했다. 휴게실 안에는 소파와 냉장고, 전자레인지가 있고 사물함이 한 줄로 쭉 서 있었다. 여자는 그 사물함 중 하나를 열쇠로 열더니 슈퍼마켓 비닐봉지에 싸여 있는 뭔가를 꺼냈다. 캠던이 뭔지 보려 하자 아주머니가 비닐장갑을 건넸다.

안에 있는 게 뭔지 확인한 캠던은 여자가 왜 비닐장갑을 건넸는지 알았다.

“내 거랑 같은 옷인데요!” 매리언은 그 옷을 알아봤다. 그녀가 공원에서 습격당할 때 입었던 린넨 재질의 셔츠였기 때문이다. 옷에는 붉은색 와인이 넓게 물든 자국이 있었다. 게다가 옷은 뜯어진 곳이 한두 곳이 아니었다. 마치 칼로 셀 수 없이 많이 그은 것 같았다.

“형사님… 그 아가씨가… 혹시 사람을 죽인 건가요?” 여자는 긴장한 얼굴로 캠던을 빤히 쳐다봤다.

"이건 와인 자국입니다." 캠던의 대답에 여자는 매우 실망한 눈치였다.

'이렇게 큰 와인 자국은 빨지도 못하겠네. 아무래도 버려야겠어.' 매리언은 이 옷을 입은 자신이 모임에 갔다가 실수로 와인을 옷에 엎질렀을 모습이 상상이 됐다. 아마 자신은 애비게일에게 갈아입을 옷을 가져다달라고 하며 와인 자국이 남은 옷을 버려달라고 했을 것이다. 다만 애비게일은 그렇게 하는 대신 미움이 사무친 여자의 옷을 칼로 난도질했으리라. 마치 매리언을 칼로 찌르듯이 말이다.

'와! 대표님… 참, 그 옷을 너무 좋아하는 거 아니에요? 얼마나 열심히 빨았기에 얼룩 하나 없이 그렇게 깨끗이 빨았어요?' 그날 브라이언이 그렇게 말한 데는 이유가 있었던 것이다. 이 옷에 와인이 쏟아졌을 때 아마도 브라이언은 그곳에 있었으리라. 그때 브라이언이 말한 얼룩은 와인 자국이었는데 매리언은 자신이 공원에서 습격을 당하며 옷이 더러워진 걸 말하는 줄 알았다. 어쩐지 집에 같은 옷이 보이지 않더니 애비게일의 손에 있을 줄이야.

'어?' 매리언은 와인으로 물든 옷을 집어 들었다.

만약 그렇다면 레일라의 한패는….

'모든 가능성을 배제하고 남은 것이 아무리 믿을 수 없다 해도 그것이 바로 진실이다.'

그 한패는 바로 그 여자다!

23

'여기는 하나도 변한 게 없네.' 매리언이 이곳에 도착했을 때 처음으로 든 생각이었다. 그렇다면 원래의 세계도 마찬가지일까?

작은 언덕 위의 집은 근처에 있는 현대적인 디자인의 집들과 달리 빅토리아 스타일을 간직하고 있었다. 옅은 노란색의 외벽과 하얀색 창틀, 물론 처마를 따라 꽃무늬도 조각돼 있었다. 매리언의 기억에 현관은 작고 정교한 반원형이었다. 당시 첨단과학의 선봉에 섰던 여성의 집이라고는 믿기지 않았지만 이게 바로 세속적인 이미지로 규정할 수 없는 보어 아주머니의 스타일이었다.

하지만 매리언은 현관으로 들어가지 않고 집을 돌아 뒷마당으로 갔다. 만약 원래의 세계와 같다면 거기에 분명 벤치가 있을 것이다.

'여기 앉아서 하늘이랑 바다를 보면 깊게 생각을 할 수 있단

다.' 보어 아주머니가 오래전에 말한 적이 있었다.

매리언은 풀을 밟을 때 큰 소리를 내지 않으려고 가벼운 걸음으로 걸어갔다.

벤치는 역시 그대로 있었으며, 매리언의 예상대로 여자도 거기에 앉아 있었다. 그녀는 검은색의 모자가 달린 외투를 입고 있었는데 등에는 그라피티 스타일로 'J'가 쓰여 있었다. 여자는 두 손을 외투 주머니에 깊이 찔러 넣은 채 미동도 없이 앉아 있었다. 매리언은 가볍게 숨을 들이쉬며 손으로 자신의 가슴 위쪽을 힘껏 눌렀다. 이러지 말아야지 하면서도 심장박동은 거세게 뛰고 있었다.

그 사람에게 가까워질수록 가방에 손을 집어넣어 안에 있는 걸 쥐고 있던 매리언의 손에도 힘이 더욱 들어갔다. 그것은 그녀가 비행기에서 내린 뒤 가게에서 산 것이었다.

"정말 왔네." 벤치에 앉아 있던 사람은 매리언이 올 걸 알고 있었다는 듯 그녀가 앉을 수 있게 자리를 더 내주면서도 매리언에게 전혀 눈길을 주지는 않았다.

매리언은 벤치에 앉았다. "벌써부터 레일라에게 한패가 있을 줄은 알았지만 넌 레일라를 도운 게 아니었어. 오히려 너에 대한 레일라의 믿음을 이용했지."

매리언은 곁의 여자에게 슬쩍 눈길을 줬다. "레일라가 체포된 이후 내내 알 수가 없더라고. 왜 레일라가 알렉을 죽였는지 말이야. 그 배후에 레일라가 스스로 무서운 살인마란 걸 인정할 수밖에 없는 이유가 있을 거라고 생각했지. 알렉의 시체를 그 정도로까지 훼손시킨 것도 마찬가지고. 그런데 카구야 프로젝트에 참여한 아이들의 자료를 보고 그 이유를 바로 알았어." 매리언은 가벼운 숨을 내쉬었다.

"알렉에게는… 심각한 견과류 알레르기가 있었거든. 아이들은 시설에서 전문적인 육아원들이 보살피기 때문에 성인이 돼서도 스스로를 돌볼 줄 알지. 그래서 이곳의 보통 사람들은 다른 아이가 음식에 어떤 알레르기가 있는지에 대해 큰 경각심이 없고 말이야."

원래의 세계에서는 아이가 어떤 음식에 대해 알레르기가 있는 게 아주 흔한 일이다. 그래서 아이에게 음식을 줄 때는 조심해야 한다는 게 일반 사람들의 상식이다. 어떤 유치원에서는 아이에게 간식을 따로 싸 가지고 오지 못하게 하기도 한다. 행여나 알레르기가 있는 다른 아이가 있을 수도 있기 때문이다. 하지만 이곳의 일반인들은 원래 세계에서는 본능이나 다름없는 그런 감각이 전혀 없다.

"별장에 있을 때 레일라는 알렉에게 아몬드 초콜릿을 먹였겠지. 알렉은 아몬드 알레르기 때문에 호흡기에 질식이 와서 죽었고. 그때 알렉의 목은 심하게 붓고 온몸에 홍반이 나타났을 거야. 그게 전형적인 알레르기 증상이니까. 레일라는 아이의 사인을 숨겨야겠다고 생각했을 테고. 그러기 위해 레일라는 알렉의 목을 쳐내고, 몸을 훼손했지. 아이 몸을 칼로 그렇게 많이 벤 것도 홍반을 숨기려고 했던 거고."

"그럼 그건 뜻밖의 사고 아닌가?" 여자가 입을 열었다. "레일라가 그걸 숨길 이유가 뭔데?"

"레일라는 카구야 프로젝트의 또 다른 목적을 눈치챘거든. 물론 레일라도 처음에는 속았겠지. 알렉을 납치하면 여론을 동원해 정부를 압박함으로써 국가양육부를 새롭게 개혁할 수 있는 또 다른 육아 리얼리티 쇼를 만들 수 있을 줄 알았던 거야. 하지만 이 모든 건 레일라를 겨냥한 함정이었어. 레일라가 실수로 아이를 살해하도록 설계한 거지. 그 목적은 대중들에게 보여주기 위한 거였고. '보통 사람들은 아이를 돌볼 능력이 없다. 생활 속의 별거 아닌 것 같은 일이 아이를 다치게 할 수 있으며 심지어 아이의 목숨을 희생시킬 수도 있다.' 이런 걸 보여줘서 국가양육부와 레일라의 소송에 증거로 활용할 생각이었겠지. 알렉이 죽고 난 뒤 레일라는 깨달았어. 국가양육부가 알렉의 죽음을 사례로 삼아 일반인은 자기 아이를 키우기에 적합하지 않음을 증명하려 한다는 걸 말이야. 레일라는 그런 일이 일어나게 하고 싶지 않았어. 그래서 레일라는 스스로 일개 살인마란 사실을 인정할지언정 이건 자기 개인의 문제일 뿐이지 보통 사람들에게 아이를 키울 능력이 없다는 뜻은 아니라고 주장하고 싶었던 거야. 이건 바로 뒤통수를 맞은 레일라의 반격이었던 셈이지."

'이건 돈의 문제가 아니라 사례의 문제예요.' 원래의 세계에서 레일라는 레스토랑 사건에 대해 매리언에게 말한 적이 있었다.

"하지만 넌 사례를 성립시키기 위해 레일라의 사건이 개인적인 일로 치부되도록 그냥 놔둘 수 없었어. 그래서 인터넷에 영상을 올려 레일라의 살인마 같은 이미지를 뒤집으려 했지." 매리언은 잠시 말을 멈췄다 다시 입을 뗐다.

"그전에는 레일라가 알렉과 단둘이 있게 해야 하는데 경찰이 감시하니까 2단계 때 일부러 시설에서 소동을 일으켜 레일라에게 알리바이를 만들어줬고. 덕분에 레일라는 자유롭게 별장을 오갈 수 있게 됐지만 한 걸음 한 걸음 함정에 다가가게 됐어. FBI가 내게 알려주더군. 누군가가 2단계 전날 밤에 내 이름으로 새로운 방문객 카드 하나를 더 등록하고 원래 카드 중에 하나를 취소시켰다고 말이야. 경찰과 FBI는 모두 누군가가 내 이름을 도용했다고 생각하지만 뭔가 이상하지 않아? 어제 내가 애비게일이 사는 아파트를 찾아갔는데 아무리 그럴듯한 말로 얘기해도 경비원이 날 들여보내주지 않더라고. 그런데 시설 등록처의 직원은 어떻게 그렇게 쉽게 상대를 믿고 시설에 들어갈 수 있는 방문객 카드를 또 발급해줬지? 그건….."

매리언은 곁에 있는 여자를 향해 몸을 돌려 앉았다.

"그건, 등록처의 직원이 스스로 '매리언'이라고 칭한 여자를 알아봤기 때문이 아닐까?"

여자는 미소를 지으며 가볍게 머리를 넘겼다.

"모든 가능성을 배제하고 남은 것이 아무리 믿을 수 없다 해도 그것이 바로 진실이다."

매리언은 눈앞의 여자를 빤히 바라봤다. 자신과 똑같은 얼굴을 가지고 있는 여자, 이 세계의 매리언 말이다.

애비게일의 아파트에서 린넨 셔츠를 보고 매리언은 생각했다. '원래 하나뿐인 옷인데 지금 이 세계에서 동시에 두 벌이 있는 거잖아. 한 벌은 본래 이 세계에 있었는데 와인이 묻어 애비게일이 숨겨뒀고, 다른 한 벌은 내가 이 세계로 올 때 입고 있었지.'

이는 본래 두 개의 세계에 각각 존재했던 것이 하나의 세계에 동시에 존재하게 됐다는 뜻이었다. 그 말은 매리언이 이 세계에 왔을 때 그녀의 의식만 원래의 매리언의 몸에 들어간 게 아니란 뜻이 된다. 그렇지 않다면 원래 세계에서 입었던 옷이 이곳에 함께 와 동시에 두 벌이나 존재할 수 없지 않은가. 만약 그렇다면 두 매리언은 서로가 있던 세계를 바꿔 살게 된 게 아니라 두 명의 매리언이 이 세계에 함께 존재하게 된 셈이다.

만약 두 명의 매리언이 동시에 존재하고 있는 거라면 '밖에서 온' 매리언은 습격을 당한 뒤 계속 '매리언'의 신분으로 살게 된 것이고, 원래 이 세계에 살던 매리언은 이 사실을 폭로하지 않은 것이다. 이런 상황에서 가장 설득력 있는 해석은 당시 'J'가 새겨진 외투를 입고 매리언을 습격한 뒤, 차를 몰고 사라진 범인이 다른 누구도 아닌 이 세계의 매리언이어야 하지 않겠는가. 이 세계의 매리언은 매리언을 습격한 뒤 어둠 속으로 숨었으리라. 그녀가 그렇게 한 것은 스스로 그림자 귀신이 될 절호의 기회임을 눈치챘기 때문일 것이다. 만약 이 세계의 매리언이 그림자가 된다면 그야말로 완벽한 알리바이를 만들 수 있지 않은가.

24

일상용품과 음식은 이미 인터넷에서 샀고, 아몬드 초콜릿이 있는 것도 확인했다. 남은 건 레일라가 알렉에게 아몬드가 든 초콜릿을 먹이는 걸 기다리는 일뿐이다.

레일라, 내가 널 이렇게 속인다고 탓하지 마. 네가 아기에 정신이 팔리지 않았다면 나한테 속을 리도 없잖아. 맙소사, 네가 알렉을 데려가면 카구야 프로젝트의 번외 계획으로 촬영해 널 돕겠다는 내 말을 믿다니. 그나마 네가 똑똑하다면 알렉에게 아몬드 초콜릿을 먹이진 않겠지. 하지만 만약 그렇지 않다면….

어, 저게 뭐지?

도로 옆의 공원 저쪽 위 허공에서 좀 전에 뭔가가 번쩍한 거 같은데. 번개가 친 것 같기도 하고 뭔가 터진 거 같기도 하고.

잠깐, 저게 사람인가? 좀 전에… 사람의 모습을 본 거 같은데.

아까 번쩍하면서 뭔가가 공중에서 떨어지지 않았나?

난 차를 길가에 세우고 뭐가 어떻게 된 건지 살펴보려고 공원에 들어갔어. 얼마 걷지 않았는데 정말 어떤 여자가 거기 누워 있는 게 보이는 거야. 난 본능적으로 그 여자를 도우려고 다가갔어. 그런데 가까이 가서 보니 세상에, 나랑 똑같이 생긴 여자인 거야!

말도 안 돼. 만약 일란성 쌍둥이라면 시설에서 함께 키우면서 서로의 존재를 알려주거든. 혹시 나중에라도 있을 수 있는 혼란을 피하기 위해서 말이야. 하지만… 시설에서 실수를 할 수도 있지 않을까?

그렇다면 눈앞의 이 여자는 누구지? 난 여자의 주머니를 뒤져 휴대전화와 지갑을 찾아냈어. 지갑 안에 운전면허증이 들어 있는데 사진 속 사람이 나랑 너무 똑같은 데다 이름과 주소까지 똑같지 뭐야! 딱 한 가지 다른 점이라면 매리언 뒤에 '시먼스'라는 이름이 하나 더 붙어 있더라고.

이건 분명 가짜야. 대체 이게 무슨 짓이지? 남의 신분을 도용한 건가? 그런데 머리카락이 난 선이나 목 주위를 봐도 실리콘 가면을 쓴 건 아닌 거 같더라고. 어쨌든 이 여자는 뭔가 나쁜 마음을 먹고 날 사칭한 거잖아? 기절해 있는 틈을 이용해 별장에 옮겨놓고 다시 생각해봐야겠어.

"으음…."

이런 망할! 여자가 깨어나려고 하잖아. 만약 내 신분까지 도용한 이 여자가 깨어나서 날 보게 되면 나한테 어떤 짓을 할지 몰라. 차라리 내가 선수를 쳐야겠어!

주위를 둘러보니까 근처에 돌이 있더라고. 아무 돌이나 손에 잡히는 데로 집어서 여자의 이마를 내려쳤더니 여자가 신음 소리를 내며 다시 기절했어. 사실 난 그때 이 여자가 죽은 건지, 아니면 기절한 건지 확인해보고 싶었는데 마침 멀지 않은 곳에서 산책 나온 두 사람이 날 향해 걸어오고 있지 뭐야. 그래서 급한 마음에 공원 밖으로 달려나가 일단 차를 몰고 도망갔지. 두 사람이 내 얼굴을 보지 못했기 바라면서 말이야.

난 별장으로 돌아와 알렉이 여전히 방에서 자는 걸 확인했어. 그런데 갑자기 내 휴대전화에서 요란한 알림음이 울리는 거야. 그건 회사의 메신저에 단체 메시지가 왔다는 소리였지. 근데 직원들이 내가 병원에 입원했다는 둥, 응급조치를 받아 큰 부상은 아니라는 둥, 지금 어느 병실에 쉬고 있다는 둥 막 떠들어대더라고.

브라이언은 벌써 카구야 프로젝트가 앞으로 어떻게 될지 걱정하고 있었어. 알렉이 납치된 뒤 처리해야 할 일이 너무 많다고 말이야. 하지만 브라이언은 모르고 있었지. 카구야 프로젝트를 진행하면서 내가 지금 가장 걱정하고 있는 건 레일라가 경찰을 따돌리는 데에 성공할 수 있는가 하는 문제란 걸 말이야. 알렉이 납치당하면 레일라가 자연히 혐의를 받을 수밖에 없고, 경찰이 레일라를 이미 감시하고 있을 가능성이 크잖아. 그래서 당시 그 며칠 동안은 내가 별장을 오갈 생각이었어. 션의 가게에서 이미 차도 마련해뒀고, 션을 설득해 잠시 외국에 나가 있으라고 했거든. 그럼 경찰이 정말 션의 가게를 조사해도 한동안은 조사를 미룰 수 있을 테니까. 그런 다음 레일라가 그 차로 별장에 가게 하고 난 적당히 빠져준 뒤 레일라가 알렉에게 초콜릿을 먹일 때까지 기다리기만 하면 되는 거야.

그런데 갑자기 나를 도용한 사람이 나타났잖아. 대체 그 여자의 목적은 뭐지?

난 차를 몰고 가서 병원 근처에 있는 너저분한 주차장에 세웠어. 거긴 CCTV가 없어서 차를 세운 뒤 몰래 병원에 가서 상황을 살펴볼 수 있었거든. 물론 누가 못 알아보게 마스크를 쓰고 갔지.

그 여자는 정말 내 흉내를 내기 시작했어. 근데 그 여자 말로는 습격당한 뒤 기억에 혼란이 생겼다는 거야. 그때 나는 바로 그 여자의 정체를 폭로할까 생각했지만, 불쑥 좋은 아이디어가 하나 떠오르더라고. 만약 이 여자를 한동안 '매리언'으로 살게 하면 나는 존재하지 않는 사람이 될 수 있잖아. 레일라가 경찰의 감시를 받지 않게 할 수 있는 가장 좋은 방법은 그녀에게 완벽한 알리바이를 만들어주는 거였어. 이를테면….

경찰이 레일라를 감시하고 있는데 또 다른 사람이 알렉과 다른 장소에 나타나는 거야.

물론 실제로 그렇게 하기란 쉬운 일이 아니었어. 무엇보다 내가 주차장에 돌아가기 전에 내 차가 경찰에 먼저 발견이 됐거든. 아마 그 여자가 이미 차량 분실 신고를 냈겠지. 하지만 어쨌든 난 우선 현금 인출 카드로 돈을 꽤 많이 뽑았고, 그중에 일부를 레일라에게 줬어. 우리가 계획 밖의 행동을 하려면 현금을 쓰는 게 편하다고 하면서 말이야. 그 돈이면 내가 한동안 숨어 있기에는 충분했어. 그리고 레일라에게 단단히 일러뒀지. 나랑 대포폰으로 연락할 때를 빼고는 언제나 나랑 사이가 안 좋은 척하라고 말이야.

난 어둠 속에, 그 여자는 밝은 곳에 있었지만 난 나를 도용한 그 여자가 내 컴퓨터와 휴대전화에 손대기 전에 모든 계정의 설정을 바꿔놨어. 다른 사람이 계정에 접속해도 따로 통지가 가지 않도록 말이야. 그런데 이상한 게 나를 도용한 그 여자가 내 비밀번호를 알고 있는 건 그렇다 쳐도 그 번호를 바꾸지 않더란 말이지. 내가 계정 안의 정보를 읽어도 막을 생각이 없는 것처럼 말이야. 처음 며칠 동안은 몰래 그 여자를 감시했어. 여자는 좀 멍하게 있는 것 같았어. 진짜 '매리언'인 나라는 존재를 잊은 것처럼. 첫날 밤에는 브라이언과 난데없이 병원을 떠나더니 나중에 병원에 돌아와선 또 이상해 보이더라고. 다음 날에는 보니까 그 여자가 계속 팽이를 돌리고 있는 거야. 한번 돌리면 몇 시간을 계속 돌리고 있더군. 그 여자의 행동이 무슨 뜻인지를 알아내려고 난 계속 그 여자의 메일과 인터넷 기록, 메신저의 메시지 등을 찾아봤어. 근데 그 여자가 인터넷으로 국가양육법에 대해 찾아보더니 평행세계와 관련된 사이트나 커뮤니티를 찾아보지 뭐야.

평행세계?

그러고 보니 그 여자가 나타났던 광경이 문득 떠올랐어. 그래… 말하자면 그 여자는 공중에서 갑자기 나타났잖아. 설마…
그 여자가 정말 또 다른 평행세계에서 왔단 말이야? 또 다른 세
계에서 그 여자도 매리언이었다고? 그날 내가 그 여자 휴대전화
를 갖고 왔었는데 전원도 꺼져 있었고, 충전한 뒤 봤을 때도 안
에 아무것도 없었어. 만약 정말 그 여자가 평행세계에서 왔다면
여기로 오는 동안 자기장인지 뭔지의 영향으로 휴대전화가 훼손
된 거겠지. 무엇보다 브라이언과 일하는 모습을 보고 난 그 여자
가 또 다른 세계의 '매리언'이란 걸 확신했어. 그 여자가 일하는
모습은 내가 봐도 절대 남이라고 할 수 없었거든.

　나 자신의 분신 같은 걸 보다니 뭔가 기분이 아주 미묘했어.
또 다른 매리언이 평소 내가 하던 일을 하고 있는 걸 보려니 난
마치 유령이 된 것처럼 느껴졌지.

　아무튼 그 여자의 메일과 플래너를 통해 난 그 여자가 2단계
하루 전에 시설에서 회의를 하고, 그 김에 32장의 방문객 카드
를 가져갈 거란 걸 알게 됐어. 난 그게 레일라를 위해 알리바이
를 만들어줄 절호의 기회란 걸 알았지.

　다행히도 접수처에서 당직을 서던 직원은 전에도 몇 번 봤던
사람이라 난 순조롭게 새 방문객 카드를 손에 넣고, 다른 카드
한 장을 취소할 수 있었어. 운이란 건 어떤 일을 하든 없어선 안
돼. 범죄를 저지를 때도 마찬가지고. 만약 운에만 의지해 범죄
를 저질렀는데 성공했다면 그거야말로 완벽한 범죄겠지. 범인
이 범죄 계획의 성공을 운에 맡길 거라고 믿는 사람은 아무도 없
을 테니까. 그러니 레일라가 '뜻밖에도' 알렉을 죽인 건 행운의

신이 내 편에 섰다는 뜻이야. 물론 행운의 신이 내 편에 서게 하려면 그 일을 하기에 앞서 많은 계산을 해야 하지. 뜻밖의 사건이 벌어질 수 있는 조건을 최대한으로 만들어내야 하니까. 이를테면 견과류 알레르기가 있는 아이인 알렉을 고른다든가, 그 아이를 줄에서 세 번째에 서게 해 복도의 옆문 근처로 오게 한다든가 하는 것도 심혈을 기울인 계산 덕이었어.

물론 다른 세계에서 온 '나'도 일을 제법 잘하더라고. 대형 마트라든지 레일라를 이 일에 끌어들인 한패가 있다는 걸 추리해 냈잖아. 하지만 그 여자는 레일라의 한패가 바로 자신이란 건 미처 생각하지 못하더라고. 그래도 그 여자는 생각보다 빨리 레일라가 여행용 캐리어로 알렉의 시체를 옮길 거란 걸 간파했어. 사실 나는 적당한 때에 익명으로 레일라를 경찰에 제보하려고 했는데 덕분에 수고를 덜었지 뭐야. 그 여자가 있는 평행세계에서는 아이의 시체를 종종 여행용 캐리어에 담아서 옮기나 보지?

'카구야 프로젝트의 범위 외 서비스는 이미 완수했으니 이후는 국가양육부 변호사가 알아서 하게 하세요.' 난 비밀리에 오웰 차관과 통화하면서 직접 만날 때는 표면적인 카구야 프로젝트밖에 모르는 척해달라고 당부했어. 그래야 또 다른 매리언에게 나와 국가양육부의 진짜 계획을 들키지 않을 수 있을 테니까.

나는 또 다른 '매리언'이 그 젊은 FBI 요원과 자주 함께 사건을 수사하는 걸 봤어. 남자의 푸른 눈을 보니 그 여자가 분명 그 젊은 남자를 루이와 닮았다고 생각하는 것 같더군. 설마 그 여자는 그 남자가 루이와 자신의 아이라고 생각하는 걸까? 그 여자는 혈연관계를 핑계로 상대에게 특별대우를 해주는 게 위법이란 걸 모르는 걸까? 난 불쾌해하는 브라이언의 얼굴을 보며 행여 신고라도 해서 뜻밖의 일이 벌어지면 어쩌나 걱정했어. 하지만 다행히도 그런 일은 일어나지 않았고, 브라이언은 성질만 좀 내고 말더라고.

만약… 그 여자도 열여섯 살에 아이를 낳았다면 그쪽 평행세계에서 그 여자와 보어 아주머니는 어떤 관계였을까?

그런데 그 무렵 레일라가 알렉을 죽이고 시체를 훼손했다며 자신의 죄를 인정해 출산 허가에 대한 여론을 뒤집으려 했어. 레일라가 내 의도를 간파한 거지. 역시 레일라는 레일라였어. 또 다른 '나' 외에 오직 레일라만이 나의 적수라고 부를 수 있는 사람일 거야. 그때 나는 미리 찍어놓은 레일라의 따뜻한 면이 담겨 있는 영상을 인터넷에 올렸어. 사람들이 레일라를 피도 눈물도 없는 살인마가 아니라 뜻밖의 사건으로 어쩔 수 없이 알렉을 살해한 여자라고 믿게 하려고 말이야. 이 화제가 이슈가 되면 적당한 때에 다시 인터넷에서 새로운 화제를 만들어내려 했지. 현대인이 자기 아이를 직접 키우는 게 옳은지 아닌지 같은 문제 말이야.

국가양육부에서 바라는 건 '사례'였으니까.

난 일부러 웨스트코스트주로 와서 보어 아주머니가 내게 물려준 집에 들어갔고, 인터넷 카페에서 레일라의 영상도 올렸어. 웨스트코스트주를 아는 또 다른 '나'라면 이곳을 떠올릴 수 있을까? 올 테면 와봐. 내가 여기서 널 기다리고 있으니까.

25

    매리언은 자신의 분신이나 다름없는 상대가 어떻게 레일라를 함정에 빠뜨릴 계획을 세웠는지 이야기하는 걸 들었다. 이미 대강 예상은 하고 있었지만, 범인이 이렇게 가까운 거리에서 자신의 범행을 인정하는 걸 듣자니 처음이라 어쩐지 가슴이 서늘한 기분이 들었다.

    이렇게 가슴이 서늘한 것은 쌍둥이보다 더 가까운 눈앞의 또 다른 내가 자신의 이익을 위해서라면, 국가양육부에 닥친 문제를 해결하기 위해서라면 가장 좋은 친구이자 한때 가장 마음이 맞았던 파트너조차 한 치의 망설임 없이 팔아넘길 수 있다는 사실이 끔찍하게 느껴졌기 때문이다.

    또한, 이렇게 가슴이 서늘한 것은 이 세계의 매리언이 한 일을 자신이 이해할 수 있을 것 같았기 때문이다. 정말 이렇게 가슴이 서늘한 것은 본래 자신은 얼마든지 이런 일을 할 수 있는 사람이란 걸 깨달았기 때문이다. 눈앞의 이 사람은 자신과 똑같은 몸과 마음, 머리를 갖고 있다. 그 말은 자신도 한 걸음만 잘못 내디디면 똑같은 일을 저지르는 사람이 될 수 있다는 뜻이었다.

"레일라는 너의 친구였잖아." 매리는 그저 이렇게 한마디를 내뱉었을 뿐, 더 이상 뭐라고 말해야 좋을지 몰랐다.

"나도 레일라의 친구였어. 레일라는 국가양육부를 고발할 때 내 생각을 했을까?" 뜻밖에도 상대는 바로 대꾸를 했다. "레일라가 아이에만 미쳐 있지 않았다면, 내가 아는 레일라는 누구에게도 속을 사람이 아니었어. 레일라… 레일라는 감각이 이미 무뎌졌다고."

매리언은 또 다른 매리언의 말에 정신이 멍해지고 말았다. 자신도 레일라에게 똑같은 말을 했던 기억이 떠올랐다.

이 세계에서 사람들은 정말 더 잔혹한 사람으로 바뀌는 걸까? 아니면 원래 세계의 사람들이 자신의 아이를 보호하는 데에만 '악(惡)'을 쓰는 걸까? 그럼 원래 세계의 사람들은 다른 사람에게는 잔혹해도 아이를 위해서는 그럴듯한 사람으로 변신하는 것이겠지.

"아, 아이 이야기가 나와서 하는 말인데…." 매리언이 휴대전화를 꺼내 화면에 QR코드를 띄웠다.

"애비게일 건가?" 상대는 휴대전화 화면을 슬쩍 쳐다봤다.

매리언은 고개를 끄덕였다. "롬이 이걸 손에 넣으려고 인맥을 좀 동원했지."

328

"대조해봤나?"

"아니, 아직. 내 생각에는 너도 아마 알고 싶을 거 같은데."

"난 벌써부터 알고 있었어."

"뭐?"

"우리 회사 직원들은 입사할 때 내가 다 대조해봤어. 행여나 괜히 번거로운 일이 있으면 안 되니까."

"그럼 애비게일도 알아?"

"직원들 누구나 알고 싶으면 결과를 받을 수 있어. 하지만 애비게일은 받고 싶지 않다고 하더군."

매리언은 더 이상 아무 말도 하지 않았다. 그렇게 얼마의 시간이 흐르고 두 사람 사이에는 숨이 막힐 듯한 침묵만이 남았다.

매리언은 가방 안으로 뭔가를 잡고 있는 손에 저도 모르게 조금 힘을 줬다. 그것은 바로 전기 충격기였으며, 가방 안에는 노끈과 작은 칼도 들어 있었다.

두 사람은 무서울 정도로 고요한 공기 속에서 점점 짙게 피어오르는 특별한 냄새를 맡을 수 있었다. 지금 이 세계에 두 명의 매리언이 있다. 하나는 레일라의 소송을 해결할 방법을 남몰래 계획해 아이를 죽음으로 몰고 갔고, 다른 하나는 똑같은 사고방식을 가진 덕에 그 잔혹한 음모를 알아챘다.

만약 매리언이 원래의 세계로 돌아갈 수 없다면 두 사람이 동시에 이 세계에 존재할 수는 없는 일이 아닌가.

또 다른 매리언도 줄곧 여기서 그림자 귀신으로 살 수 없다는 걸 알고 있었다.

매리언의 손은 내내 가방 안에 있었고, 상대의 손도 줄곧 주머니 안에 찔러져 있었다.

　두 사람은 더 이상 말이 없었지만, 하늘과 바다가 보이는 작은 언덕에서 서로 같은 생각을 하고 있었다.

〈끝〉

카구야 프로젝트

초판 1쇄 인쇄 2020년 5월 1일
초판 1쇄 발행 2020년 5월 5일

지은이 원산(文善)
옮긴이 정세경
펴낸이 박은주
기획 김아린
디자인 김선예, 류진
마케팅 박동준

발행처 (주)아작
등록 2015년 9월 9일(제2018-000142호)
주소 03924 서울시 마포구 월드컵북로54길 25
상암DMC푸르지오시티 504호
대표전화 02.324.3945   **팩스** 02.324.3947
이메일 decomma@gmail.com
홈페이지 www.arzak.co.kr

ISBN 979-11-6550-797-8 03820